それから

從此以後

珍藏紀念版

林皎碧 譯

Natsume Sōseki

夏目漱石

目次

一

不知是誰匆忙從門前跑過去的腳步聲，讓代助感到彷彿有雙大木屐從半空中掉進自己的腦袋裡。不過，隨著腳步聲漸漸遠去，大木屐很快就從腦袋中脫逃了。他睜開眼睛，醒了。

一看枕頭邊，有一朵山茶花掉在榻榻米上。昨夜，他確實聽見這朵花掉落的聲音。聽在耳裡，好似一顆皮球從屋頂滾落而下。也許是夜深人靜的緣故吧！不過，為謹慎起見，他把右手放在心臟的部位，隔著肋骨確認血液流動的脈搏聲，就這麼睡著了。

代助在朦朧中凝視一會兒那朵有如嬰兒頭般大小的山茶花的顏色，突然又想起什麼似地，躺在那裡將手放置胸前，再度開始測量心臟的跳動。躺著諦聽自己的脈動，已經成為他最近的習慣。心臟依然規則地跳動。他就這樣把手放在胸前，想像在心臟的跳動下，紅色熱血緩緩流動的模樣。他認為這就是生命，同時也想到自己正以手掌壓著這流動的生命。然後，他想到這傳遞到手掌中、有如時鐘指針般的聲音，彷彿是某種要把自己誘導向死亡的警鐘。假如不聽這警鐘的聲音而能夠生存的話……如果裝滿血液的身體，並不兼具裝載時間，該有多麼輕鬆啊！那麼自己就可以盡情地玩味人生啊！不過……代助不由得打了個寒顫。他是一個熱愛生命到無法忍受自己去想像心跳靜止這種情況的人。當他平躺時，常常把手擱在左胸部下方，有時也會想假如鐵槌往這部位槌下去的話……雖然他健康地活著，可是能夠這般強壯生存的事實，連自己都覺得幾乎如奇蹟般僥倖。

他的手從心臟的部位移開，拿起枕邊的報紙，從被窩伸出雙手，把報紙左右整張展開，左邊的版面上有一幅男人殺害女人的插畫。代助立刻把視線移向另一版。這一版上則是「學校鬧事」幾個大字。代助讀了一會兒這則報導，報紙啪嗒一聲自他疲倦的手中掉到被子上。然後，他點了一根菸，一邊抽菸一邊將被子往旁邊挪十五公分左右，伸手拿起榻榻米上的山茶花。他將山茶花轉個方向，拿到鼻子下方。他的嘴巴、鬍子和大半的鼻子都被花給遮住了。代助吐出的菸霧濃嗆到足以纏繞著山茶花的花瓣和花蕊不散。他將花放到白色墊被後，站起來走向澡間。

他在澡間裡細心地刷牙，排列整齊的牙齒常讓他感到十分得意。然後裸著身子，把胸前和背部擦得乾乾淨淨。他的肌膚散發出一種明亮的光澤，所以每當他動動肩膀或舉起手臂的時候，好像能看到某部分的肌肉塗抹香油般發出淡淡微光。他對這一點感到相當滿意。接下來，他會梳起烏黑的頭髮。即使不抹髮油，髮質也是輕柔自然。而他的鬍子跟頭髮一樣柔細，高雅地覆在嘴巴上。代助一邊以雙手在豐腴的臉頰上摩撫兩、三次，一邊照著鏡子瞧瞧自己的臉蛋，他的動作簡直就像女人擦脂抹粉的姿態。實際上，假如有必要，他是一個願意擦上脂粉來誇耀自己面貌的人。他最討厭的就是像羅漢般的骨架和長相，每次照鏡子時，他不免要慶幸自己並沒長成那種模樣。相反地，假如被人家誇讚自己長得真瀟灑，他也毫不羞澀。他過得就是這種超越舊時代日本的生活。

大約三十分鐘後，他坐在餐桌前，一邊啜飲紅茶，一邊把奶油塗在烤過的麵包上。書生[1]門野從客廳拿著報紙走進來，把折成四分之一的報紙放在坐墊旁，然後以誇張的聲調說：

「先生，發生不得了的事情啦。」

這個書生一逮到代助，就會先生、先生的叫不停，還總是文謅謅地使用敬語。剛開始，代助還苦笑地跟他說過一、二次不要這樣稱呼。但是書生說「好、好、

1 書生，指日本明治、大正時代，住在富人家中，幫忙做些雜務，換取食宿的窮學生。

好……可是先生……」隨即又叫起先生來，代助無可奈何只得隨他去，不知不覺就成了習慣，現在只有這個男子，可以毫不在意地稱他是先生[2]。實際上，代助也認為書生除了以「先生」稱呼像自己這樣的主人外，似乎也沒有其他更適當的稱呼。

「是不是發生學潮了？」代助一臉淡定地吃著麵包。

「難道您不覺得很痛快嗎？」

「反對校長嗎？」

「對，這下子終究得辭職了吧！」書生喜孜孜地說。

「就算校長辭職，對你有什麼好處？」

「不要說笑。若是計較利害得失，怎會痛快呢？」

代助依然自顧自地吃著麵包。

「你知不知道呀？那是因為校長不好才反對他呢？還是有其他利害關係才反對他呢？」代助邊說邊把熱水瓶的熱開水注入裝有紅茶的茶碗內。

「不知道。到底怎麼回事，先生知道嗎？」

「我也不知道。雖然不知道，不過當今的人啊！假如對自己沒好處，應該不會鬧成那樣吧！那只是一種手段。你認為呢？」

「喔，原來是那麼回事。」門野的表情變得比剛才認真。代助卻不再吭聲。門野不是一個能深入思考的人。假如繼續談下去，無論怎麼說明，他只會以「噢～原來是這樣啊！」一句輕輕帶過。到底他是同意還是不同意，完全是模稜兩可。代助認為只要以漠然態度相對，不必太刺激他，把他當作書生看待即可。另一方面，門野既不去學校，也不讀書，整日無所事事。代助曾對他說「你去學一門外國語，如何呢？」門野一聽，不是答說「是嗎？」，就是「要這樣嗎？」，他絕不會說「好，我去學。」像這種懶惰蟲，總不會乾乾脆脆給個明確的答覆。代助認為自己又不是生來有義務要教導他，所以也不想多管。還好門野在體力勞動方面不像腦力勞動那樣懶洋洋，工作倒是很勤奮，這對代助來說真是再好不過了。不僅代助，就連家中年長的老女傭好像也讓門野幫了不少忙。因此，老女傭和門野相處頗為愉快。主人不在家時，兩人總是聊個沒完。

「先生到底想做什麼呢？阿婆。」

---

2 日文「先生」迥異於中文，日本社會除了醫師、老師、律師、藝術家、議員等之外，不隨便稱呼他人為先生。

「以他那種資質，任何事都能做，不必替他操心。」
「倒不是替他操心。我是想，他該做什麼才好呢？」
「可能是打算先娶個太太，再慢慢找個好工作吧！」
「這打算真不錯。我也很想像他一樣，每天讀讀書、聽聽音樂過日子。」
「你也想？」
「不讀書也可以啦！很想像他那樣玩樂。」
「那都是命中注定，無法強求。」
「說得也是。」
兩人的閒聊約莫就是這般。門野在搬進代助家的二週前，年輕單身的主人和這個食客曾經有過如下的對話——
「你讀哪所學校呢？」
「原本在上學，現在不去了。」
「原本在哪裡上學？」
「讀過很多學校，卻沒有一處不令人討厭。」
「就是不喜歡上學嗎？」

「對，就是這樣。」

「那麼，是不太想讀書嗎？」

「是不太想讀，因為最近家裡狀況也不好。」

「聽我家阿婆說，她認識你母親。」

「對，原本是住得很近的鄰居。」

「你母親也還在……」

「還在做一些微不足道的副業，加上最近不景氣，好像狀況也不大好。」

「你說好像狀況也不好，難道你們沒住在一起嗎？」

「雖然住在一起，因為怕麻煩就沒問。她實在很嘮叨。」

「你哥哥呢？」

「哥哥在郵局工作。」

「沒有其他家人嗎？」

「還有一個弟弟。他在銀行工作——只比打雜小廝好一點而已。」

「這麼說來，只有你一個人沒在工作嗎？」

「對，就是這樣。」

「那你在家裡，都做些什麼事？」
「大部分時候都在睡覺，要不然就去散步。」
「大家都出外工作，只有你在睡覺，不覺得難受嗎？」
「不會啊！我沒那種感覺。」
「家人相處還融洽嗎？」
「吵架之類倒沒有，只是感覺氣氛怪怪的。」
「是不是母親和哥哥都希望你早點自食其力呢？」
「也許就是那樣吧！」
「看起來你的個性挺樂觀的。我說的對不對？」
「對，我絕不說謊。」
「你根本是一個無憂無慮的人。」
「對，可以說是無憂無慮吧！」
「你哥哥今年幾歲？」
「這個嘛，虛歲二十六歲。」
「這麼說來，已經該娶太太了。假如哥哥結婚的話，你還打算像現在一樣過日子嗎？」

「到時候再說吧！現在自己也沒一個主意，反正船到橋頭自然直。」

「還有其他親戚嗎？」

「有一個姑姑。目前在橫濱從事水上運輸業。」

「你姑姑從事水上運輸業？」

「當然不是姑姑，是姑丈啦！」

「拜託他們給你一個工作，如何？水上運輸業很需要人手，不是嗎？」

「因為我生性懶惰，應該會被拒絕。」

「連你自己都這麼認為，事情就不好辦了。坦白說，是你母親來拜託我家阿婆，看能不能讓你來這裡工作。」

「對啊！我也聽說了。」

「你自己到底是怎麼想呢？」

「我能盡量不偷懶……」

「願意來我家工作嗎？」

「願意。」

「不過，不能只是睡覺、散步。」

「請放心。我身體很健壯，提洗澡水之類的什麼工作，我都能做。」

「澡間有自來水，所以不必提水。」

就在這條件下，門野開始到代助家工作了。

不久，代助用完餐，抽起香菸。門野先前一直抱著膝、靠著柱子坐在碗櫃後方，這時，他看時候差不多，就開口向主人問：

「先生，今天早上覺得心臟還好嗎？」這陣子門野已經了解代助的習性，說話故意帶點逗趣的語調。

「今天還不錯。」

「總覺得說不定明天又會不好，請先生要多保重身體。——否則到最後也許真要得病。」

「已經得病了。」

門野只回答一聲「喔～」，視線開始從代助的短外罩往上移，盯著代助紅潤的臉龐和寬厚的肩膀看。代助每次碰到這種情況，就會覺得這個年輕人真可憐。就他看來，只能認為這個年輕人滿腦袋瓜都是豆渣。一談起話來，他的思路好像只能跟你在大馬路走上五十多公尺而已。假如你往巷子一轉彎，他就會立刻迷路。他沒辦法依照邏輯理論深入思考，神經線又很大條，感覺似乎是用粗草繩組成的。代助觀察這個年輕人的生活狀態，甚至會奇怪他到底為什麼要呼吸而活在世上。但是門野卻毫不在意，而且還暗自認為他的生活態度和代助屬於同一類型而洋洋得意。同時他還覺得自己身強體壯，勝過主人的神經體質。其實，代助這種神經體質乃是對自我具有特別纖細的思索力和敏銳的反應力所付出的代價，也是因為受過高等教育所引發的痛苦，也可以說是天生貴族得受到的一種不成文的處罰。正因為甘於忍受這些犧牲，自己才會成為現在的自己。不，有時候甚至認為因為有這些犧牲，人生才有意義。但門野根本不會理解這種理論。

「門野，有沒有信件？」

「信件嗎？噢～有的。有明信片和一封信。放在書桌上。要不要我拿來？」

「不必。等一下我過去。」

因為回答得含糊，門野已經起身把明信片和信拿過來了。明信片上的字跡潦草，墨色也很淡，內容極為簡單寫著「今天兩點抵達東京，隨即下榻在附近，明日上午相會。」正面寫著神保町的旅館名和寄信人平岡常次郎，字跡和信的內容一樣潦草。

「已經來了，昨天就抵達了。」代助一邊自言自語一邊拿起另一封信，那是父親的筆跡。信上寫說兩、三天後會回家，雖然沒有什麼急事，卻有很多話要說，收到此信立刻來一趟。另外還寫了幾行什麼京都的花期還早、急行列車太擁擠很不舒服之類的題外話。代助捲起信件，露出奇怪的表情，將信件兩相比對看。

「可不可幫我打個電話？打回家。」

「噢～打回家。要說什麼？」

「就說今天我跟人家有約，沒辦法回家。明天或後天一定回去。」

「那要打給誰呢？」

「老爺剛旅行回來，說有話要跟我說，要我回去一趟。——不過，不必叫老爺聽電話，誰接到電話就跟誰說。」

「好。」

門野漫不經心向外走去。代助從飯廳穿過客廳，回到書房。只見房內打掃得一乾二淨，掉落在榻榻米上的山茶花也被掃走了。代助走到放在花瓶右側的組合書架前，從書架上抽出一本厚重的相簿，拉開金屬釦翻開相簿，站著一頁、二頁……開始看，大約在相簿中間，他的手突然就停住了。那一頁放著一張年約二十歲女子的半身照片。代助低頭凝視照片上的女子。

二

代助換好衣服，正想到旅館探望平岡，恰巧對方就來了。車子嘎啦嘎啦抵達門口，吩咐車夫「到了！到了！」的聲音，完全跟三年前離別時一樣。平岡拉著門口的阿婆，說是忘記帶錢包出來，能不能先借他二十錢，這讓代助不禁想起平岡學生時代的模樣。代助趕緊跑到門口，把老朋友帶到客廳。

「還好嗎？算了，等一下慢慢談吧！」

「啊！有椅子。」平岡邊說邊把整個人窩倒在安樂椅上。好似自己重達五、六十公斤[3]的一身肉不值三文錢般看待。然後，他把光頭靠在椅背上，環視屋內同時讚美：

3 原文十五貫，貫為計重單位，一貫約三．七五公斤，十五貫約為五十六公斤。

「真是一棟好房子啊！比我想像中還好。」

代助未答腔，只是默默打開香菸盒蓋。

「離別之後，過得還好嗎？」

「說來話長，慢慢說吧！」

「剛開始還來信，情況還算清楚，最近一點消息都沒有。」

「哎呀！也沒跟任何人聯絡過。」平岡突然拔下眼鏡，從西裝胸前口袋拿出一條皺巴巴的手帕，邊眨眼睛邊擦拭眼鏡。他從學生時代就是近視眼，代助兩眼盯著平岡的舉止動作。

「先談談你吧！過得還好嗎？」平岡雙手把細邊鏡架戴回耳朵上。

「我還是老樣子。」

「老樣子最好。因為世事多變。」

這時候，平岡雙腳開成八字形，凝視庭院，忽然換了一種語氣，

「啊！有櫻花樹。很快就要開花了。氣候相差很大。」講話的語氣仍然跟以前一樣毛毛躁躁。代助感到有一點洩氣，也同樣寒暄，

「你那邊暖和多了吧！」這句話竟讓平岡忽然熱絡起來，精神抖擻地回答：

「嗯，暖和多了。」這好像突然意識到自己的存在而猛然衝出口的語調，不禁讓代助又直盯著平岡瞧。平岡已經點上菸。這時候阿婆總算端著沏好茶的小茶壺過來，把托盤擺在桌上。她解釋因為茶壺的水剛加進去，等水煮沸費了些時間，才會這麼遲端茶過來。在阿婆囉囉唆唆解釋一堆時，兩人只是默不吭聲看著紫檀木的托盤，阿婆見沒人搭理她，就獨自笑著步出客廳了。

「那是誰呀？」

「阿婆啦。雇來的女傭。總要有人煮飯給我吃。」

「人很親切。」

「她從來不曾在這種家庭當過幫傭，也只能這樣。」代助將紅潤嘴角往下拉成弓形，輕蔑地笑著說。

「從你老家帶過來不就好了，不是有很多傭人嗎？」

「全是些年輕的。」代助老實地答道。

「年輕的不好嗎？」平岡笑出聲。

「反正從老家帶人來不太好。」

「阿婆之外，還有其他人嗎？」

「還有一個書生。」

門野不知什麼時候回來的，此刻正在廚房跟阿婆說話。

「只有這樣嗎？」

「只有這樣。怎麼了？」

「還沒娶太太嗎？」

代助感到一陣臉紅，隨即以極為平靜的尋常語調說：

「如果娶太太，哪會不通知你？還是先談談你的……」代助話到嘴邊，嘎然停止。

代助和平岡是從中學就認識的朋友，特別是在畢業後那一年，兩人親如兄弟般交往。當時他們總愛說要推心置腹、要合力互助，這些宣言成為兩人之間無比痛快的事，當時兩人也果真團結完成了不少事。兩人堅信凡是出自他們嘴裡的話，不止是痛快而已，本質上更包含一種犧牲精神。不過，他們並未察覺那種立即付出的犧牲，會讓一時的痛快轉瞬化為痛苦的陳腐事實。那一年後，平岡結婚了。同時，他從原本上班的銀行，被轉調到京阪[4]地區的某分行。平岡啟程赴職當天，代助特意到新橋車站送這對新婚夫婦，他愉快地握著平岡的手，希望他們早日回來。平岡露出無可奈何、卻已看開一切的神情說「只好暫且忍耐一下囉！」但是眼鏡的後方卻帶著引人羨慕的得意眼神。看到那種模樣的代助，頓時對這個朋友感到厭惡。回到家，代助關在房裡獨自思索了一整天。原本應該陪大嫂去聽的音樂會也不去了，讓大嫂為此而憂心忡忡。

之後，平岡常來信。先是寄來報平安的明信片，後來寫信談到家裡已經安頓好、在分行上班情形，或是自己將來的願望等諸多內容。代助每次收到信，總是認真地回信。奇怪的是，每當代助回信時，總感到忐忑不安。有時候，代助實在無法忍受這種不安的心情，寫到一半乾脆停筆。只有在平岡來信提到，對於代助過去為他所做的事情表達謝意時，代助才能心平氣和動筆寫出比較妥當的回信。

不久，兩人書信的往返漸漸變少，由一個月二封變成一封，又變成二個月一封、三個月一封。但不寫信反而不踏實，於是總寫些無關痛癢的內容，只為驅走心中的不安，草草封緘寄出了事。如此持續了大約半年，代助感到自己的想法和情緒逐漸改變。隨著這個變化，無論寫不寫信給平岡，他都絲毫不覺有任何痛苦。代助從老家搬出來自立門戶已經一年多了，而他也只是在新年互寄賀年卡時，順便把現在的住所告訴平岡。

不過，代助由於某種緣故，無法把平岡忘得一乾二淨，不時還是會想起他，也會想像他現在如何過日子之類的事。但是這都僅止於想像而已，代助既無勇氣也認為不必要特地去打聽或詢問對方的現狀。日子就在如此的平靜中度過，直到二週前，代助突然收到平岡的來信。平岡在信上說最近打算從當地離開，返回這裡。還說假如誤以為是總行的調職令，含有榮升之意的被動性調職，那他就不知該如何開口才好了。思考一下後，因為急著想換工作，所以準備上東京，請多多幫忙。所謂請多多幫忙，到底是真的需要幫忙呢？還只是客套話上的幫忙呢？雖然代助並不清楚，但他立刻直覺地認為平岡身上肯定發生了什麼遽變，倒是無庸置疑的事實。

因此兩人一見面，代助就準備聽他詳細敘述到底發生了什麼大遽變，可是話題一岔開，可就不容易回到正題。當代助見機主動把話題拉回去時，平岡卻推說慢慢再聊吧！一副不想談起的模樣。最後代助也無可奈何，只好說：

「好久不見，一起去吃個飯吧！」平岡還是反復說著「一言難盡，慢慢再說吧……」這種話。代助只得硬拉著他到附近的西餐廳。

兩人在餐廳喝了很多酒，聊到了像此刻這般共餐暢飲的情景一如昔日，久不相見的生疏漸漸消除，話也開始多起來了。代助津津有味地談起二、三天前自己跑去看尼古拉大教堂復活節的事情。祭典是從午夜十二點，估計是在世間都已經沉睡後才開始進行。參謁者的隊伍把長長的走廊繞過一圈又轉回大廳，幾千根的蠟燭不知何時一起點亮了。身穿法衣的僧侶行列從對面走過來時，黑色的影子映照在素色的牆壁上顯得非常巨大。——平岡托著臉頰靜靜聆聽，眼鏡後方的雙眼皮已泛紅。代助說自己曾在午夜二點走過寬大的御成街道[5]，看見深夜的鐵軌往黑暗中直直地延伸過去，獨自漫步到上野的樹林裡，然後走入燈光照耀下的花叢中。

「無人遊賞的半夜櫻花，真美！」代助讚嘆。平岡默不吭聲，把杯中的酒一飲而盡，有點淒慘地動動嘴角，說道：

「應該是很美吧！我還不曾看過。——假如我也能夠這般愜意，那就太逍遙了。不過一踏進社會，可就不是那麼一回事。」

平岡的話中有種高居指導位置，暗批對方不知人間疾苦的意味。代助感覺比起

5 御成街道，從萬世橋通往上野廣小路的街道（即現在的中央通）。江戶時代是將軍前往上野寬永寺的參拜道路。

他的模樣，他回答的話語更不近情理，同時還認為比起在社會上打滾的經驗，復活節當夜的經驗，對於人生更具意義，於是代助如此答道：

「我認為沒有比所謂社會經驗更愚蠢的事，除了痛苦還能有什麼呢？」

「你的想法變得很不一樣。——以前你不是常說痛苦之後能成為良藥嗎？」平岡把那雙醉眼瞪得大大地說。

「那是沒見識的年輕人，臣服於俗諺而信口胡扯所說的話。我早就收回那些話了。」

「等你也到了不得不踏進社會，到時候就知道為難之處。」

「我早就踏進社會了。自從和你分開後，感覺世界變得開闊起來，只是我和你踏進的社會不一樣而已。」

「這麼說未免太大言不慚，很快你就會屈服了。」

「當然，如果吃飯成問題的話，我隨時都會屈服。不過目前我過得平安順利，何苦去嘗試那種低下的經驗呢？這不就如同要求印度人穿外套準備過冬嗎。」

平岡的眉間閃過一絲不快，睜著紅眼睛，大口大口吸著菸。代助自覺說話太過火，改為比較溫和的口氣，

「我有一個朋友，完全不懂音樂。他在學校當老師，所賺的錢無法溫飽，只好到三、四所學校兼課。說來實在可憐，整天不是準備教材，就是在教室機械式地動著嘴巴授課，簡直連一刻都不得閒。一到週日就說要好好休息，整天窩著家睡覺。無論從國外來了多麼有名的人開音樂會，他根本沒機會親自去聽一場。換句話說，至死都不會體驗到所謂音樂的美好世界。就我而言，再沒有比無法親自體驗音樂之美更可憐的事。有關於追求麵包的體驗，也許是一種切身的問題，終究是等而下之啊！假如不曾擁有『不為麵包、不為水煩惱』的美好生活經驗，生而為人就沒意義。你好像還把我當成大少爺看待，但是我認為處在那個花花世界裡的自己，比你還資深。」

「嗯，假如你能永遠處在那個世界，那就很好。」平岡把菸灰彈進菸灰缸內，聲調低沉陰鬱。加重的語氣，聽起來好像是對財富的一種詛咒。

兩人帶著醉意，走出餐廳外。雖然藉著酒意有一番議論，但自身重要的生活情況絲毫沒觸及。

「要不要一起走一段路呢？」

看起來平岡並不像自己所說那麼忙，對於代助的提議，含糊回答後就跟著一起同行。兩人從大馬路拐進小巷，想找一個幽靜、方便談話的地方。一路走著，不知不覺又聊了起來，話題終於落到那些代助想知道的事情上。

據平岡說，剛赴任新職位的時候，他為了學習業務和調查地方經濟狀況，非常努力工作。如果可能的話，他很想把研究理論運用在實務上，不過因為職位不高無法如願，不得已只能把自己的計畫先暫放在腦中，期望未來能有機會實踐。剛開始，他還會向分店長提出種種建議，但分店長的態度總是很冷淡，根本不予採納。對於平岡那些深奧的理論感到頗為厭惡，認為乳臭未乾的小子能懂什麼？就平岡看來，實際上分店長才是什麼都不懂，之所以對平岡不理不睬，與其說是看不起，倒不如說是害怕平岡。為此，平岡感到非常憤怒，三番兩次與分店長起衝突。

不過，隨著時日增加，平岡心中的憤怒慢慢淡化，自己的想法逐漸改變，和周遭的氣氛慢慢融洽熱絡起來，他也竭盡心力要跟大家和睦相處。如此一來，分店長對平岡的態度也日漸改變，甚至還會主動找平岡商量事情。平岡已經不是那個剛出校門的平岡了，凡是對方不懂或感到為難的事情，他都盡可能不去碰觸。

「不過，我並不是在奉承或拍馬屁。」平岡特地聲明在先。代助露出認真的表情附和：「那當然啊！」

分店長對於平岡的事業前途也十分費心幫忙。最近因為分店長要調派回總公司，所以半開玩笑地與平岡約定一起回去吧！平岡當時對業務熟悉，信譽良好，交際圈擴大，自然就沒了讀書的時間，不過他反而認為讀書會妨礙業務。

如同分店長對自己知無不言般，平岡對於一個姓關的部下也是信賴有加，凡事都找他商量。可是這名男子和藝妓相從甚密，以致虧空公款。事件爆發後，當事人立刻被公司免職，可是因為平岡督導不周，以致事態嚴重，多少為分店長帶來些困擾，因而不得不引咎辭職。

平岡所說的內容，大致如此。不過，代助從話中聽出是分店長要平岡負起責任，才催促他辭職。那是從平岡所謂——「總之，當職員的職位愈高，愈能吃香喝辣。其實，姓關的部下也才虧空幾個錢而已，卻立刻被免職，真可憐啊！」末尾這段話推測而來。

「那麼，分店長應該是最吃香喝辣的人？」代助問。

「或許就是那麼一回事。」平岡含糊其辭。

「那個人虧空的款項怎麼辦？」

「總計還不到一千圓，所以就由我拿出來代墊。」

「還真有錢。看來你也是吃香喝辣之人。」

平岡苦著一張臉，瞥了代助一眼。

「縱使吃香喝辣，也是空空如也。如今連生活都成問題，那筆錢還是借來的。」

「是喔？」代助不動聲色地說。他是一個在任何情況下都能保持鎮靜的人，又低又清晰的聲調中自有一份圓融。

「跟分店長借來墊的。」

「為什麼分店長不直接把錢借給那個姓關的？」

平岡沒回答，代助也沒追問。兩人默不吭聲走了一陣子。

代助判斷除了平岡所講的情況之外，肯定還有發生其他的事情。不過，他認為自己沒有進一步追究或弄清楚真相的權利。還有，之所以引發出好奇心，其實都是過度都市化所致。他生長在二十世紀的日本，雖然還不到三十歲，卻已經達到nil admirari[6]的境界。他的思想不像從深山跑出來的鄉下人，一看到世間的黑暗面就大驚小怪。他的神經也不致於無聊到一嗅到陳舊腐敗的祕密就暗自竊喜。不，甚至比這還多幾倍的愉快刺激也無法讓他滿足，從另一個角度來說，他已經疲憊了。

代助處在這個和平岡幾乎是毫無淵源的獨特自我世界裡，已經相當進化了。——假如觀察一下進化的背後，任何時候都在退化中，那也是古往今來的可悲現象。這些平岡根本不了解。他好像認為代助仍然跟三年前一樣天真幼稚。所以假如向這樣的少爺丟擲馬糞，容易將自己陷入如同讓千金小姐驚慌失措的困境。與其多說些令人討厭的事，不如沉默為上策。——代助如此解讀平岡的心態。因此他覺得平岡不回答自己的問題，默不吭聲往前走的模樣，看起來有些傻氣。代助開始把平岡當小孩子看待，其程度更甚於平岡把代助當小孩子看待。不過，兩人在走了二、三十公尺後，已經將那些想法全拋開了。

「那麼今後有什麼打算？」這次是代助先開口。

「喔。」

「也許還是重操舊業吧！畢竟有經驗。」

「唉，看情形再說吧！我想和你好好商量一下，你看怎麼樣？你哥哥的公司有沒有職缺？」

「嗯，我去拜託他看看，這二、三天內剛好有事要回去。但是不一定有。」

6 此為拉丁文，指對任何事都不會感到驚訝之意。

「假如企業界行不通，我想進報社工作。」

「那也不錯啊！」

兩人又走到了有電車行駛的大馬路上。平岡看到有一輛電車行駛而來，突然說要搭電車回去。代助只說了一句「好啊」，並沒有留客之意，卻也沒馬上要告別的樣子。兩人走到豎著紅柱子的車站。代助才問：

「三千代還好嗎？」

「謝謝，還是老樣子。她要我向你問候，其實今天原本想帶她一起來，可是她說被火車晃得頭很痛，才把她留在旅館。」

一輛電車在兩人跟前停下來。平岡快步走了二、三步，隨即被代助叫住。因為他要搭的電車還沒到。

「孩子的事，實在很遺憾。」

「嗯。太悲傷了。謝謝你那時候的安慰。反正是夭折，不如不要出生好。」

「後來呢？沒有再生嗎？」

「嗯，什麼再生不生的，已經沒指望了吧！因為她的身體狀況不太好。」

「碰到這種變動時，也許沒有孩子反而比較方便。」

「說得也是，最好像你單身一人，說不定更輕鬆。」

「那就來當單身漢啊。」

「別開玩笑。——說起來，我的妻子還一直惦記著不知道你是不是結婚了？」

這時候，電車來了。

三

代助的父親名叫長井得，是個曾在明治維新時上過戰場、有打仗經驗的老人，現在身體依然健壯。他辭去官職進入企業界，努力打拼賺了不少錢，近十四、五年來，已然成為富有的資本家。

代助的哥哥名叫誠吾，從學校畢業後立刻進入父親的關係企業工作，如今在公司已經是個舉足輕重的人物。代助的大嫂叫梅子，育有一對兒女。長子誠太郎今年十五歲，妹妹叫縫子，兄妹相差三歲。

除了哥哥誠吾之外，代助還有一個姐姐，嫁給了外交官，目前隨丈夫一起遠居西方國家。原本誠吾和姐姐之間，姐姐和代助之間，各有一個兄弟，不過都已夭折。母親也已經過世。

代助一家就是由這些人組成，其中搬出去的除了跟夫婿放洋的姐姐，還有最近另立門戶的代助，因此老家只剩大大小小五口人。

代助每個月固定會回老家一趟拿取生活費。代助是依靠父親，也是依靠哥哥在過日子。除了一個月固定回老家一次以外，平日若是感到無聊也會跑回去，跟小孩子嬉鬧、找書生下五子棋，或是與大嫂評頭論足戲劇的好壞，然後再回自己的家。

代助跟大嫂很合得來。這個大嫂把天保作風[7]和明治的現代作風融合得恰到好處。她曾經要放洋在法國的小姑訂購那種難以說清楚名稱，且頗為高價的布料寄回日本，然後經由四、五個人的剪裁，縫製出一條和服的衣帶繫在身上。後來才知道那種布料根本就是從日本出口，遂成為大笑話。這是代助跑到三越陳列所[8]調查出來的消息。大嫂很喜歡西洋音樂，所以代助常陪同她去聽音樂會。她亦對卜卦算命抱持濃厚興趣，十分崇拜石龍子[9]和一個姓尾島的某算命師。代助也曾陪大嫂坐人力車到算命師那裡二、三次。

最近，誠太郎這孩子對棒球非常著迷。代助回老家時，經常充當投手投球給他練習擊球。他是一個懷抱著奇妙期望的孩子。每年初夏一到，烤蕃薯店一下子紛紛改賣冰品時，縱使還沒流汗，第一個跑去買冰淇淋的人肯定是誠太郎。假如沒有冰淇淋，他也可以將就地喝杯冰水後，再得意洋洋地回家。近來他常表示，只要相撲常設館[10]一啟用，一定要當第一個觀眾。他也曾問代助說，「叔叔啊！你有沒有認識哪一個相撲力士？」

至於縫子這個小女生，無論跟她說什麼，她總愛回答，「人家喜歡嘛，要你管。」她一整天不知道要重紮幾次身上的蝴蝶結。最近去學小提琴，總是一回家就開始練琴，拉出來的聲音與鋸子的刺耳響聲沒兩樣。不過，她絕不在人前練習，總是緊閉門窗，從屋內發出嘎嘎嘎的響聲，因此她的父母親一直以為女兒琴藝高超。只有代助偶爾會偷偷拉開窗子看一眼，縫子一發現就嬌嗔喊，「人家喜歡嘛，要你管。」

代助的哥哥大抵都不在家，特別是忙碌時，只有早餐是在家裡吃，他的兩個孩

7 原文為天保調，本是日本俳句用語，此處指江戶時代末期的保守作風，與明治現代作風成對比。
8 三越陳列所，是日本橋三越吳服店的俗稱，如今三越百貨公司的前身。
9 石龍子，從江戶時代起，代代相傳的有名算命師世家。當時為第五代石龍子，曾設立「性相學會」。
10 相撲常設館，指設立在回向院境內的舊兩國國技館。

子壓根不知道父親到底都跑去哪兒了。代助也一樣不清楚。不過這正中下懷，除非有必要，他完全不想知道哥哥到底在外頭如何過日子。

代助很受兩個孩子歡迎，也頗受大嫂信賴。至於哥哥對代助有何看法，則無從得知。偶而兄弟見面，只是閒話家常而已。雙方都是一般的表情和平常心，似乎已經習慣兄弟間這種刻板的相處模式。

最讓代助受不了的還是自己的父親。一大把年紀，還養一個年輕的小老婆，那倒無所謂，代助對於這件事毋寧說是贊成，他認為只有那些沒能力卻硬要養小老婆的人，才應該被抨擊。父親是一個非常嚴厲的人，代助小時候一看到父親總像要被嚇破膽般。現在長大成人，當然不再像以前那樣感到懼怕。只是讓代助最受不了的，莫過於父親常把自己過去的時代與代助現在所處的時代混為一談，而且相信兩者並無太大差別。因此就產生出這樣的觀念，父親以自己過去的處世方式要求代助，如果代助沒有任何行動，就會被認為那樣不應該。代助當然不會反問父親，什麼是不應該？所以兩人相處倒也相安無事。不過，代助小時候脾氣非常暴躁，十八、九歲時甚至曾兩度和父親扭打成一團。畢業後，代助很快地改掉那暴躁的習性，從此以後不曾再動怒過。而父親卻自認為代助的轉變，是受到他的訓育所發揮的效果，非常自鳴得意。

實際上，父親所謂的訓育，只是讓環繞在父子之間的溫情漸漸冷卻而已。至少代助是這麼認為。然而，在父親的心中竟是迥然不同的解釋。無論如何，畢竟是有著血緣關係的父子，所以兒子對父親的親情，應該不會因為父親對兒子的管教方式而有所改變。為了教育兒子，縱使方法上有些過分，其結果也絕不會影響到骨肉親情。父親深受儒教思想薰陶，堅定相信這種理念。父親認為就憑自己是給予代助生命的這個單純事實，縱使面對所有的不愉快和痛苦，仍能保證親情永久不變，因此不斷使出高壓手段。如此一來，他只是養出一個對父親態度冷淡的兒子。雖說如此，在代助畢業前後那段時期開始，父親對待他的態度有非常大的改變，就這一點來說，父親也有令人驚訝的寬容面。不過那只是父親在實踐當代助呱呱落地時，他就為代助所擬定好的計畫的其中一環罷了，並不是出自於他看出代助思想的轉變所做出的適當處置。至今，父親完全沒有察覺，正因為自己把那種高壓教育實施在代助身上，才會造成今日這種壞結果。

父親對於自己曾經上過戰場這件事，感到頗為驕傲。動不動就譏諷別人說，你們這些沒上過戰場的人毫無膽識，那樣可不行。聽起來，膽識好像成為一個人的最高能力。代助每次聽到這種話，就感到十分厭惡。代助認為，父親年輕時所處的那種拼個你死我活的野蠻時代，膽識也許是生存的必要條件，但是講究文明的今日，那不過類似古代的箭術、擊劍之類的器具。不，代助認為膽識無法與之相提並論，還有很多能力的重要性都在膽識之上，而且更值得珍惜。有一次，代助聽到父親又在老調重彈，他忍不住笑著向大嫂說，依照父親的說法，世界上最偉大的應該就是石製的地藏菩薩了。

代助確實是一個膽小鬼，但也不因為自己膽小而覺得羞恥，有時候還大剌剌地以膽小鬼自居。小時候，代助曾被父親慫恿，三更半夜故意走到青山墓園。他強壓住恐懼在那裡待了一小時，後來實在怕到受不了，臉色蒼白地跑回家。當時代助自己也感到很懊惱。隔天早上被父親取笑時，他覺得父親實在很可恨。父親還說當年曾有一個少年，為訓練自己的膽識，半夜整束行裝，獨自一人爬上位於城北四公里外的劍峰頂上，並待在山頂上的佛堂直到天亮，禮拜日出後才回去，後來這就成為那少年的習慣。接著父親又批評，現今的年輕人和那少年的想法真是雲泥之別。

代助覺得父親那種又要嚴肅地重提舊事的模樣，也真可憐。代助很怕地震，哪怕只是瞬間搖晃一下，也會讓他心驚膽跳。有一次他端坐在書房，不知怎麼回事，他總覺得地震正從遠處不斷逼近過來。接著，他開始明顯感到屁股下的坐墊、榻榻米，乃至地板都在震動。他相信這就是自己所具有的本能。至於父親那種人，代助認為如果不是神經尚未發育成熟的野蠻人，就是自欺欺人的愚者。

當下代助正和父親相對而坐。坐在房檐頗長的小房間內望著外頭的庭院，感覺庭院好像被長檐分割開了。至少看不到遼闊的天空，但是四周卻顯得幽靜、祥和，是閒坐的好處所。

父親正在抽菸絲，把一只長柄的菸盒拉到跟前，不時把菸灰敲得叩叩響。這悅耳的聲音在靜謐的庭院裡響起。代助則是把四、五根金色菸嘴蒂丟進手爐內，已經不想再吸菸，所以兩臂叉抱胸前，盯著父親看。從年齡來說，父親臉上的肉多了些，不過臉頰又有些消瘦。濃眉下的眼皮已經鬆弛，說是白色不如說是黃鬍鬚。當父親和人談話時，有一個習慣就是先看看對方的膝蓋、再瞧瞧對方的臉部，兩相比較一下。這時候他的眼睛總會稍稍翻個白眼，讓對方有一種奇妙的感覺。

這時候，老人開口如此說道——

「人啊！不能光想到自己。因為還有社會、有國家。假如不為他人做點什麼的話，自己的心情也會不好。像你啊！整天無所事事，心情應該也不會好吧！對於低層社會中那些沒受過教育的人自然是另當別論。受過高等教育的人，絕對沒有理由以遊蕩為樂趣。而是應該把自己所學，實際加以應用才會從中得到快樂。」

「是的。」代助答道。父親每次對他說教，當代助窮於回答時，就會習慣敷衍了事。代助認為，父親的思考絲毫不具任何意義，凡事都喜歡自以為是地在中途就做出判斷再加以引申。不僅如此，有時好像是站在利他主義的角度在思考，不知何時又變成利己主義的立場。滔滔雄辯，好似煞有其事，根本全是一些毫無頭緒的空論。可是，假如想從根底動搖父親的論述，實在太困難，畢竟那是不可能的事，索性一開始盡量避免跟父親有所碰觸。不過父親認為代助當然是屬於以自己為中心的太陽系行星，自始至終，自己對於代助都具有支配其如何運行的權利。因此代助只能無可奈何，環繞著父親這顆老太陽不停地轉啊轉。

「討厭從事企業也沒關係。因為也未必只有賺大錢才是對日本有貢獻。不賺錢也沒關係。整天繞著錢團團轉，想來你也不會開心。總之，錢的事情我還是和以往一樣會給你。我啊！不知道什麼時候會死，死了也不能把錢帶走。你每個月的生活費，無論如何我都會拿出來。所以你要奮發圖強，做點什麼事。好好盡一個國民應有的義務。你已經三十歲了吧！」

「是的。」

「年過三十，還像個遊民整天遊手好閒，成何體統？」

代助絕不認為自己是遊手好閒。他只是在思考不必為工作而被汙染、又有很多空閒時間的上等人種和自己的問題而已。父親每次一提起這件事，代助就覺得父親實在很膚淺。父親那幼稚的頭腦裡完全不知道，自己每天是如何過著有意義的生活，而且在思想情操上已經結出豐碩的成果。但是代助對父親實在無計可施，只好露出認真的神情，

「是的，真是不應該。」代助說。老人打從心底就把代助當成毛頭小孩子看待，加上代助的答話總是不失稚氣，內容簡單得猶如不食人間煙火，雖然很不以為然，怎麼說孩子都已長大成人，卻拿他一點沒辦法也沒有，讓人傷透腦筋。繼之一想，代助的語氣鎮定、冷靜，不扭捏、不作態，表現得極為平常心，對這傢伙還真不知該從何下手。

「你的身體很健壯啊！」

「這兩、三年來不曾感冒過。」

「看來腦筋也不壞，在學校的成績還不錯吧！」

「還好。」

「所以遊手好閒，那就可惜了。那個叫什麼的人，喔～就是那個常來找你聊天的人。我曾碰過一、二次的那一個啊！」

「平岡嗎？」

「對！就是平岡。看起來好像不太行，不過一畢業就跑到哪裡去工作了，不是嗎？」

「但是失敗了，已經回來。」

老人忍不住苦笑，問道：

「為什麼？」

「反正就是為混口飯而工作吧！」

老人不太明白這句話的意思，反問：

「難道他做了什麼不好的事嗎？」

「也許在那種情況下是理所當然的事，不過那些理所當然的事終歸會失敗吧！」

「這樣啊！」老人提不起勁地答話，接著換另一種口氣說：

「年輕人之所以經常失敗，完全是因為不夠誠實和不夠熱情。以我多年的經驗活到這把年紀，不具備這兩個條件，無論如何也不會成功。」

「有時候太誠實、太熱情，反而會吃虧。」

「不，沒這回事。」

父親所坐位子的頭頂上，正好懸掛著一塊寫著「誠者天之道也」[11]的閃亮匾額。據說是請前代舊藩主所寫的字，父親視之如珍寶。但代助卻非常嫌惡這塊匾額。首先就是討厭那一筆字。再來就是對那文句起不了共鳴。代助很想在「誠者天之道也」的後頭，加上「非人之道也」。

聽說，舊時藩內的財政凋蔽到不可收拾的地步時，負責整頓財政的長井邀請了兩、三位和藩侯有往來的商人聚會，他在商人面前解刀、低頭懇求大家融資。但是他也誠實向商人表示，自己並不知道將來是否有能力歸還借款，結果竟然成功獲得融資。因此，他請藩主寫了這一塊匾額。從此以後，長井就將這塊匾額掛在自己的起居室，早晚都要看一看。關於這塊匾額的由來，代助不知道已經聽過多少遍了。

距今十五、六年前，舊藩主府內的開銷每個月都超支，好不容易整頓起來的財

11 出自《中庸》第二十章「誠者天之道也，誠之者人之道也」。

政又再次面臨崩敗時，鑑於長井前次的手腕，再度被委予重任。那時候長井甚至親自跑去燒洗澡水，從實際支出和帳面支出不相符合的地方開始查帳，日以繼夜、竭盡心力工作的結果，大概只花一個月就研究出良善的管理方法。從此之後，藩主家的經濟又一次轉為富裕。

因為有這段經歷，往後，長井的思考模式一步也不敢踏出這段歷史，凡事都要歸結到誠實和熱情。

「你是怎麼回事呢？一副欠缺誠實和熱情的模樣。那樣不行啦！所以你才會一事無成。」

「誠實和熱情都有，只是無法用在人際關係上。」

「這又是什麼道理？」

對此，代助再次不知該如何回答。因為代助認為誠實也好、熱情也好，都不是蓄存在自己身上，隨時可以噴發出來的東西。那是有如金石撞擊才能迸發出火花般，得看對方是誰而定，且是發生在天雷勾動地火兩個當事人之間的現象。與其說那是自己所擁有的特質，毋寧說是精神上的交換作用。因此不是勢均力敵的對手，也激不出熱情來。

「父親是不是生吞活剝了《論語》或王陽明學說，才會那樣說呢？」

「何謂生吞活剝？」

代助沉默一下子，才說：

「就是把吞進去的學問，原封不動吐出來。」長井對於這個有讀書癖、性情乖戾、不諳世事的年輕人，想表達又不得要領的警語，儘管有股好奇心卻不想搭腔。

大約四十分鐘後，老人更換衣物、穿戴整齊，坐在人力車上不知前往何處。代助一直送到玄關外才走回來，打開客廳的門步入。這是最近增建的西式房子，室內的裝飾及其他方面，大部分都是依照代助的構思，要求專業人員逐一打理出來。特別是格窗周圍的圖案，是費心拜託一位熟識的畫家，多次討論的結果才完成，寓意尤其深遠。代助佇立屋內，眺望有如畫卷般展開的長形作品的色彩，怎麼感覺看起來遠不如上一次的好呢？繼之一想，應該不致如此吧！當他還在一部分一部分慢慢地欣賞時，大嫂突然走進來。

「喔，你在這裡啊？」接著大嫂又問：「有沒有看到我的梳子掉在這裡？」梳子就掉在沙發腳的旁邊，她說是昨天縫子借走，不知掉在哪裡，才會進來找找看。大嫂以兩手按著頭，把梳子插在包頭的髮根下，兩眼往上翻又看了代助一眼，調侃他：

「又在發呆嗎？」

「又聽父親說教了。」

「又被罵一頓嗎？快回去吧！你太不機靈了。話說你自己也不好，根本都不願意按照父親的意思去做。」

「我從來不曾在父親面前有過任何爭辯，凡事低調又順從。」

「所以才更不好處理。無論父親說什麼，你都說好、好、好，結果卻總是左耳進右耳出。」

代助露出苦笑後，默不吭聲。梅子朝著代助的方向，坐在椅子上。她是一個身材高挑，有著淺黑色皮膚和濃眉薄唇的女人。

「你也坐下，我有些話要跟你說。」

代助還是站著，同時打量著大嫂。

「妳今天的襯領很妙。」

「這個？」

梅子縮起下巴，皺起眉頭，想看看自己的襯領。

「最近才買的。」

「顏色很好看。」

「哎呀！這種事隨便都好，你坐下來吧！」

於是，代助就坐在大嫂的正前方。

「好了，坐下了。」

「今天到底為什麼被教訓？」

「說到為什麼被教訓，因為不得要領。不過父親要為國家社會盡力這一點讓我很驚訝。不管怎麼說，他從十八歲就一直盡忠到現在了呀！」

「所以他才有現在的成就，不是嗎？」

「假如為國家社會盡力，就能像父親一樣賺那麼多錢的話，我也可以去為國家為社會奮鬥。」

「所以不要遊手好閒，趕快去盡一分心力。你光伸手拿錢，太狡猾了。」

「光伸手拿錢這種事，還不曾有過。」

「縱使沒有光伸手拿錢，也在花錢啊！不是一樣嗎？」

「哥哥是不是說了什麼呢？」

「哥哥已經厭煩了，什麼都沒說。」

「實在太猛了。哥哥比父親厲害多了。」

「怎麼搞的呢？——明明就很討厭，偏偏要那樣恭維。你啊！實在糟糕透了。裝出一本正經的模樣，卻在暗地裡損人。」

「是這樣嗎？」

「你還問是這樣嗎？好像事不關己。你也稍微想一下，好嗎？」

「怎麼我一來這裡，好像變成另一個門野，真傷腦筋。」

「你說的門野，是誰呀？」

「是我那邊的書生。無論人家跟他說什麼，他一定回答『是這樣嗎』或『是嗎』。」

「有那種人？好像滿有趣的。」

代助好一會兒不說話，視線越過梅子的肩頭，透過窗簾間的縫隙看著美麗的天空。遠方有一棵大樹。滿樹全冒出淡褐色的嫩芽，輕柔的樹梢與天際相接之處，宛如籠罩在毛毛細雨中般朦朧。

「天氣漸漸變好了，哪天一起去賞櫻花吧！」

「好啊！一起去，那你要說給我聽。」
「說什麼？」
「父親對你說了什麼。」
「說了一大堆事，可是我沒辦法按順序重複一遍，我腦筋不好。」
「又在那邊裝模作樣，你那一套我都知道。」
「我倒想請教妳。」
「最近，你可真變得伶牙俐齒啊！」梅子有點嚴肅。
「哪有，大嫂才讓人束手無策。——不過今天顯得特別安靜。孩子們都好嗎？」
「孩子都在學校。」
這時候，一個年約十六、七歲的女僕打開門，探頭進來，說是大少爺要太太去接個電話。說完話便安靜地站在原地，等待梅子回話。梅子立刻起身，代助也站起來，想要跟著走出客廳時，梅子回過頭來說：
「你老實待在這裡，我還有點話要跟你說。」
代助總覺得大嫂這種命令式的措辭很有趣。他目送大嫂，回了一句慢慢來，又坐下來，再度觀賞剛才看的長畫。看了一會兒，他開始覺得那色彩並不是塗在牆上，而是從自己的眼球飛出去，黏貼到牆上。最後，他竟然覺得眼球似乎能夠隨心所欲地替前方的人物及樹木變換顏色。代助就這樣一一為色彩塗得不夠好的地方重新上彩，最後忘我地陶醉在自己所能想像出來的美麗色彩當中。直到梅子返回，代助才倏然恢復為原本的自己。

代助又問梅子這一次到底有什麼事？原來又是自己的婚事。早在代助畢業前，梅子就已開始為他的婚事奔波，拿來不少相親照片，也安排代助與相親對象見面，不過他都不中意。剛開始還會找個冠冕堂晃的理由回絕，大約從二年前開始，忽然變得厚顏又刻薄，總非得要將相親對象評頭論足一番，說些莫名其妙的話來損人家，諸如嘴巴和下巴不協調啦，眼睛長度和臉部寬度不成比例啦，耳朵的位置不對啦，由於那些都不像代助平常的言行，梅子也稍微思索一下，認為可能是自己太過熱心，代助才會得意忘形，故意讓人難堪。應該先暫時擱下此事，等代助開口拜託再說。梅子下定決心後，從此不再提起代助的婚事。不過，對方仍舊完全不在乎，一如往常依然故我，讓人搞不清楚他葫蘆裡賣的是什麼藥。

然而，就在這節骨眼，父親為代助物色到一個兩家關係頗為密切的結婚對象，因此旅途到一半就回來了。在代助回家的二、三天前，梅子已從父親那裡聽聞這件事，所以猜想今天他們父子所談的必定就是此事。實際上，這一天老人對於結婚一事隻字未提。也許老人正是因為這件事，才把代助叫回家，沒想到一看到代助的態度，心想還是暫時保持低調才是上策，故意避開這個話題。

代助和這位小姐，其實有著一層特殊關係。雖然知道對方的姓氏，卻不知道對方的名字。有關對方的年齡、容貌、教育和個性，一無所知。但至於為什麼會挑中這位小姐的其中內情，他又非常清楚。

代助的父親有一個哥哥，名叫直記。直記和父親只相差一歲，個頭比父親瘦小，兄弟倆的眼耳鼻口等五官長得十分相像，不知情的人都會誤以為兩人是雙胞胎兄弟。當時父親的名字還不稱為「得」，而是以幼名「誠之進」稱呼。

直記和誠之進不僅外貌相像，個性也不愧是兄弟十分契合。除非特殊情況，兄弟兩人幾乎同進同出，一起睡覺、一起吃飯、一起行動。上下學也總相偕來去，讀書同用一盞燈，感情親密至極。

大約在直記十八歲那年秋天，父親命兩人到城郊的等覺寺。那是藩主的家廟，寺內有名和尚叫楚水，跟他們的父親是好朋友，所以父親要兄弟倆送封信給楚水。其實信中只是邀請對方下圍棋，連回函都不需要，可是楚水卻把兄弟留下來閒聊，遲至日落前一小時兩人才走出寺院。那一天，剛好附近舉辦廟會，街道人潮擁擠。兄弟倆穿過人群中，匆匆趕路回家時，在一個小巷子的轉角撞到了住在河對岸的某人。這某人和兄弟倆，平素就相處不好。當時某人帶著沖天酒氣，才三言兩語的爭執便拔刀相向，倏然砍來。那把刀砍向哥哥，哥哥不得已也拔出腰間的刀應戰。對手平日素以蠻橫兇暴出名，儘管已是酩酊大醉，依然十分蠻強。假如弟弟不伸手援助，哥哥肯定會被打敗。所以弟弟不得已也立刻拔刀助陣。兄弟倆一同奮力將對方砍死。

依照當時的規矩，武士砍死武士，殺人的一方必須自行切腹。兄弟倆抱著必死的覺悟回到家。父親也將兄弟按序排列，打算親自為兩人介錯[12]。兩人的母親恰巧跑去朋友家看廟會不在家。父親基於人倫想讓兩人在切腹前，與母親見最後一面，立刻叫人去接母親回家。在母親返家前，父親又是訓誡兩人，又是準備切腹用的房間，故意拖延時間。

母親作客的人家，是一個姓高木、有權有勢的遠房親戚，這下真是太好了。之所以這麼說，是因為當時的社會已經開始變動，武士的規矩已不如往日那麼嚴厲。何況被殺死的對象，是一個向來惡名遠播的無賴青年。因此高木隨著兄弟的母親回到長井家，訓諭父親在官署未正式處理前，不要貿然採取任何行動。
然後，高木開始四處奔走。首先就是去說服家老[13]，再透過家老來說服藩主。被殺的某人，其父意外是一個相當明理的人，平常就為兒子的聲名狼藉感到苦惱不已，也知道事發當時是自己兒子的蠻橫無理所引起，所以當人家來要求寬大處理兩兄弟時，倒也沒提出抱怨。於是，兄弟兩人閉門反省一陣子後，就不告而別離家出走。
三年後，哥哥在京都被浪人殺死。第四年，國號改元為明治。又過五、六年，誠之進把雙親從故鄉接到東京。然後娶妻成家，改單名為「得」。那時候，救命恩人高木已過世，由養子負責家業。無論誠之進如何力勸他來東京，謀個一官半職，總不見回應。這養子育有一男一女，兒子前往京都，進入同志社[14]就讀，聽說畢業後旅居美國很長一段時間，目前在神戶經營企業，是個有相當成就的資產家。女兒嫁給同縣的有錢人家。代助這次的相親對象，就是這個有錢人家的女兒。

12 介錯，在日本切腹儀式進行當中，為切腹者斬首以避免其痛苦的行為。
13 家老為各藩侯家的大老。
14 本部設於京都的私立大學，簡稱同大、同志社。

「還真是複雜啊！我很驚訝。」大嫂對代助說。

「父親不是已經講過很多遍了嗎？」

「可是他並沒提起婚事，所以我也不在意地聽聽而已。」

「佐川家有女兒，我一點都不知道。」

「那就娶她吧！」

「妳贊成嗎？」

「當然贊成。兩家淵源這麼深，不是嗎？」

「與其靠祖先的淵源，還不如依照自己的緣分去成親比較好。」

「喔！你有這樣的對象嗎？」

代助露出苦笑不回答。

四

代助把一本剛讀完的薄薄外文書攤在書桌上，雙手托腮茫然發呆。代助一整個腦袋，完全被書中最後一幕所占據。——前方遠處矗立的樹，顯得寒氣逼人，樹的後方有二盞小小的方形燈無聲地搖晃著。絞首檯就設在那裡。受刑人站在暗處。傳來一個人的說話聲「鞋子掉了一隻，很冷」，接著有人反問「什麼？」，先前那個人又重複一遍「鞋子掉了一隻，很冷」。不知是誰問「M在哪裡？」，有人回答「在這裡」。樹與樹之間，看得見白茫茫的一大片。帶著濕氣的風就是自那裡吹來。G說「那是大海」。不久，方形燈的亮光照在寫有宣判文的紙上和拿著宣判書的白皙的手——並未戴上手套。有人說「宣讀一下吧」，聲音帶著顫抖。一會兒，方形燈熄滅了。「……只剩一個人」K說。接著嘆了一口氣。S也死了。W也死了。M也死了。只剩下最後一個人……

旭日從海上昇起。他們把屍體堆在一輛車上。然後，載走了。拉長的頸子，突出的眼球，嘴唇上的血泡好似盛開的恐怖之花，濕濕了舌頭，從原路回去……

代助腦子裡反復浮現安德烈耶夫《七個被絞死的人》[15]中的最後場景，整個人感到不寒而慄。這時候最讓他有一種痛切感，就是擔心萬一自己也面臨同樣狀況，該如何是好？再三思考，無論如何自己都不想死。話雖如此，假如被硬逼著去死，

15 安德烈耶夫（Леонид Николаевич Андреев，1871-1919），俄國小說家、劇作家。《七個被絞死的人》為其作品，內容描述七名被處絞刑的革命者在獄中、法庭上及行刑前的心理狀態。

又是何等殘酷的事情。他想像自身處在生的欲望和死的壓迫之間，一動也不動地端坐，一邊勾勒出自己留戀地徘徊在兩端時心中的苦悶，一邊突然感到整個背脊的皮膚和毛孔刺癢到幾乎無法忍耐。

他的父親經常提起自己在十七歲時砍殺了一名武士，並為此而有切腹自殺的覺悟。父親說自己打算替他的哥哥介錯，再由祖父來替他介錯。代助認為父親的學習力還真強。不過，父親每次提起這些事，代助非但不覺得父親有多麼了不起，反而認為他真是一個令人討厭的人。要不然就是認為父親在說謊。

不僅父親，就連祖父也有過那種故事。聽說祖父年輕時，劍道同門的某個師兄弟，因為武藝高強而引人嫉妒。有一晚，走在田埂路回城裡的途中，遭人砍殺而亡。祖父在第一時間趕過去。他左手提燈，右手拔刀，一邊用刀敲打屍體，一邊大叫：「軍平，你要振作，傷勢很輕啊。」

聽說伯父在京都被殺前，有一個綁著頭巾的人來勢洶洶闖進伯父投宿之地，伯父從二樓的窗檐往下跳，不慎被庭院的石頭絆倒，才會被人由上往下猛砍，砍得面目血肉模糊。還有，大約在伯父被殺害的十天前，他在三更半夜穿著蓑衣，雪中撐傘，腳踩木屐，從四條通往三條通的返途中，距離住宿約二百公尺處，突然有人從後方高喊「長井直記」。伯父不答應也不回頭，依然撐著傘走到投宿處的大門口，打開格子門踏進去。然後用力關上門，由裡向外問：「本人就是長井直記，有何貴事」。

代助每次聽到這些故事，與其說被激發勇猛精神，不如說首先感到很可怕。膽量都還沒訓練出來，就覺得有一股血腥味先衝進鼻子。

代助曾經希望，假如自己要死，最好死在突然激動到最頂點的瞬間。不過，代助絕不是一個會突然激動的人。雖然他經常手會顫抖、腳會顫抖、聲音也會顫抖，連心臟都會猛烈跳動。但是最近幾乎不曾激動過。心理上的激動狀態，就是最接近死亡的自然現象，每激動一次就更接近死亡，這是他親眼見到的事。有時候會抱著好奇心，至少希望能夠更接近那種狀況，不過完全辦不到。最近，每當代助對自己的狀態作自我解剖時，不得不驚訝地發覺現在的他跟五、六年前的自己相比，簡直是截然不同的另一個人。

代助拿起攤在書桌上的那本書面朝下一放，起身站起來。宜人的和風自廊下玻璃窗的縫隙吹進。盆栽內阿曼蘭斯（amaranth）[16]的紅色花瓣輕輕搖曳。陽光撒落

16 莧屬的觀賞植物總稱。

在碩大的花朵。代助彎下腰，窺探花朵的中央部位。不久，從細長的雄蕊頂端取下花粉，細心地塗抹在雌蕊上。

「螞蟻鑽進花裡頭了嗎？」穿著褲裙的門野從玄關走出來問道。

「你回來了？」代助依然彎著腰。

「是啊！回來了。聽說是這樣的。明天要搬家。所以今天想來探望您。」

「誰要來？平岡嗎？」

「是呀！——該怎麼說好呢？他好像很忙的樣子。他跟先生很不一樣。——如果是螞蟻的話，就把油灌進去。螞蟻受不了，自然會從裡面跑出來，再一隻一隻把牠捏死。讓我來吧！」

「不是螞蟻。聽說天氣好的時候，取出花粉抹在雌蕊上，就會結成果子。因為今天有空，就按照花匠所說的方法做做看。」

「原來如此。這世界真的變得愈來愈方便了。——盆栽很不錯。賞心悅目嘛。」

代助嫌煩，默不吭聲。不久，說了一句「你就不要再惡作劇了吧！」就起身坐在擺在廊下的安樂椅上，不知道在想什麼想到出神。門野自覺無趣，便退回自己那間位於玄關旁、約三張榻榻米大的房間。當他拉開紙門正要進去時，被代助叫回廊下。

「平岡說今天要來嗎？」

「是的，他說要來。」

「那我就等他。」

代助決定暫時不出門。其實，他這幾天一直很掛念平岡的事。平岡上次來找代助時，說一切都還未安定。他告訴代助，說是已經鎖定兩、三處有頭緒的地方，打算就在這兩、三處好好活動看看。代助幾乎不知道現在這兩、三處的狀況如何？代助曾經兩次主動跑到平岡位於神保町的宿處。一次恰好不在，另外一次雖然在家，卻是穿著西裝站在門檻上，兇巴巴地怒罵自己的妻子。——代助未經人帶領，直接沿著廊下走到平岡房間的旁邊，突然親眼目睹到這一幕。那時候，平岡轉過頭來，說了一聲「喔，是你呀。」平岡的表情和神態，沒有絲毫的愉快。從房間內探頭出來的妻子看到代助，一張蒼白的臉龐立刻泛起紅暈。在那種情況下，代助不好意思多作停留。當他聽到平岡勉強說「進來坐吧。」「不必了，也沒什麼特別的事，只是來探望一下而已。你要出門的話，就一起走吧。」代助話一說完，直接就往門外走。

那時候，平岡帶著抱怨向代助說，希望找個棲身處安定下來，但他忙得焦頭爛額，根本無法抽空尋覓，偶而有人告訴我哪裡有屋子，一跑過去看，對方不是說沒人退租，就是說正在粉刷牆壁之類。平岡沿路不斷大吐苦水直到要搭電車分手為止。代助很同情他的狀況，對他說如果是這樣，房子的事就讓我家的書生幫忙找吧！景氣也不好，空房子應該還剩很多。代助承諾這件事後，就回家了。

然後，代助依照承諾讓門野出去找房子。沒想到門野一出去，立刻找到一處合適的地方。門野帶著平岡夫婦去看房子，雖然代助知道平岡大致上還算滿意。不過，一方面門野對屋主有責任，另一方面假如不行，還可以另尋他處，所以代助要門野再去問問屋主到底肯不肯租，一定要確認。

「你應該先去告訴屋主要租房子的事吧！」

「是。我回來時，順便過去告訴屋主明天要搬家的事了。」

代助坐在椅子上，思索著這對夫妻決定重新定居東京的未來。平岡跟三年前在新橋告別時的情況，已經完全不一樣。他的經歷，彷彿剛在處世階梯上爬了一、兩階就踩空了。雖然他沒能爬上最高處，說來還算幸運，並未摔成引起世人注目的重傷。不過，他的精神狀態早已崩垮。代助一見到平岡時，心裡已有此定論。不過，再看看自己這三年來的變化，暗忖說不定是自己的情緒反應在對方的身上吧！但是，當代助眼前浮現後來跑到平岡的宿處拜訪，沒進去就一起走出去時的樣子和言行舉止，怎麼樣還是不得不回到最初的判斷。當時平岡的臉部中央好像有一種神經全擠過來的感覺，無論是風還是沙迎面吹來，當眉與眉之間受到強烈刺激時，就會毫無忌憚地痙攣一下。他說話時，無論內容如何，聽在代助的耳裡，儘管不慌不急，卻藏有一股哀傷之感。代助覺得平岡的一切作為，好像一個肺功能不強健的人，在黏稠的葛粉湯裡上氣不接下氣地浮游著。

「怎會那麼急嘛！」代助目送平岡跳上電車，忍不住在嘴裡嘟囔。然後他又想到獨自留在旅館的平岡妻子。

代助就算碰到平岡的妻子，也不曾稱呼她一聲「太太」。如同她婚前一樣，他總是呼叫她的名字「三千代、三千代」。代助送走平岡後，一度想走回旅館，和三千代見個面、說說話。不過，總覺得不能去。駐足思考一會，他想，縱使現在自己前往旅館，也沒什麼不對。只是他心中懷有內疚而不想去。如果拿出勇氣，當然就可以去。不過代助要拿出這種勇氣，卻是一件很痛苦的事。因此他決定回家。但縱使回到家，他還是心神不定，好像有種不滿足的微妙心情。於是，他出門喝酒。代助原本就是一個好酒量的人。那一晚，又喝得特別多。

「那時候，自己到底怎麼了呢？」代助靠在椅子上，以較為冷靜的態度自我批判。

「有什麼事嗎？」門野又走過來。他已經脫掉褲裙和襪子，露出肉圓圓的腳丫子。代助不吭聲地看著門野。門野也看著代助。兩人互看了一陣子。

「哎呀！您沒叫我？哎呀、哎呀！」門野話一說完就退回去了。代助並不覺得這有什麼好笑。

「阿婆，先生沒在叫我啦！真是奇怪。也沒聽到他在擊掌的呼喚聲。」他的聲音從飯廳傳來，接著聽見門野和阿婆的笑聲。

這時候，等待中的客人來了。到門外迎客的門野，露出意外的表情走進來。然後走近代助身邊輕聲說：「先生，來的是太太喔。」代助聽了默默起身，走進客廳。

平岡的妻子皮膚白皙，頭髮顯得烏黑，大小剛好的鵝蛋臉，眉清目秀。乍看之下，總覺得她有些落寞，好似古書浮世繪中的美人畫。她回到東京後，氣色看起來不太好。代助第一次在旅館看到她時，感到有些驚訝。原本以為是舟車勞頓，精神尚未恢復，但聽說並非如此，她一直都是這副模樣，所以代助很同情她。

三千代離開東京的第一年曾生下一個孩子。不過，孩子出生不久便夭折，從此以後她就罹患上心痛症，身體經常不舒服。剛開始只覺得懶洋洋，可是總不見好轉，才找了醫生診斷。醫生說病因不太清楚，從症狀看來也許是罹患一種叫做什麼，總之病名很難說清楚的心臟病。假如真的是罹患這種病，那是一種血液從心臟流到動脈後，又一點一點回流的麻煩病。因為醫生宣告無法根治，連平岡也嚇一跳。也許是三千代自己也盡可能地休息調養，大約一年後，身體慢慢好轉，精神也漸入佳況。臉色幾乎恢復到與從前一樣容光煥發，她自己也感到很高興。沒想到回東京前一個月開始，氣色又變得虛弱了。醫生說這一次並不是心臟病所致。雖然心臟不是很健康，但絕不會比以前更惡化。診斷結果認為現在的情況，肯定不是心臟瓣膜出問題。——這是三千代親口對代助說的話。當時，代助看著三千代的臉，暗忖可能有什麼憂愁所致吧！

三千代有一雙美麗的眼睛，雙眼皮的線條很漂亮地重疊。她的眼睛修長，可是當她凝神注視時，眼睛看起來很大。代助認為之所以這樣，就是她的黑眼球所產生的效果。早在三千代未婚前，代助就經常看見她這種眼神。至今記憶猶新。當三千代浮現在腦海，臉龐的輪廓還未成形當中，那一雙潤澤的眼睛就會先出現。

三千代沿著廊下被帶進客廳，在代助前面坐下來。她美麗的雙手相疊，擺在自己的膝上。兩隻手都戴著戒子。上面那隻手戴了一只很時髦的金戒子，細緻的金座上鑲著一顆大珍珠，這只戒子是三年前代助送給她的結婚賀禮。

三千代抬起頭來。代助先瞥了一眼她的眼睛，不由得眨一下眼睛。

三千代說火車抵達的隔天，理應跟平岡一起來拜訪代助。因為身體不舒服，所以沒一起來，後來又沒機會跟平岡一起來，就這樣一直都沒來。今天恰巧……。她說到這裡停下來，好像突然想起什麼。接著好像非常過意不去地道歉說，「上一次你來的時候，平岡正好要出門，實在很失禮。」

「你等他一下，不就好了嘛！」三千代帶著女性的撒嬌又補充一句。不過那語氣卻是低沉，這原本就是她特有的語調，反而讓代助憶起往昔的情景。

「你們不是很忙嗎？」

「是呀！忙歸忙——又有什麼關係呢？既然人都來了，你也太見外。」

這時候，代助很想開口問問他們夫妻之間到底發生什麼事，但終究還是沒說出口。如果像以往半開玩笑問她，為什麼挨罵，臉都紅了。到底做了什麼壞事？其實也並不過分。但是代助聽出三千代的撒嬌，就是事後想掩飾當天所發生的事情，因此想開玩笑的心情消失無蹤。

代助點了根菸，叼在嘴上，把頭靠在椅背上，故作輕鬆地問：

「好久不見了，我請你吃飯吧？」代助心中暗忖，自己這種態度，也許可以帶給她幾分安慰。

「今天就算了。我沒辦法待太久。」三千代回答，隱約可見她往昔鑲的金牙。

「好吧！」

代助把手放到頭部下方，兩手的手指頭交叉，看著三千代。三千代低下頭從衣帶間拿出一只錶。當時代助買珍珠戒子送給她的時候，平岡就是買這只錶送給他的妻子。那時候兩人在同一家店各自買禮物後，一起走出店內，代助和平岡邁步要跨過門檻時，相視而笑的情景，至今記憶猶新。

「哎呀，已經過三點了。我以為才二點多。——因為順道要辦點事情。」她自言自語般說明。

「那麼急？」

「是啊，得早點回家。」

代助把手從頭下方伸出來，彈掉菸灰。

「這三年來，妳已經習慣家庭主婦的生活。這也是沒辦法。」

代助笑著說。不過語調中帶著一種說不出的苦楚。

「對啊！明天就要搬家了。」

這時候，三千代的聲音突然顯得生氣勃勃。代助根本把搬家的事忘得一乾二淨。

「那麼搬家之後再來，不就可以好好聊一聊了嗎？」

代助被對方愉快的語調所感染，也就天真地緊追下去。

「不過……」三千代說到這裡，臉上露出為難的神情。低頭看一下又抬起頭，臉頰上泛起紅暈。

「其實，我有事情想請你幫忙。」

直覺敏銳的代助，一聽到三千代這句話，立刻領悟到她所指何事。實際上，從平岡抵達東京的那一刻起，他就認為遲早會碰到這件事，隱約已經有所覺悟了。

「什麼事呢?不必客氣，請說。」

「手頭上有些不方便。」

三千代說話的模樣宛如孩子般天真，不過雙頰上的紅暈依舊。代助想到現在平岡的處境，竟然困頓到得讓這個女人如此難為情，而感到非常同情。

經代助慢慢細問後，才知道三千代不是為明天搬家的費用，也不是為安家費而來借錢。而是平岡離開分行時，總計留下三筆債務。其中一筆已到了非還不可的情況，因為先前已經跟人家約定好，抵達東京一週內就要還清債務，基於某種理由，無法像其他債款暫且擱置不管，所以平岡到東京的隔天就憂心忡忡，為此到處奔走，卻毫無頭緒，不得已才交代三千代來向代助開口借錢。

「這是跟分店長借的那一筆款子嗎？」

「不是，那筆錢什麼時候還都沒關係，但是這一筆無論如何得趕快還清，否則對在東京求職會有影響。」

代助心想原來竟如此曲折啊？一問金額，說是五百多圓。代助暗忖，怎麼會這麼多？實際上自己根本一文不名。這時候代助察覺到，自己用起錢來好像不受拘束，其實自己是一個財務自由受到很大拘束的人。

「怎麼會欠下那麼大筆的債務呢？」

「所以我一想到這件事也很煩，加上我又在生病，真是屋漏偏逢連夜雨。」

「那是借來當醫藥費的嗎？」

「不是。醫藥費還是很有限。」

三千代沒再進一步說下去。代助也沒有再進一步追問的勇氣。他看著三千代蒼白的臉色，對於未來隱約感到一股不安。

五

翌日清晨，門野雇了三輛板車，到新橋車站幫平岡把行李領回來。其實，行李早已送達，因為無法確定平岡的住所，所以行李一直擱放在車站內。代助估算一下路程往返以及裝卸行李的時間，無論如何都得耗上半天。因此一起床就提醒門野，不早點出門會來不及。門野仍然以一貫的語調，答說不會有問題。門野這個人不太有時間觀念，才會這麼隨意答話，經過代助的說明後，才露出恍然大悟的神情。代助又接著交代他，把行李送到平岡家後，大大小小的事情也要幫忙處理妥當。門野輕鬆地答說知道了，請放心，就愉快地出門了。

代助看書看到十一點過後，不意想起鄧南遮[17]，傳說他把自己家的房間漆成藍色和紅色。鄧南遮主張生活上的兩大情調，除這兩種顏色以外就不存在。因此需要精神振奮的房間，也就是音樂室或書房，盡可能塗成紅色系。另外像寢室、休憩室等舉凡需要安定心靈的地方，就要裝飾成近乎藍色系。這種做法一看就知道是運用心理學者的說法，以滿足詩人的好奇心。

代助感到奇怪的是，像鄧南遮這種容易受到刺激的人，為什麼需要可說是強烈興奮色彩的紅色來助威呢？代助自己一看到稻荷神社的紅色鳥居，心情就不好。如果可能的話，縱使只有頭部也好，他希望能夠倘佯在一片綠色當中平靜地安睡。在某一次的展覽會上，他曾看到一個姓青木[18]的畫家，繪了一幅有個身材修長的女子佇於海底的畫作。在眾多的作品當中，代助認為只有這幅作品令人感到心情愉快。換言之，代助自己也十分嚮往這種靜謐、安寧的氣氛。

代助走到廊下，望著庭院裡往前方蔓延過去的一片青翠。不知道花兒何時凋零，現在已是抽嫩芽的新綠時節。郁郁青青的新綠，好似迎面而來，讓人耳目為之一新，頓時感到心曠神怡。他忍不住戴上一頂鴨舌帽，身上仍然穿著那套綢布衣就

---

17 鄧南遮（Gabriele D'Annunzio，1863-1938），義大利詩人、小說家、編劇。

18 青木繁（1882-1911），日本西畫家，為明治時期浪漫主義派的代表人物，其最負盛名之作為《海之幸》。

出門了。

代助來到平岡的新宅，門戶大開，裡頭一片空盪，既不見行李，也看不出平岡夫婦來過的跡象。只有一個像車夫的男人，獨自坐在廊下抽菸。一問之下，對方答說剛才他們夫婦已來過一趟，他們說看這種情形，勢必得拖到下午，所以話一說完又回去了。

「先生和太太一起來嗎？」

「對，一起來。」

「然後，一起回去嗎？」

「對，一起回去。」

「行李應該快到了吧！辛苦了。」代助如此說道，隨即走往大街上。

代助來到神田，原本沒想要去平岡投宿的旅館。不過，總覺得掛念著夫婦倆。特別是惦記著平岡妻子的事。所以就想去露個臉。代助抵達旅館時，夫婦倆剛擺好飯菜，正在吃飯。旅館的女傭手持托盤，背對著門。代助從她的背後，往裡頭打招呼。

平岡大吃一驚地看著代助。他的眼睛充滿血絲，說是已經二、三天都沒能好好睡一覺。三千代笑說平岡的說法太誇張。雖然代助覺得平岡可憐，不過總算放心。代助告辭後離開，一路吃飯、理髮，順道往九段[19]隨意繞繞，又返回平岡的新宅看一看。只見三千代頭裹頭巾，身穿友禪[20]長襯衣，挽起袖子，正在整理行李。旅館的那個女傭也過來幫忙了。平岡在廊下解開行李，看到代助，笑著說怎不來幫一下忙呢？門野脫下褲裙，撩起衣服的後下擺，跟車夫一起把雙層衣櫃往裡頭搬，搬運時還不忘往代助這邊搭訕：「先生，你覺得怎麼樣？看到我這種模樣，不可以取笑我喔！」

翌日，代助早餐時，照例正喝著紅茶，這時，剛洗過臉的門野，精神奕奕走進飯廳。

「昨晚，您什麼時候回來？我實在太累，不知不覺打起瞌睡，完全不知道您回來了。——先生看到我在睡覺了吧？您實在很壞啊！到底什麼時候回到家？昨天您又跑去哪裡？」門野以他一貫的語氣，囉唆個沒完。

「你幫他們都收拾好了嗎？」代助語氣認真。

19 九段，位於東京千代田區的地名。
20 友禪，一種布染圖案的技法。

「對啊，完全收拾好了。所以才會弄得精疲力竭。總之，跟我們搬家時不一樣，他們有各種大型傢俱。太太站在客廳正中央，茫然東張西望的樣子——實在很好笑。」

「因為她身體狀況不太好。」

「感覺她的身體的確不太好，臉色也很不好。平岡先生就不一樣，體格好到嚇人，昨晚我們還在同一處洗澡。」

不久，代助回到書房，寫了二、三封信。一封寫給在朝鮮統監府[21]的友人，主要是向對方表達前次餽贈高麗燒[22]的謝意。另一封寫給在法國的姐夫，麻煩他代為選購便宜的塔那格拉人偶[23]。

午後，代助出外散步前，往門野的房內望一眼，只見門野正在酣睡中。代助看著門野呼呼大睡的鼻孔，實在羨慕。老實說，昨晚自己睡得不好，實在挺難受。他照例把懷錶放在枕頭旁，沒想到發出很大的滴答聲。因為太在意那聲音，於是伸手把它塞在枕頭下，但響聲依然穿進腦中。聽著滴答聲，不知不覺意識漸漸模糊，所有其他的意識才沉浸到完全黑暗當中。但是他又感覺到孤獨的夜裡，有一根縫紉針在自己的腦海中急促地不停來回穿梭。但是，那聲音不知何時變成「鈴鈴」的蟲鳴聲，從乾淨玄關旁的那一棵樹的深處傳來。——代助追想昨夜的夢境，追到這裡時，有種找到那條繫著睡眠和覺醒之間的絲線的感覺。

代助是個一旦在意某件事，就非要追究到底不可的人。而且明知這種做法很傻，卻無法讓自己不在意那些已鑽進腦中的事。三、四年前，他曾試著去了解平日自己到底如何進入夢境的問題。夜晚，鑽進被窩，萬事妥當，正要昏昏欲睡時，突然發現「啊！就是在這時候，就是這樣入睡的」。這一瞬間，立刻不想睡了。過一會兒，又想睡覺時，突然又認為「啊！就是在這時候」。代助幾乎每晚都會這樣被好奇心所苦，同樣的事二次、三次來回反復。最後，搞到自己也不知該如何是好。心想無論如何都要想辦法擺脫這種痛苦。不僅如此，他也深深感到自己真是愚蠢。代助也認為，以自己不明瞭的意識去訴求自己明瞭的意識，同時又想去回顧，宛如詹姆斯[24]所說，點起蠟燭去檢視黑暗，停下陀螺去玩味陀螺的轉動，根本是一輩子

---

21 統監府是明治三十八年日韓簽訂日韓保護條約後，設於漢城（現在的首爾）代表日本的政府機關。

22 朝鮮高麗時代（918-1392）所燒製的陶瓷器。

23 塔那格拉（Tanagra）為古希臘的地名，該地古墳中出土的人偶通稱為塔那格拉人偶，高約十至二十公分。

24 威廉·詹姆斯（William James，1842-1910），美國心理學之父，提倡實用主義者，機能主義心理學派。

都不得安寧入睡。雖然明白這道理，一到夜晚卻不禁依然故我。

那種痛苦持續約有一年之久，不知何時才漸漸消失。代助將昨晚的夢跟那種痛苦相比較，忽然產生一種奇妙的感覺。因為他認為把自己理智部分去除後，以這樣的姿態不知不覺中進入夢境，實在有趣。同時，他也想過這種作用是不是跟發瘋時的狀態很相似呢？至今為止，代助不曾過於激動，因此他堅信自己不會發瘋。

接下來的二、三天，無論代助還是門野，都沒有平岡的消息。第四天下午，代助被邀往麻布[25]參加園遊會。客人男男女女來了不少，主賓是一位兼具英國國會議員與企業家身分的高個子男人，還有他身旁那位戴著一副夾鼻眼鏡的妻子。這位太太是個美人，前來日本算是委屈她的美貌，她得意洋洋撐著一把岐阜產的彩繪陽傘，不知是從哪裡入手的？

這天，天氣很好，穿著燕尾服的客人站在寬闊的草坪上，感覺夏天已經到來，一望無際的天空好像從肩部到背部大大隆起般，晴空萬里，一片清澈。英國紳士蹙眉仰望天空說：「真是美啊！」妻子立刻接著答：「lovely」。他們寒暄的聲調如此高昂有力，讓代助覺得英國式的恭維還真別具一格。

這位太太也來跟代助寒暄二、三句，可是不到三分鐘，代助就已經無法應付而退卻。之後，有一個身穿和服、特地梳起島田髻的名媛，以及一位長期在紐約經商的某先生過來搭話。某先生是個自以為有英語天分的人，從不缺席任何英語聚會，喜歡以英語與同是日本人的朋友交談，尤其喜歡以英語做即席演講。他還有一個習慣，無論講什麼，都會自以為幽默地哈哈笑。部分英國人看到這種情形，往往不禁露出驚訝的神情。而代助則是在心中暗喊，「你實在可以停止了！」另一位名媛是出身有錢人家的小姐，她的英語說得十分流利，聽說她僱請美國婦人當家教，對英語著實下過一番工夫。代助非常欽佩她的英語能力，深深感到比起她的容貌，當她講英語時更具魅力。

代助之所以被邀請，並不是因為自己跟主人或英國夫婦有私人交情，完全是受父親和哥哥的社交關係影響，而收到邀請函。代助在場隨意周旋，點頭致意。他的哥哥也受邀在賓客之中。

「你也來了呀！」哥哥向代助打招呼，手卻連帽子都沒碰一下。

「今天天氣真好。」

25 麻布，位於東京港區。

「對啊！天氣很好。」

雖然代助身形不算矮，不過哥哥長得更高。加上這五、六年來身體逐漸發福，整個人看起來頗有威望。

「哥哥怎麼不去那裡跟外國人聊天呢？」

「哎呀，算了吧！」哥哥說完，露出苦笑。並且以手指玩弄著掛在大肚子的金鎖鍊。

「外國人真有禮貌，不過也有些過頭。只要一說天氣好，那他們就非努力讚美天氣如何好不可。」

「那種天氣該如何讚美呢？你不覺得有些熱嗎？」

「我覺得太熱了。」

誠吾和代助像事先說好一般，有默契地同時拿出白手帕擦一擦額頭。兩人頭上都戴著厚重的禮帽。

兄弟倆走到草坪盡頭的樹蔭停下。身邊沒有任何人。對面好像開始在進行什麼餘興節目。誠吾露出彷彿置身在自己家中的神情，遠遠望向對面。

「我想哥哥這樣的心境，無論在自己家中也好，在外作客也好，都是同樣的心情吧！已經習慣世間的一切，恐怕已經覺得毫無樂趣，也很無聊吧！」代助心中邊想邊看著誠吾的模樣。

「今天父親怎麼沒來？」

「父親去參加詩會。」

誠吾依然露出平日的表情回答，這讓代助覺得多少有些奇怪。

「大嫂呢？」

「她要招呼客人。」

代助一想到大嫂事後恐怕又要發牢騷，覺得更奇怪了。

代助知道誠吾終日繁忙，也知道哥哥大半的時間都忙於應付這種交際應酬的聚會。但是他從未露出厭惡的神情，也不曾抱怨，只是毫無節制地喝酒、大吃，也和女人有說有笑，不曾見他顯露倦態，也不曾表現焦躁的樣子，遇到事情處之泰然，體態一年比一年肥胖。哥哥的這身本事，真叫代助欽佩不已。

誠吾經常出入招待所、上餐館，有時應邀吃午餐、有時吃早餐、有時跑俱樂部、有時去新橋車站送客、有時在橫濱港迎賓，有時甚至要前往大磯別墅區問候請安，從早到晚都在眾人聚集場所來來去去，既不見得意洋洋的神情，也不見失意落寞的模樣。代助認為哥哥已經習慣這種生活，如同水母漂浮在海裡，感覺不出海水的鹹味和腥味。

不過，代助對此頗感慶幸。話說誠吾和父親的為人處世風格很不一樣，從來不曾對代助長篇大論地講經說教。而且也從不開口談些主義啦、主張啦、人生觀啦等硬梆梆的教條，所以這些哲理到底存在？還是不存在？他幾乎一無所知。不過，他也不曾積極地想去摧毀這些無聊的主義、主張和人生觀。事實上，平凡就是好。

其實，哥哥是一個很無趣的人。如果要聊天的話，大嫂遠比哥哥有趣多了。有時候碰到哥哥，他一定會問「還好吧？」接著順口問起最近報紙報導的事件，譬如：義大利不是發生地震嗎？土耳其的皇帝不是被罷黜嗎？或是向島[26]的花已經謝了吧？橫濱港外國船的船底不是有養蟒蛇嗎？誰不是被火車輾死了嗎？總之，那些無關痛癢的話題，兄弟倆好像永遠都說不完。

有時候哥哥還會問些奇怪的問題。譬如：托爾斯泰已經死了嗎？當今日本的小說家誰最偉大？換言之，可以說他對文藝毫不關心且無知到令人驚訝的地步，不過他是立於尊敬和輕蔑的立場之外，漫不經心問問而已。因此代助回答他的問題也毫不費力。

因此，像這樣和哥哥面對面閒聊，雖說平淡無奇卻也不必拘束，還挺輕鬆的。可是哥哥每天早出晚歸，很難能跟他碰上一面。假如哥哥能夠一整天在家，跟家人一起吃三餐，對大嫂、對誠太郎、對縫子來說，都是一件難能可貴的事。

現在代助能夠和哥哥並肩站在樹蔭下，對他而言真是一個大好機會。

「哥哥，我有話要跟你說，什麼時候有空呢？」

「什麼時候有空。」誠吾反復說來幾次，沒有正面回答卻露出笑容。

「明天早上，好嗎？」

「明天早上得到橫濱一趟。」

「下午呢？」

「雖然下午在公司，不過有事要討論，就算你來也沒辦法好好聊。」

「那麼晚上總可以吧？」

「晚上要去帝國飯店，明天晚上要請那對洋人夫婦在帝國飯店吃飯，所以也不行。」

26 向島，位於東京墨田區。

代助嘟起嘴巴，盯著哥哥看。兩人不禁都笑出來。

「如果那麼急的話，今天怎麼樣？假如是今天就可以。好久沒一起吃飯了。」

代助表示贊成。原本以為會去俱樂部之類的地方，出乎意料地誠吾竟然提議去吃鰻魚。

「戴著禮帽跑到鰻魚屋，還是生平第一次。」代助猶豫一下。

「那有什麼關係。」

兩人離開園遊會，搭車前往位於金杉橋旁的鰻魚屋。

附近有河川、有柳樹、有古厝。壁龕的柱子已經泛黑，柱子旁的多寶格櫥架上並列倒擺著兩頂禮帽，代助見狀不禁說這畫面實在有夠奇妙。二樓一間敞開的房間只有兄弟兩人盤腿而坐，看來反而比白天在園遊會更讓人輕鬆。

兩人心情愉快地喝著酒。哥哥一邊吃喝一邊閒聊，一副全然悠哉的模樣。代助也陶醉其中，以致於差點忘記那件重要的事情。在女服務生送來第三壺酒時，代助才談到正事。所謂正事，指的當然就是日前三千代來借錢的事。

坦白說，代助至今還不曾厚著臉皮向誠吾要過錢。只是還記得剛畢業後，跟藝妓鬼混過頭，不得不讓哥哥來收拾善後。那時候，本以為會被哥哥罵一頓，沒想到哥哥只說「真是叫人擔心，別讓父親知道」，然後由大嫂替代助還清債務。之後，哥哥也不曾說過代助一句不是的話。從那時候起，代助看到哥哥就會感到很慚愧。雖然後來代助也時常缺零用錢，不過都是找大嫂解決問題。所以說這種事找哥哥幫忙還是第一次。

對於誠吾，代助覺得他看起來就像個沒有提把的水壺般，不知該從何下手才好。不過，這也是代助對哥哥感興趣的地方。

代助以閒聊的方式，漸漸帶出平岡夫婦的經歷。誠吾並沒有露出厭煩的表情，嘴裡不時「嗯、喔」地搭腔，然後邊喝酒邊聽。當代助慢慢講到三千代借錢這一段，他還是「嗯、喔」地搭腔而已。

「我很同情也很擔心他們，所以就答應要幫忙。」代助無可奈何，只好這麼說。

「嗯。這樣啊？」

「你覺得怎樣？」

「你有錢嗎？」

「我身上一文不名。要借錢。」

「向誰借？」

代助從一開始就覺悟到會碰上這情況，於是很乾脆地說：

「我想向你借錢。」話一說完，代助直視著誠吾。

「我看這事就算了。」哥哥依舊面不改色，心平氣和地回答。

一問誠吾為什麼？他說那無關人情、義理，也無關對方會不會還錢或自己會不會蒙受損失。只是單純判斷，碰到那種事情不必理會，到時候自然就有辦法。

誠吾為證明自己的說法，還舉了各種例子。誠吾有一名姓藤野的手下，租屋住在大雜院。藤野有一個遠房親戚的兒子寄住在他家。由於那孩子突然不得不回故鄉接受兵役體格檢查，可是事先寄來的學費、旅費已全被藤野給挪用完了，於是藤野就來拜託誠吾幫忙周轉一下。誠吾當然沒跟他直接見面，只是交代妻子婉拒。結果，那孩子最後依然如期回故鄉接受體檢了。藤野還有一個什麼親戚，用光了房客的押金，不料房客隔天要搬家，他卻拿不出錢歸還，所以藤野又哭著跑來借錢。誠吾當然還是婉拒了。而最後事情照樣被妥當解決，押金也順利還人家了。——誠吾又提了幾件其他案例，大致都是類似的例子。

「那一定是大嫂私下幫人家忙，哈哈哈……哥哥也太漫不經心。」代助放聲大笑。

「哪會有這種事？」

誠吾依然不改那副自以為是的表情。端起酒杯，悠哉送到嘴邊。

六

那一天，誠吾始終沒說願意借錢。代助也盡量避免說「很同情三千代啦！」、「她很可憐啦！」之類哀求的話。雖然代助自己對三千代是抱著這樣的感情，但哥哥對她一無所知，要讓哥哥也跟代助一樣抱持同情，那是不可能的事。何況過度使用感傷的話語，不只會讓哥哥看不起，也有一種自我愚弄的感覺。所以代助又恢復平日放蕩不羈的模樣，拉東扯西，又喝又笑。他一邊喝酒一邊想到父親說的所謂熱誠不足，指的就是這種情形吧！不過，代助認為自己不是那種以眼淚攻勢去使人就範的低級人物。他認為，說到令人作嘔，再沒有比裝腔作勢的眼淚、苦悶、認真、熱誠更令人厭惡。哥哥也很了解代助的為人。因此代助認為自己也要注意，假如使用那種手段的話，將有損自己的人格。

代助喝著喝著，就將借錢的事拋到腦後了。只覺得兩人能如此對飲，實在痛快，也聊些可以談的事情。當店家端來茶泡飯時，代助突然想起什麼似，跟哥哥說借錢的事就不談了，可不可以拜託幫平岡安插一個工作。

「不行。那樣的人就算了吧！何況現在又不景氣，實在沒辦法。」誠吾話一說完，繼續扒了幾口飯。

第二天早上，代助醒來還躺在床上時，首先如此思索：

「如果想要說服哥哥，非得靠同樣是企業家的朋友不可。單憑手足之情，根本不可能。」

雖然代助如此思索，倒也沒有責怪哥哥不近人情的意思。不如說，他早已覺悟那是理所當然的結果。哥哥毫無怨言地為自己還清那筆荒唐債，已經很夠義氣。代助暗忖，假如自己替平岡當債務連帶保證人，哥哥又會怎麼做呢？他還會乾淨俐落地為我善後嗎？哥哥是早已考慮到這一點，所以才拒絕嗎？還是哥哥早就知道自己不會做出這般過分的事，所以一開始就安心地不答應借錢呢？

如果以代助目前的處境來說，怎麼有資格當人家的債務連帶保證人呢？連他自己也如此認為。不過，若是哥哥也看清這一點才不借錢的話，倒是有點出乎意料之外。說實話，代助很想測試看看，哥哥的態度會有什麼改變。——想到這裡，代助覺得自己未免存心不良，忍不住露出苦笑。

不過他唯一可以確認的事，就是平岡遲早肯定會拿著借據，要自己擔任他的債務連帶保證人。

代助一邊想著這些事一邊起床。門野盤坐在飯廳看新聞，當他看到頭髮濕淋淋的代助從澡間回房時，立刻挺背端坐，摺好報紙放到坐墊一旁。

「連載小說《煤煙》[27]真是不得了。」門野大聲說。

「你也在讀啊？」

「對，每天早上都要讀。」

「有趣嗎？」

「有趣啊！非常有趣。」

「哪裡有趣呢？」

「哪裡有趣？被您這一問，我倒說不出來。大體上說來，不就是描述出現代人的不安嗎？」

27《煤煙》為夏目漱石的弟子森田草平（1881-1949）於一九〇八年在東京朝日新聞的連載小說。

「有沒有感受到一種肉欲呢？」

「有，很強烈。」

代助默不吭聲了。

他端著紅茶走進書房，坐在椅子上出神地望著庭院，長滿樹瘤的石榴樹枯枝和淡黑色樹幹下方，已經長出混雜著暗綠和暗紅的新芽。不過也只是映入代助的眼底，並未令他有任何感觸。

現在代助的腦海中，並沒有留下任何具體的事物，如戶外的天氣般靜止不動，不過在其底層卻有如微塵般的無數物體爭先恐後地相互推擠。那宛如乳酪中有無數的蟲子在蠕動，也不會讓人感覺乳酪所在的位置有任何變動。代助對於這種微震幾乎不自覺。只是每當生理性反射時，坐在椅子上的身體會稍稍變一下位置而已。

代助對於最近大家頻繁使用、好像流行語的「現代」、「不安」等詞彙，卻不太愛說出口。那是因為他清楚知道自己生存在現代，也相信生存在現代未必就會產生不安。

代助認為俄國文學中的不安，起因於天候和政治的壓迫。法國文學中的不安，起因於過多的通姦事件。以鄧南遮為代表的義大利文學中的不安，則是起因於徹底墮落導致自暴自棄。日本的作家喜歡從所謂不安來描述社會，不過是拾人牙慧的舶來品罷了。

雖然代助從學生時代就有一種從理智去對事物懷疑的不安，不過往往進行到某階段就會嘎然而止，返回原點。那很像往空中丟擲石頭。代助認為當下大可不必去丟這種毫無用處的石頭。禪宗和尚有所謂「大疑現前」[28]等的境界，對代助而言，是不曾踏進、未可知的國度。代助生性聰明伶俐，不會突然輕率地懷疑一切事物。

代助也讀門野大為激賞的《煤煙》。但今天對那份放置在紅茶杯旁的報紙，卻提不起興致去翻閱。鄧南遮筆下的主人公都是富家子弟，所以奢華、揮霍、糜爛也不足為奇。但是《煤煙》的主人公是一個非常貧窮的人，若不是愛情的力量，根本無法走到那種地步。但是，無論是書中的男主人公要吉也好，女主人公朋子也罷，代助都看不出兩人因為純真的愛情，被迫不得不永久離開社會的樣子。假如因為思考導致他們如此做，那麼內心的力量又是什麼呢？代助不得不有所疑問。主人公在那種處境中，可以斷然做出那種決定，應該不像是有所不安的人。毋寧說遇事猶豫

28 禪宗語，懷疑世間一切現象都只是假象。這也是開啟進入大悟的階段。

不決的自己，應該才是一個不安分子。每當代助獨自思考這問題時，總覺得自己是一個特殊的人。可是又不得不承認像要吉那種特殊的人，遠比自己高明太多了。因此，至今才會抱著好奇心閱讀《煤煙》，最近幾天他察覺自己和要吉之間相差過於懸殊，以致提不起興致閱讀。

代助坐在椅子上時，會不時動動身體。但他仍然認為自己一直都很沉穩。不久，喝過紅茶後，代助開始如平日般閱讀書物。他靜靜地閱讀了大約二小時後，突然在某一頁的中間部分停下，雙手托腮。然後，拿起一旁的報紙，開始閱讀《煤煙》。不過仍然覺得不合脾胃。於是轉讀其他的報導。讀到有關高等商業學校的罷課事件，大隈伯[29]支持學生立場且措辭強硬。代助讀到這篇報導時，他將大隈伯的行為詮釋為是想把學生拉進早稻田大學的手段。然後他放回報紙。

午後，代助感覺到自己漸漸沉不住氣了。他感到腹部出現無數條的細紋，那些細紋不斷地相互改變位置和形狀，以致整個腹部有種在晃動的感覺。代助經常會被這種情況所影響。至今他把這種情況當作是單純的生理現象。代助想到昨天跟哥哥去吃鰻魚，不由得有點後悔。他想出去散步，順便到平岡的住處去看看，不過卻分不清楚目的到底是散步？還是探望平岡？阿婆替代助拿來外出服，正要換衣服時，姪子誠太郎來了。誠太郎手拿帽子，一顆漂亮的圓腦袋瓜往代助伸過去，一屁股坐下。

「已經放學嗎？也太早了吧？」

「一點也不早。」誠太郎面帶笑容看著代助。代助擊掌暗示阿婆過來。

「誠太郎要不要喝可可？」代助問。

「喝啊！」

代助要阿婆端兩杯可可過來，然後跟誠太郎開玩笑，

「誠太郎，你老是打棒球，你的手愈長愈大，都快比腦袋瓜還大了。」

誠太郎笑嘻嘻，以右手摸摸圓腦袋瓜。他的手確實很大。

「叔叔，昨天爸爸請你吃飯了。」

「是啊！他請我吃飯，所以我今天肚子不舒服。」

「你又神經過敏。」

「不是神經過敏，真的不舒服。都是哥哥害的。」

29 大隈重信（1838-1922），日本的政治家、教育家。早稻田大學的創辦人。

「可是爸爸跟我說啊……」
「說什麼？」
「明天放學回家時，繞到代助那裡，叫他請客。」
「喔，要我回請？」
「對，他說，今天我請客，明天輪到叔叔請客。」
「所以你才特地跑來嗎？」
「對。」
「不愧是哥哥的兒子，真聰明。現在我請你喝可可，不就行了嗎？」
「可可也算嗎？」
「你不喝嗎？」
「喝當然是要喝，不過……」
代助好好問過誠太郎後，才知道這孩子打算假如相撲比賽開始，要代助帶他去回向院[30]，而且必須坐在正面最好的位子觀戰。代助爽快地一口答應。誠太郎因此面露喜色，突然說：
「雖然叔叔整天無所事事，實際上很厲害。」代助一聽這話，頓時竟愣住半晌，才敷衍回答：

「大家不是都知道叔叔很厲害嗎？」

「可是，我昨晚才聽爸爸說的啊！」誠太郎辯白。

聽說昨晚哥哥回家後，好像和父親、大嫂三人一起談論過自己。從孩子嘴巴講出來的當然不太完整，不過誠太郎頭腦很好，還記得不少大人們當時說的話。父親好像說，看來代助不會有什麼出息。哥哥替代助辯解，他的言行當中，有些還是很有道理。暫時先讓他去，不要管。讓他去，沒關係。不會出錯。總有一天會做出一番成績來。大嫂也附和表示同意，她還說一週前曾經找人算命，算命仙說這個人肯定身居高位，絕對沒問題。

代助只是回答「嗯、嗯、然後呢？」始終聽得津津有味，但聽到大嫂竟然跑去算命，他實在覺得太離譜。不久，代助換好衣服，把誠太郎送到大門口，自己就前往平岡家去了。

近數十年來，隨著物價高漲，中產階級的生活逐漸步入困境，從住宅上最能窺

30 回向院，位於東京墨田區的淨土宗寺院。

見這種變化——粗糙低劣、寒酸醜陋，平岡家住的就是這種房子。代助早就注意到了。

大門和玄關之間只有約一、二公尺長。後門也是這般裝置。前後左右，格局同樣都蓋得非常侷促。小資產家眼見東京的貧窮現象正迅速膨脹，紛紛想讓手上微薄的資金滾出二成乃至三成的利潤，因此這些簡陋的住宅順而成為生存競爭的紀念物。

現在的東京市，特別是郊區，這種房子如雨後春筍般在各地冒出來。不僅如此，更宛如梅雨季節的跳蚤般，每天以驚人的速度繁殖。代助曾經將這種現象稱為「淪亡的發展」。而且這也是代表當今日本的最好象徵。

那些房子當中，有的是以石油桶的底部焊接成四角形鐵片，再把這些鐵片像魚鱗般疊起來作為遮蔽物。若是租到這種房子居住，沒有人不會在半夜被鐵柱所發出的極大響聲吵醒。那些房子的板窗上，必定有節孔。拉門必定會跑出拉槽外。滿腦子只關注錢，想每個月從中取得利息過活的人，都會租這種房子而讓自己蟄居在其中。平岡就是其中之一。

代助從圍牆前經過時，首先看到屋頂。深黑色的屋瓦讓他的心受到一種奇妙的刺激。代助感覺那些毫無光澤的泥板，好像能夠無止盡地吸取水分。代助看到玄關前還留有先前搬家時解開草包而掉落的草屑。走進客廳，平岡正端坐在書桌前揮筆寫一封長信。三千代在隔壁房間。只聽到從房裡傳來衣櫥上鐵環的聲音。她的身旁有一包打開的行李，裡頭露出半隻漂亮長襯衣的袖子。

當平岡說著「失禮了，等我一下」的時候，代助看到行李、長襯衣，還有不時伸進行李的那雙纖纖細手。拉門敞開，一點也沒有作勢關上之意。不過，三千代的臉朝背光處，所以看不見。

不久，平岡把筆往桌上一扔，整理一下坐墊。看起來他好像拚命在寫什麼，耳朵泛紅，眼睛也紅通通一片。

「還好嗎？前陣子感謝你多方幫忙。事後想向你道謝，卻一直還沒空去。」平岡的這番話，聽起來不像在解釋原因，倒像帶有挑戰意味。平岡既沒穿襯衣，也沒穿細筒褲，盤腿而坐，衣領沒拉妥，胸毛微微露出。

「一切都還沒就緒嗎？」代助問。

「豈止還沒就緒，也許這輩子都無法就緒。」話一說完，平岡焦躁地抽起菸來。

代助非常了解平岡為什麼要用這種態度來接待自己。他絕對不是針對代助我，而是針對整個社會。不，應該說是針對他自己。代助想到這裡，反而很同情他。不過平岡這種模樣，讓代助感到不大愉快，只是沒生氣罷了。

「這房子怎麼樣呢？隔間還不錯吧？」

「唉！就算不好也無可奈何。若真想住自己喜歡的房子，除了做股票，恐怕是沒指望了。最近，東京蓋了很多豪宅，不都是炒作股票的人建蓋的嗎？」

「也許是吧！可是每蓋起一棟豪宅，背地裡不知道要毀掉多少間房子？」

「所以還是就這麼湊合湊合地過吧！」

平岡如此說完，哈哈大笑。這時候三千代走出來。她輕聲向代助打招呼：「多謝你前幾天的幫忙。」三千代坐下來的同時，拿起手中捲起來的紅色法蘭絨，放到代助面前。

「那是什麼？」

「孩子的衣服。做好後還不曾穿過，剛剛在行李底下發現，順便就拿出來了。」

她邊說邊解開繩子，將筒袖往左右攤開。

「你看！」

「妳還留著那東西啊？趕快拆了它，拿來當抹布吧！」

三千代把孩子的衣服放在膝蓋上，默不吭聲，低頭看一會兒，轉向丈夫說：

「這和你那一件是同時裁製的。」

「這一件嗎？」

平岡身上飛白花紋的夾衣下，貼身穿著一件法蘭絨料子的衣服。

「這衣服不能再穿。太熱了。」

這時候，代助好像才又看見從前的那個平岡。

「夾衣下還穿法蘭絨，太熱了。穿襯衣就好。」

「嗯，因為嫌麻煩就一直穿著。」

「跟他說該洗一洗，他卻一直不肯脫下來。」

「不，要脫。自己都覺得討厭。」

大家的話題終於離開死去的孩子。這時的氣氛比起代助剛來時熱絡許多。平岡說「好久不見，喝一杯吧！」三千代也說「我就去準備，請多留一會。」隨即起身走到隔壁房間。代助望著她的背影，心想無論如何都要幫她籌到那筆錢。

「工作已有著落了嗎？」代助問。

「嗯，好像有又好像沒有。說沒有是說還可以遊蕩一陣子。只要認真找總有辦法找到工作。」

雖然平岡的語氣極為平靜，代助聽起來反而是他很焦急地想找一份工作。代助想把昨天跟哥哥的談話結果告訴平岡，可是聽到他這番話，決定暫時不提。因為代助覺得對方好不容易維持住的尊嚴，自己何必撕破呢？何況平岡對於借錢一事隻字未提，自己也沒必要主動提出來多加說明。不過自己對此默不吭聲，平岡心中肯定會憤怒地認為自己是一個無情的傢伙。但是，現在的代助對於這種非難，幾乎毫無感覺。實際上，自己本來就不是一個熱情的人。假如以三、四年的自己來批判現在的自己，也許會覺得自己墮落。不過，假如以現在的自己來回顧三、四年前的自己，當時確實太誇大自己的道義，而且還到處得意洋洋。現在的代助認為，與其費盡心思拿鍍金冒充為純金，不如就以黃銅的真面目示人，縱使被人看不起，也落得輕鬆。

代助甘願以黃銅的真面目示人，倒不是因為像小說中所描述的經歷——不經意間捲入驚濤駭浪中，驚嚇之餘而有所頓悟的結果。那完全是因為他自身特有的思考力和觀察力，漸漸把自己那一層鍍金剝掉。代助深信這層鍍金有一半以上，都是被父親塗上去的。當時，父親看起來像純金。很多長輩看起來也像純金。舉凡受過一定程度教育的人，無一不像是純金。對於自己卻只是一塊鍍金，他感到很難堪，才會焦急地希望自己也能看起來像純金。但是，當他親眼目睹那些人的真面目之後，突然發現自己真是白費心力。

同時，代助認為自己在這三、四年之間發生如此變化，同樣這三、四年之間，平岡應該也在他自身經驗的範圍內產生很大的變化。假如是以前的自己，為讓平岡明白自己的心意，縱使和哥哥吵架，跟父親爭論，也要解決平岡的問題，而且還會跑到平岡面前大肆吹噓一番。不過，前提是以前的平岡。現在的平岡似乎也沒那麼在乎朋友義氣不義氣。

因此正事只談個二、三句就不談了，後面也全是東拉西扯，酒在這時候擺出來了。三千代拿著酒壺替兩人斟酒。

平岡隨著酒喝愈多，話也愈多。不過，他無論喝得再多，也不致亂性。反而愈喝愈快活，帶有一種歡樂的氣氛。如此一來，他比起一般酒徒更能言善道，有時還能提出比較嚴肅的問題，和對方爭辯得不亦樂乎。代助記得，以前曾和平岡對坐在一整排啤酒瓶兩邊舌戰不休。令代助感覺最不可思議的，莫過於當平岡陷入這種狀態時，自己最容易和平岡發生爭論。平岡經常說酒後吐真言。現在兩人的境界，比起那時已有很大的差距。兩人也心知肚明，再也找不出好辦法來縮短那段距離。在平岡抵達東京，也就是三年後的再次相見，那時候他們已發現兩人的情誼早在不知不覺中疏遠了。

今天卻很奇妙。兩人的友誼隨著酒意愈濃愈親近，平岡又恢復到以前的模樣。酒過三巡，當下的經濟困境、目前的生活，還有隨之而來的痛苦、不滿和心底的不安，看起來好像全麻痺了。平岡的談話頓時一躍升至高水準。

「我是失敗了。失敗還是得工作。今後也打算繼續工作。你看到我失敗，正在暗中笑我。——你說沒在笑，反正跟笑就是同樣意思，也無所謂。你看！你在笑我。你在笑我。可是，你不是什麼都不做嗎？你是一個光接收世間所有好處的人。換句話說，也是一個無法發揮自我意志的人。若說你沒有意志，那就是謊話。因為都是人嘛！其證據，肯定就是始終感到不滿足。我要以我的意志來改變現實社會，就算是一小步也好，我一定要在現實社會中找到確實是透過自己的意志而改變的證據，否則就活不下去。那正是我所認同的生存價值。你光在思考。因為只是思考，所以思考中的世界和現實中的世界各自存在。你忍受這種大不協調，無形中不就已經失敗了嗎？為什麼這樣說呢？因為我把那種不協調公諸出來，你卻把它壓抑在內心裡，正因為我公諸於世，也許我真正失敗的次數是比你少。但是現在我得被你笑，而我卻不能笑你。不，縱使我很想笑，以世間人看來，我卻沒資格笑你。」

「你儘管笑我，無所謂。因為你在笑我之前，我早就先笑自己了。」

「胡說。三千代，妳說對不對？」

三千代始終坐在一旁，默不吭聲，突然被丈夫點名發表意見，她嫣然一笑看著代助。

「三千代，我說的是真話。」代助拿起酒杯接酒。

「根本就是胡說。無論我的妻子如何替你辯護，還是胡說。原本你就是一個會笑別人也笑自己，兩者都能在腦中並行不悖的人，所以讓人分不清處到底是胡說？還是真話……」

「別開玩笑了。」

「不是開玩笑。我是認真跟你說話。你以前不是這樣子的。雖然你以前不是這樣子，不過現在已經改變太多了。任誰看來，都不能不說長井是春風得意，對不對？三千代。」

「我從剛才就一直在旁邊聽你們聊天，我倒覺得你比較春風得意啊！」

平岡哈哈哈放聲大笑。三千代拿起酒壺到隔壁房間溫酒。

平岡拿起筷子夾了兩、三口菜，低頭猛嚼，然後抬起醉眼，

「好久沒像今天這般好心情，真的醉了。我說你啊！——怎麼好像不太開心的樣子。那樣可不行。我已經回到從前的平岡常次郎，你卻沒有回到從前的長井代助，這樣不行。你一定要回到從前。然後，好好乾幾杯。我乾了。你也乾了吧！」

代助從這番話中，看到平岡真率又毫無心機地努力回到從前。他要代助也回到從前。不過，另一方面卻讓代助有一種被強迫要他把前天吃下去的麵包還回去的感覺。

「你喝了酒，就開始醉言醉語，不過腦筋還算清醒。好吧！我也說吧！」

「對啦！就要這樣才像長井嘛。」

代助突然又不想說了。只問：

「你腦袋瓜真的清醒嗎？」

「當然清醒。只要你也是清醒就好，我一直都很清醒。」話一說完，還盯著代助看。實際上，平岡確實如自己所說，一直都很清醒。因此，代助如此說道——

「你剛才說我什麼都不做，雖然你狠狠攻擊我，我卻默不作聲。因為我確實如

你所說，打算什麼都不做，所以才會默不作聲。」

「為何什麼都不做？」

「說到為何什麼都不做，這並不是我不好。總之，都是社會不好。如果說得再誇張點，因為日本和西方國家的關係不好，所以才會什麼都不想做。第一，沒有一個國家像日本一樣窮到背負著一身的債務。你認為這些債務何年何月才還得清呢？可是終究還是要還呀！不過，還不僅是債務而已。日本這個不向西方借債就站不起來的國家，竟然還想以一等大國自居。硬要擠進一等大國的行列。因此，所有的作為都無法深入鑽研，徒有一等大國的表象，實在悲慘。那就好像一隻和牛競爭的青蛙，你看著吧！最後一定會撐破肚皮。這種影響都反映在我們每個人身上。國民受到西方的壓迫，當然無暇深思，做不出像樣的事情。也因為受不到良好的教育，加上做牛做馬過度勞累，大家的神經都變衰弱了。一講起話來，大抵上是愚蠢不堪。除了自己的事和自己眼前的事外，從不用大腦去想一想。因為疲憊到無法思考也是莫可奈何。精神上的困頓與身體的衰弱，不幸也伴隨而來。道德的敗壞亦跟著一起淪陷。放眼整個日本國，何曾有寸土是陽光普照呢？簡直是暗無天日。我獨自佇立其間，無論說什麼、做什麼，也是於事無補。我原本就是一個懶散的人。不，應該說從與你交往後，開始成為一個懶散的人。那時候的我奮力圖強，所以你大概認為我是一個有雄心壯志的人吧！假如當今的日本社會，在精神上、道德上、體質上，大致都算健全的話，我依然會抱持胸心壯志啊！如果是這樣，我也會有很多想做的事情。而且我認為會有無數的刺激來打敗我的懶散習性。可是，現實並不是如此。現在這種狀態下，我才會變成現在這種模樣的自己。正如你所說，我是一個光接收世間所有好處的人，同時我也滿足於只跟其中最適合自己的事物接觸。但是，我終究無法勸別人也依照我的想法來過日子……」

代助稍微停頓一下。看到三千代顯得很壓抑，故意找話向她提問：

「三千代，妳覺得怎麼樣？我的想法實在很安逸吧！妳贊不贊成呢？」

「我總覺得你這種安逸帶有厭世的想法。我不太理解。不過你似乎有點在搪塞。」

「喔？哪裡搪塞了？」

「哪裡嗎？你說。」三千代看著丈夫。平岡隻肘架在大腿上，手托下巴，沉默不語，靜靜把酒杯放在代助面前。代助默默接受。三千代又斟上酒。

代助拿起酒杯啜了一口，心想實在沒必要繼續這話題。原本既不是為了讓平岡依照自己所說去改變想法而辯論，也不是為了聽取平岡的意見才上門來。代助從一開始就察覺到無論兩人如何想回到從前，兩人之間的距離終究無法拉近，所以這些辯論應該適可而止，聊一些茶餘飯後的一般話題，好讓三千代也能加入才對。

不過平岡這個人，幾杯酒水一下肚就死纏著不放人了。他挺起酒後發紅、毛茸茸的胸部，如此說：

「這觀點有趣。實在真有趣。像我這種只看到局部，每天得和現實生活苦鬥的人，根本無暇思考這些問題。我在努力工作時，早就把所謂日本貧窮啦、日本積弱啦等問題拋到腦後。你說社會墮落，我卻因為只顧工作，完全沒察覺到社會在墮落。也許只有像你這種閒人，才能察覺日本的貧窮和我們這種人的墮落，不過那也是成為對這個社會毫無用處的旁觀者才能說出口的話。總之，只有那些有閒暇照鏡子的人，才會如此說。忙碌不堪的人，哪有時間管上自己的尊容，甚至連自己是誰都忘了，不是嗎？」

平岡喋喋不休的論述當中，不經意打了這麼一個比喻，一副得到有力支持般，頗為得意地停頓下來。代助無可奈何地露出輕視的微笑。這時候，平岡又補充：

「你不曾嘗過缺錢的滋味，所以無法體會我所說的情況。因為生活富裕，所以才會不想工作。不客氣地說，因為是有錢的大少爺，所以才會光講些冠冕堂皇的話——」

代助對平岡感到有點厭惡，突然打斷他的話。

「工作當然是好，假如要工作的話，我認為為了糊口而工作是不光榮的。因為一切神聖的勞動，都不會是為了麵包。」

平岡露出不可思議又不愉快的眼神，瞥代助一眼後，問道：

「為什麼？」

「說到為什麼？因為為了餬口的勞動，並不是為勞動而勞動。」

「我不懂那種邏輯學的課題，是不是能以一般人聽得懂的話來說明呢？」

「換句話說，就是為吃飯而從事的職業，很難有什麼誠實可言。」

「我完全反對這種說法。正是為了要吃飯，才會拼命努力工作呀！」

「也許是拼命努力工作，卻難以誠實工作。所謂為了吃飯而工作，你認為吃飯和工作，哪一個才是目的呢？」

「當然是吃飯啊！」

「那就對了。假如吃飯是目的，工作只是手段，那麼選擇容易填飽肚子的工作，自是理所當然囉。假如這樣的話，從事什麼工作或如何工作都無所謂，結果只要能夠換取麵包就可以，對不對？我要說的就是勞動的內容、方向乃至順序都受到其他事物的箝制，那種勞動就是墮落的勞動。」

「你怎麼又長篇大論？縱使這樣，又有何不可呢？」

「那麼就舉一個極端的例子來說明吧！那是一個老掉牙的故事。我記得是在某本書上讀到的。話說織田信長有一個頗負盛名的廚子，起初他吃了那個廚子烹調的菜餚，覺得不好吃，而痛罵廚子一頓。由於廚子端出最精心的菜餚竟然被責罵，後來他改為烹調些二流、甚至三流的菜餚給主人吃，反而受到讚賞。你看那個廚子！他就是一個為顧慮自己飯碗而工作的人。假如從為了發揮自己的烹調技術而工作的觀點來看，他就是一個頗不誠實、頗為墮落的廚子，不是嗎？」

「但如果他不這樣做就會被解僱，也是無可奈何。」

「所以呀！衣食無缺的人，若不契合自己興趣就不肯去工作，也不會認真工作。」

「這麼說來，不是你這種身分的人，就不會有勞動神聖可言。那麼，你更有義務好好工作。三千代，妳說對不對？」

「這倒是真的。」

「怎麼話題又轉回來呢？可以不必再談下去了。」代助說完，搔搔自己的頭。

一場辯論終於結束了。

七

代助進入澡間洗澡。

「先生，怎樣？水夠不夠熱？要不要再加點火？」門野突然從門口探頭問。門野這個人對於這些事倒是挺細心。

「不用了。」代助泡在澡缸內一動也不動。

「是喔！」門野丟下一句回答，轉身走進飯廳。代助覺得門野的答話方式，實在很有趣，獨自嗤笑。代助的神經比別人纖細。有時他也會為此而苦惱。有一次，朋友的父親過世，他去參加葬禮，不經意看到朋友那一身喪家裝扮、手持青竹、跟在靈柩後頭的模樣，實在忍不住想笑，弄得頗為尷尬。又有一次，父親正在滔滔不絕說教時，他不小心看到父親的表情，頓時湧上想笑的衝動，讓他幾乎招架不住。

當家裡尚未設置澡間前，他總會到附近的澡堂洗澡，那裡有一個長得非常健壯的三助[31]。每次代助去洗澡，他就從裡頭跑出來說要幫代助洗背。每次自己被這傢伙使勁搓揉時，總感覺是某個埃及人在為自己擦背。怎麼樣也不覺得對方是日本人。

還有一件不可思議的事。前陣子，代助讀到某本書上載有一位名叫韋伯[32]的生理學家，他聲稱可以任意地控制自己的心臟跳動次數增加或減少。平日素有測量脈搏習慣的代助，也在自己身上做試驗，一天測試二、三次，總覺得自己的心跳也跟韋伯一樣可增可減，嚇得不敢再試。

代助靜靜地泡在熱水裡，無意中把右手擺在左胸上，感到二、三聲「咚咚」的生命脈動聲，突然想起韋伯，趕緊從澡缸跑出來。盤坐在沖身子的地板，出神地盯著自己的腳。這時候，感覺腳似乎也開始起變化。那好像不屬於自己身體的一部分，而是跟自己毫無關係的東西，肆無忌憚橫亙在那裡。這麼一想，頓時覺得那竟是自己至今未曾發覺的醜陋物。腿毛長得蓬亂，青筋四處延伸，簡直像一隻怪模怪

31 江戶時代以來，在澡堂為客人擦背、洗背等服務的男子通稱「三助」。

32 韋伯（Ernst Heinrich Weber，1795–1878），德國生理學家與心理學家。以研究觸覺感官及韋伯定律為名。

樣的動物。

代助又跳回澡缸內，他想，就如平岡所說，自己根本是日子太閒散才有時間胡想這種事。當他從熱水中起身，對著鏡子時，又想起平岡的話。代助拿起一把厚大的西式剃刀刮著下巴和臉頰，銳利的刀鋒在鏡子裡閃爍著光芒，不由得感到一陣刺癢。當那種感覺變得激烈時，好似從高塔俯瞰遙遠的下方。他沉浸在這種意識中，終於刮好鬍子。

當代助穿過飯廳時，聽到門野對阿婆說：

「先生很厲害！」

「什麼很厲害呀？」代助站住，看著門野問。門野回答：

「洗好了？真快。」聽他這麼一招呼，總不好再問一次「什麼很厲害呀？」代助只好逕自進入書房，坐在椅子上稍事休息。

代助休息時，暗忖自己整個腦袋瓜盡想些奇奇怪怪的事情，再這麼下去，身體可能會出問題，去旅行一趟也許會好些吧！這樣一來也可以避免去面對婚事，不是挺好的嗎？但是，奇怪的是對平岡卻又放不下，隨即打消旅行一事。如果抽絲剝繭，加以探究，自己並不是放不下平岡，而是放不下三千代。縱使如此，代助也不會有不道德的感覺，毋寧說感到很愉快。

代助是在四、五年前的學生時代與三千代相識。其實，代助由於長井家的社會關係，認識很多當時活躍在社交圈的年輕女子。不過三千代並非這群名媛之一。從外表來說，她很純樸。從個性來說，她偏向文靜。那時候，代助有一個同學姓菅沼，跟代助、平岡同是往來密切的朋友。三千代就是他的妹妹。

菅沼的家鄉在東京附近的縣市，二年級的春天，說是要讓妹妹求學，把妹妹從家鄉帶到東京的同時，搬出原本居住的寄宿處，和妹妹兩人另行租屋。那時候妹妹剛從家鄉的高等女學校畢業，聽說是十八歲，脖子上掛著漂亮的襯領，衣服的肩上還縫著褶。不久後，進入女學校就讀。

菅沼的房子位在谷中的清水町，沒有庭院，走出廊下，可以眺見上野公園樹林內的參天杉樹。那些古木好像生鏽般，呈現出頗為怪異的顏色。其中有一棵樹幾乎枯萎，只剩光禿禿的枝椏，一到傍晚，烏鴉就會從四處群聚而來鳴叫個不停。房子隔壁住著一個年輕的畫家。因為是車子無法通行的小巷子，所以是一處非常閑靜的住家。

代助經常到那裡去找菅沼。第一次遇到三千代時，她只是行禮致意後便走開了。那一天，代助批評上野公園的樹林一番後就回家了。第二次去、第三次去，三千代都只是端茶出來待客後便不見人影。由於那房子十分狹小，她肯定只能待在隔壁房間。因此代助和菅沼談話時，心裡總認為三千代就在隔壁房間聽自己講話。

如今代助已經不記得，是在怎樣的機會下和三千代開口交談。雖然不記得，大約起因於一些瑣碎的小事吧！原本對詩歌和小說沒有好感的代助，從此之後反而覺得很有趣。兩人一開始交談後，就如詩歌和小說所描述般，立刻變得很親近。

平岡和代助一樣，經常去菅沼家玩。有時候，兩人還會相邀結伴前往。平岡也在代助的前後，跟三千代變成好朋友。三千代時常跟著哥哥，和這兩人一起到上野公園的池邊散步。

四人這種關係狀態維持了不到兩年。菅沼畢業的那一年春天，菅沼的母親從家鄉到東京來玩，暫住在清水町的房子。他們的母親每年都會上東京一、二次，照例在孩子的房子住個五、六天。沒想到，那一次在回去的前一天，菅沼母親突然發燒，全身無力。一週後，被診斷出感染傷寒，住進大學附屬醫院。三千代為看護病人，一起住進醫院。雖然病人曾一度好轉，不料中途又惡化，最後不幸在醫院去世。不僅如此，來探病的哥哥竟然也被感染傷寒，不久後也死了。家鄉只剩下她父親一個人。

母親死去時，哥哥死去時，父親都趕來東京辦理後事，因而認識哥哥生前的好友代助和平岡。父親要接三千代回故鄉時，父女兩人曾分別到兩人的寄宿處拜訪，並表達感謝之意。

那一年秋天，平岡就和三千代結婚了。居中斡旋一切的就是代助。表面上是拜託鄉里的長輩出面當媒人、主持婚禮。事實上，親自奔走所有事情，說服三千代，全是代助一手包辦。

婚後不久，兩人就離開東京了。在家鄉的父親，因為一件意想不到的事情，不得已前往北海道。說起來，三千代目前正處於無依無靠的處境。代助認為無論如何一定要讓他們在東京能夠住下來。他想回去跟大嫂商量，籌出三千代需要的那一筆錢。並且再去找三千代，稍微問一問詳細的原委。

不過就算去平岡家，三千代也不是那種講話乾脆、毫無保留把全部傾述的女人，大概問不出為什麼需要那筆錢的詳情，應該也不容易得知那對夫婦心中的打算。——代助心裡真正在意，也是他一直想知道的，反而是他們夫婦今後的打算，這是他自己都不能不承認的事實。坦白說，根本沒必要追究錢的用途，那都已經過去了。其實，那些表面上的事情，問也好、不問也罷，自己只想設法借錢讓三千代滿足而已。但是，這樣做的目的並非要討三千代的歡心，他絲毫沒有把那筆錢作為手段的念頭。對於三千代，代助根本無暇耍弄心機。

另外，單純想找個平岡恰巧不在家的時間，好好問清楚至今所發生的事情，特別是有關經濟狀況，也很困難。平岡既然在家，就不可能探知詳情，這是無庸置疑。縱使問了，對方也不會一五一十講出來。平岡有種種世俗的動機，喜歡在代助面前虛張聲勢。縱使沒有虛張聲勢，也會因為某種考量而保持沉默。

總之，代助決心先去找大嫂商量，不過他自己也沒把握會成功。到目前為止，雖然曾多次跟大嫂討價還價借點錢，但像這樣冷不防偷襲，還是第一次。因為他知道梅子手中握有一些可以自由支配的錢財，說不定能因此順利借到錢。假如不行，也可以去借高利貸，只是代助一直不願意走上這條路。不過，倘若平岡遲早會找上自己當連帶保證人，既然無法拒絕，乾脆直接走這一條路讓三千代高興還比較愉快。代助的腦袋中幾乎全盤旋著諸如此類該如何取捨的念頭。

在一個吹著和煦微風的日子，天空中雲霧縈繞不散，天色還沒黑的四點過後，代助出了家門，搭電車前往哥哥家。電車駛到青山御所前，忽見父親和哥哥坐在安置背繩的人力車上，從電車左側匆匆趕路，代助連打招呼都來不及，已錯身而過，他們當然完全沒發覺代助。代助接著在下一站下車。

一走進哥哥家，代助就聽到從客廳傳來的鋼琴聲。他在細砂石上佇立一會兒，很快左轉繞到後門。看到那隻叫海克達的英國種大型犬待在格子門外頭，牠的大嘴巴被皮繩所縛所以正躺臥在地。一聽到代助的腳步聲，毛茸茸的耳朵動了動，帶有斑紋的臉立刻昂起，搖擺尾巴。

代助探頭看一下門口旁的書生房，站在門檻上輕輕喚了二、三聲後，轉向西式房走去。打開門，只見大嫂坐在鋼琴前，雙手正在彈奏樂曲。縫子身穿長袖和服站在一旁，依然是長髮垂肩。代助每次看到縫子的長髮，就會想起縫子邋鞦韆的模樣。黑色長髮、淡紅色蝴蝶結，還有一條黃色衣帶，迎風在半空中蕩漾。這個印象已經深深烙印在他的腦海中。

母女倆同時回頭。

「啊！」

縫子一句話也不說，直奔向代助，然後使勁拉著他的手。代助來到鋼琴旁邊。

「我還以為哪一位名鋼琴家在演奏呢。」

梅子什麼都沒回答，額頭皺成八字形，微笑地搖搖手，打斷代助的話。然後對他說：

「代助，來把這一段彈一下。」

代助默默與大嫂交換位子。看著琴譜，雙手的手指靈活地彈了一陣子後，

「就是這樣彈吧！」隨即起身離開座位。

然後，母女倆輪流坐在鋼琴前，同樣的地方反復練習了約三十分鐘後，梅子一邊起身一邊說：

「今天就到此吧！到那邊去吃飯吧！叔叔也一起來。」

這時候，房間內已有些昏暗。代助從剛才一直聆聽鋼琴聲，看著大嫂和姪女白皙的手指在琴鍵躍動的樣子，不時觀覽格窗上那一幅畫，幾乎把三千代和借錢的事忘得一乾二淨。走出房外，回頭一看，昏暗中只看見畫裡深藍色的驚濤捲起千堆雪。這是代助要畫家在驚濤上畫滿的金黃色雲峰。若仔細觀看雲峰，就會發現裡頭有一個巨大的全裸女神，頭髮紛亂飛，整個身子舞成一團，有如陷入瘋狂般。代助之所以訂購這樣的繪畫，是打算藉著雲彩表現出瓦爾基里女神[33]的形象。在代助想像中的作品畫面上，雲峰與巨大女神幾乎無法區分，彷彿那只是一個偉大的靈魂。

且對此構想獨自竊竊暗喜。沒想到畫作一完成，嵌進去一看，卻跟想像中完全不一樣。他跟梅子同時走出屋外時，瓦爾基里女神幾乎無從看出。深藍色的驚濤原本就看不出來。只看得出大塊白色浪花上顯現出的灰白。

內廳裡已經點上燈。代助在這裡跟梅子晚餐，兩個孩子也同桌共餐後，代助叫誠太郎到哥哥房裡拿來一根馬尼拉菸，一邊抽著菸一邊跟大家閒聊。不久，梅子提醒孩子是時候該預習明天的功課了，於是兄妹倆各自回到自己的房間，只剩梅子和代助對坐。

代助心想，這時突如其然提出那件事，未免太唐突，還是先談些無關痛癢的雜事。他先問父親和哥哥匆忙乘著飛快的人力車到底要去哪裡？然後就是上次哥哥請吃飯啦，大嫂為什麼沒有出席麻布的園遊會啦，父親的漢詩大抵上都在吹牛啦，就在東扯西扯閒聊中，他有一個新發現。那不是別的，就是大嫂告訴他，父親和哥哥最近特別忙碌，不停地各處奔走，這四、五天簡直是忙到不眠不休的地步。代助毫不在意問：「發生什麼事了嗎？」大嫂也平靜答：「對呀！不知道發生什麼事？父親

33 瓦爾基里（Valkyrie）為北歐神話中的女神，引領戰死者的靈魂入神殿。

和你哥哥都沒跟我說，所以我也不知道。不過算了，我們還是來談談上一次提的婚事吧！」梅子說到這裡時，書生正好走進來。

他對梅子說，大少爺來電交代今晚也會晚回家，假如誰和誰上門拜訪，請務必招待客人進屋坐。書生說完話，就出去了。代助怕又要回到婚事的問題，趕緊搶先開口：「大嫂，我有事想請妳幫忙。」

梅子靜靜地聽代助述說。代助花了約十分鐘將前因後果交代一遍，最後說：

「所以才會下決心請求大嫂借錢給我。」

「原來如此。那你什麼時候能把錢都還我？」沒想到梅子竟然這樣反問。代助以手指捏住下巴，凝神盯著大嫂臉上表情。大嫂的表情愈來愈認真，又說：

「我不是嘲諷你，不要生氣。」

代助當然沒生氣。只是沒想到當小叔的人竟會被大嫂如此質問而已。假如現在又改口說打算跟妳要錢之類的話來敷衍，那就顯得更愚蠢，所以只有忍受她的抨擊。這讓梅子覺得自己終於擊敗小叔的傲氣，之後的事情就變得好談多了──

「代助，你平常就看不起我。──我不是在挖苦你，只是實話實說，就是這樣。對吧？」

「不知該如何回答才好，妳那麼嚴肅地質問我。」

「好啦！不必岔開話題。我很清楚，所以你還是老實回答我。否則就不要再談下去了。」

代助默默地嗤笑。

「是吧！你看看。不過，那也是理所當然，我絲毫不在意。無論我如何傲慢，也不是你的對手，這也錯不了的事。到目前為止我和你的關係，互相還算滿意，所以我也沒什麼好抱怨。那就算了，反正你連父親都看不起。」

代助對大嫂這種率真的態度感到挺對味的。於是，如此答道：

「對，有一點點看不起。」梅子一聽，非常開心地哈哈大笑。

「你也看不起哥哥吧？」梅子接著說。

「哥哥嗎？我非常尊敬哥哥。」

「胡說。既然都說了，那就打開天窗把話全部說出來吧！」

「那是，在有些事情上，我沒辦法不看不起他。」

「你看！全家都被你看不起。」

「我非常惶恐。」

「你不必找那種藉口。因為就你看來，大家都有被你看不起的理由。」

「怎麼沒完沒了啊！大嫂今天對我真嚴厲。」

「這都是真話呀！不過也無妨。我們又不會吵架。既然你那麼了不起，怎麼有必要向我這種人借錢呢？不是很可笑嗎？如果你認為我故意找碴而生氣的話，那就錯了。我要說的是，像你那麼了不起的人，一旦沒錢也是不得不向我這種人低頭。」

「所以我從剛才就一直低著頭。」

「你還是沒正經在聽我講話。」

「我很正經地在聽。」

「好吧！也許這就是你了不起的地方。不過，如果到處都借不到錢，無法幫朋友忙的話，你有什麼打算？再怎麼了不起也沒用，對不對？當你拿不出辦法時，跟一個車夫沒兩樣。」

代助從來沒想過大嫂會針對自己，提出如此恰當的見解。其實，從自己決定要去借錢的那刻起，隱約已察覺自身的弱點。

「對！完全就像車夫一樣。所以才會向大嫂借錢。」

「你啊！真是無藥可救。你太自以為了不起，自己想辦法去借錢吧！假如真的是車夫，我還會借錢，可是你不行。你不覺得太過分了嗎？每個月接受父親和哥哥的金援過生活，現在竟然連別人家的事都攬上門，說要借錢給人家。這種情形下，誰會願意借錢給你呢？」

梅子所說的這番話，實在是再真確不過了。代助對於這番話聽聽作罷，並不放在心上。不過回頭一想，原來父親、哥哥、大嫂全站在同一陣線。他覺得，自己只能回去當一個普普通通的人。代助走出自己的家門時，早就擔心大嫂會拒絕借錢給他。不過，現在他也並沒因此下定決心好好工作，靠自己賺錢。代助根本沒把這件事看得有多嚴重。

梅子利用這個機會，想盡辦法從各方面刺激代助。不過代助也看透梅子的用心。他愈看清楚這一點，愈不會激動。於是，他們不再談借錢的事，又回到婚事。最近有關結婚對象的事，代助曾經二次被父親弄得很不愉快。父親的理論，怎麼聽都是舊時代那種固守人情義理的想法，不過這次倒不像以前那般蠻橫硬幹。他說，因為能和自己救命恩人有血統關係的對象結婚是一件好事，所以你就娶她吧！如此一來，也算是報答救命之恩。總之，什麼好事啦，報答救命之恩啦，就代助看來，根本是站不住腳的主張。事實上，對於那個結婚對象，代助倒沒特別不滿意。因此對於父親的說詞，也不想爭辯，他心想：「要我娶我就娶吧！」這二、三年來，代助對凡事養成一種既不重視也不在意的習慣，對於結婚也認為沒必要太過於重視。雖然只看過佐川家小姐的相親照片，他覺得這樣也可以了。——照片上看起來當然很漂亮。——因此真的要娶她，也沒想過要提出什麼複雜的條件。只是他也沒明確說出「我就娶她吧」而已。

父親批評代助那種不明確的態度，完全就像一個不得要領的蠢蛋所做的答覆。就人嫂想法來看，她認為結婚是介於生死之間的一件大事，一切的事情都是從屬於此。代助對這些事也覺得不可思議。

「難道你想單身過一輩子嗎？不要太任性，應該適可而止，好不好？」梅子有點焦急地對代助說。

對於自己是否單身一輩子呢？或找個女人同居呢？還是和藝妓廝混呢？代助本身根本沒有一個明確的計畫。目前，他只是和其他的單身漢一樣，對於結婚沒有很大的興趣則是事實。那是因為他的性格上，沒辦法只專心集中在一件事情上，頭腦非常銳利，而且把這種銳利關注在打破日本現代社會狀況的幻象，還有就是至今可以隨心所欲花錢，最後也因為不缺金援的情況下而認識不少某種類型的女人。代助把原因歸結在上述幾點。可是他卻認為沒必要自我解剖到這種地步。只要自己明確掌握所謂對沒興趣結婚的事實，順應這種情況並且自然而然地往未來前進就可以。因此，那種從一開始就斷定結婚為必要之事，焦慮地努力去完成結婚一事，代助認為那既不自然也不合理，而且未免太過於庸俗。

代助本來無意向大嫂談論這一番哲理。但是，當他被步步進逼到很狼狽的情勢時，才不得已問：

「那麼，大嫂認為我無論如何都非結婚不可嗎？」

代助當然是很認真提問，大嫂卻愣住了。她認為那是代助在輕蔑自己。當晚，梅子把該做的事處理好後，如此說道：

「真是奇怪，怎會那麼厭煩結婚呢？──雖然嘴巴說不是厭煩，但是你不肯結婚，那不是跟厭煩一樣嗎？好吧！你是不是喜歡誰了？告訴我那個人的名字。」

代助到目前為止，腦子裡從來不曾把哪一個喜歡的女人當成結婚對象。但是被這麼一問時，不知是什麼原因，心中不經意卻浮現三千代的名字。然後剛才那句「借我錢」也跟著在腦海中出現。──不過，代助只是坐在大嫂面前，苦笑而已。

八

代助向大嫂借錢失敗，回家時已經夜深了。他急忙趕路，還好在青山大街上勉強趕上最末一班電車。儘管與大嫂聊得那麼晚，也還不見父親和哥哥回家。其間，梅子被叫去接過二通電話，因為大嫂沒有表現出任何異樣，代助也沒主動問起。

那一晚，天雨欲來，看起來天空和地面的顏色都一樣。代助站在車站的紅柱子旁，獨自一人等著電車，只見遠方出現一個小紅點，在黑暗裡上下搖晃往代助的方向筆直漸漸接近，令人有種寂寞不堪的感覺。代助進入車廂一看，沒有半個乘客。自己夾在穿著黑制服的車掌和駕駛員之間，被埋入到某種聲音裡前進，前進中的電車外頭一片漆黑。代助獨自坐在明亮處，感覺車子彷彿將永遠行駛不停，終至沒有下車的機會。

車駛近神樂坂後，只見冷清的道路夾在左右兩旁的二層樓房之間，前方的道路形成窄窄的長條狀。中途上坡時，突然響起一陣嗚聲。代助認為應該是風吹屋頂的聲音，起身抬頭望向黑壓壓的屋子，當視線從屋頂往空中環視，頓時有一股恐怖感襲來。門窗、拉門和玻璃相互碰撞聲，愈來愈激烈，當他領悟到是「地震」時，站立不動雙腳卻抖個不停。這時候，代助感到整個坡道好像會被兩旁快要倒塌的二層樓房掩埋。他看到右側某間房子的門，突然嘩拉一聲被拉開，有一個男人抱著孩子一邊喊著「地震，地震，是大地震！」一邊衝出來。代助聽到這男人的聲音，漸漸才安心。

代助回到家，看到阿婆和門野正在談論大地震。不過，代助認為他們兩人對地震的感受沒有自己來得可怕。他躺在床上後，又開始思索該如何解決三千代借錢的事才好。但是總無法集中精神思考。他也推想父親和哥哥最近到底在忙什麼呀？他還決定死皮賴臉地把婚事往後拖延。然後，進入夢鄉。

第二天，報紙上開始出現有關日糖事件[34]的報導，據報導指出製糖公司的高級幹部，以公款收買數名議員。門野一看到高級幹部和議員被拘留，照例大喊「痛快、痛快」，代助倒不認為有他那麼痛快。接下來的二、三天，被傳喚接受調查的人數愈來愈多，事件很快地在社會上流傳開來，社會上鬧得沸沸揚揚都說是大疑案。某篇新聞報導宣稱拘留官員是抓給英國看的，由於英國大使買進日糖股票賠了

34 日糖事件指發生在明治四十二年（一九〇九年）四月的大日本製糖株式會社的賄賂事件。

不少錢因此大為不滿，日本政府才下此重手以示歉意。

日糖事件發生前，也曾發生東洋輪船公司傳出該公司按百分之十二分紅後，下半年虧損高達八十萬圓的報告。那件事還存在代助的記憶裡，同時他還記得有報社批評那份報告不足為信。

代助對於跟父兄有關聯的公司事務，一概不清楚。不過，他經常在想縱使真的發生什麼事情也不足為奇。實際上，他也不相信父親和哥哥從事的全是乾乾淨淨的工作。假如兩人接受詳細調查，無疑都有被拘留的要件。縱使不到那種地步，他也不相信一切如旁人所認定般，父親和哥哥的財產都是憑著自己的腦力和手腕打拼而來的。明治初年，政府為獎勵大家移居橫濱，而分撥移居者土地。不少人就靠著當時白白拿到手的土地，如今已經成為非常有錢的富人。不過，毋寧說是天上掉下來的禮物。代助認為父親和哥哥，則是以人為且策略性地建造一座只有自己才享有、看似偶然的暖房。

代助抱著這種想法，因此對於報紙上的報導不會感到特別驚訝，對於父親和哥哥的公司也不是真有多擔心。只有三千代的事多少讓他有些掛心，可是毫無交代地就跑去看她也挺尷尬的，於是他下定決心先把這件事擺在心上就好。就在這樣的狀態下每日讀著書過了四、五天。奇怪的是，不管平岡還是三千代，都沒就借錢一事再來一趟。代助心中認為或許三千代又會獨自跑來詢問結果，事實上，怎麼等也不見蹤影。

後來代助感到倦怠了，於是想到某個地方散散心，隨意查了一下娛樂指南後，興起了去看戲的主意。從神樂坂搭乘外濠線，當車到御茶水時，他突然改變主意，想去探望住在森川町的一位姓寺尾的同窗好友。這個朋友畢業後，不願意去當老師，說要以文學為志業，不顧其他人的勸阻，開始幹起這門危險的買賣。至今已經過了三年，仍然沒沒無聞，還持續過著以寫稿維生的貧窮生活。他曾經要代助幫忙替一家跟他有關係的雜誌寫稿，還說寫什麼都可以，因此代助曾經寫了一些有趣的稿子送過去。那些雜誌只擺在店頭約一個月，隨後受到命運的安排，永久離開人間世界。從此以後，代助不願再提筆寫稿。每次遇到寺尾，他還是會勸代助寫啦！寫啦！而且還會對代助說出那句口頭禪「你看看我」。不過聽旁人說，寺尾已經深陷其中而無法自拔。他非常喜愛俄國文學，特別是沒有名氣的作家。寺尾的嗜好就是將僅有的一點錢全花費在購買新書。當兩人爭論陷入非常激烈時，代助曾經冷嘲熱諷地批評他，文學家也罹患「恐俄病」[35]是不行的，沒經歷過日俄戰爭的人就不能發言。沒想到寺尾神情嚴肅地答說，戰爭隨時會爆發，日俄戰爭後的日本不是民生凋敝、貧窮不堪嗎？還不如罹患恐俄病來得好，儘管懦弱也還是安全呀！所以他仍然不停鼓吹俄國文學。

代助從玄關進入客廳，看到寺尾坐在客廳正中央的一閑漆器[36]書桌前，說是頭痛因此頭上纏著頭巾，捲起袖子，正在為《帝國雜誌》寫稿。代助問說，如果會打擾的話，自己就回去。他說沒關係，今天早上已經賺到五五二十五，二圓五十錢了。一會兒，寺尾解開頭巾，開始說話。一開始先把當今日本的作家和評論家痛罵一輪，情緒激動到眼球差點沒掉出來。代助津津有味地聆聽，心中暗自認為因為沒人讚賞寺尾，所以他看誰都不順眼，才會去貶低別人。代助慫恿說，怎麼不把這些意見都發表出來，這些不是很好嗎？他笑笑答說，這可不行。問為什麼？他卻不回答。好一會兒，他才說假如能像你一樣可以悠哉悠哉過日子，當然什麼都敢說。——反正不愁吃不愁穿。他還說自己這工作終究不是什麼可靠的買賣。代助鼓勵他說，這工作不錯，好好做吧！寺尾卻說，不，一點都不好。我想做些可靠的工作，怎麼樣？你要不要借我錢，讓我做些可靠的工作。代助調侃說，等你認為現在的工作是可靠的工作的時候，才把錢借你。話一說完，就走出去了。

代助來到本鄉大街，倦怠感依然存在。無論走到哪裡，他都感到不滿足。雖說如此，但他已經不想再到誰家去。代助自我審視一番，覺得自己整個身體好像是罹患了嚴重胃病的狀態。從四丁目又搭上電車，來到傳通院前。坐在電車時，每當車子一搖晃，總覺得自己五尺幾寸的身軀內，那個大胃囊裡的腐敗食物有如波浪般在翻攪。三點過後，恍恍惚惚地回到家。門野在玄關，對他說：

「剛才老家派人送信來。我把信擺在書房的桌上。我也寫了一張收條交給來人。」

信函放在古色古香的信匣內。紅色的外表並沒寫上收信人之類的文字，黃銅的扣環上以紙捻封匣，封口塗有黑墨。代助瞥了桌上一眼，立刻明白是大嫂寫來的信。因為大嫂最喜歡這種頗富古早風的趣味，常常會有一些出人意料的舉止。代助用剪刀尖端挑開紙捻的結頭，心想還真麻煩。

不過，裡頭的信函跟信匣的繁褥正好相反，只以簡單明瞭的幾句話就結束。

35 恐俄病，指當時日本人對俄國抱著恐怖心、猜疑心的現象。這裡是嘲諷當時過度崇拜俄國文學的人。
36 一閑漆器原文為「一貫張り」為一種紙胚的漆器，傳說是飛來一閑由中國亡命至日本後所創。

前次，你特地來找我，沒能如你願幫忙解決問題，感到很抱歉。事後一再思索，覺得自己講了很多不客氣又失禮的話，請不要見怪。因此我決定把錢借給你。當然，無法完全滿足你的願望，只能奉上二百圓。請你立刻送去給你的朋友。這件事並未讓你哥哥知道，所以你也不可張揚。至於婚事，也該好好解決，請你慎重考慮後，給我一個答覆。

信函裡附了一張二百圓的支票。代助盯著那張支票看了一會兒，心裡實在對梅子感到很不好意思。那晚，他要回家時，梅子問說錢不要了嗎？當代助懇求她借錢時，被她嚴厲拒絕。可是當他一旦死心準備回家時，她反而從拒絕變成關注，還忍不住再主動確認一次。代助在那裡看見女性的美和柔弱。但是他沒勇氣利用那種柔弱，因為他無法玩弄這種美麗的柔弱。所以他說，不用了，自己會想辦法。於是離去。代助判斷梅子無疑是把他這種態度當成是在嘲諷，而這種冷淡的言語引發梅子平日果斷行動背後的某種特質，終於促使她寫這封信吧！

代助立刻提筆寫回函，並且盡可能以溫柔的詞句表達謝意。代助對於父親和哥哥從來不曾有這種心情。對於社會上的一般人更不會。最近，即使對梅子也不太出現這種心情。

代助考慮是否要立刻去找三千代。坦白說，就代助看來，給個二百圓未免太不乾脆。他甚至認為既然拿得出這筆數目，何不依照我的要求全數給予，滿足我的願望呢？不過，那是代助不站在梅子的立場考慮，一心只向著三千代的想法罷了。其實，代助深信無論女人再怎麼果決，感情本質上還是優柔寡斷。因此對於梅子的做法，並沒有任何抱怨。不，女人這種態度比男人的果斷行動，更能顯示出同情的彈性，反而讓他覺得很愉快。話說回來，假如這二百圓不是梅子拿出來，而是父親拿出來的話，代助會將它解釋為錢財上的優柔寡斷，也許反而會惹得他不開心。

代助沒有用晚餐，馬上又走出大門。他從五軒町沿著江戶川邊，往河對岸走去時，並沒有剛才散步回家時的精神疲憊。爬上坡走到傳通院一旁，只見細長的煙囪矗立在寺院和寺院之間，向著多雲的天空吐出大量黑煙。代助看到那般景象，不禁感慨貧弱的工業為了生存，硬是撐著呼吸，真是醜陋難看。他忍不住暗中把住在附近的平岡，跟煙囪聯想在一塊。代助在這種場合，經常是先想到美醜的問題，接著才去思考同情不同情的事。這一瞬間，代助被分散在空中的可憐煤煙所吸引，幾乎把三千代的事忘得一乾二淨。

平岡家玄關的拖鞋板上，擺著一雙脫下來的女用厚底拖鞋。拉開格子門，從裡頭傳來三千代走出來時衣擺摩擦的聲音。那時候，階梯口那二張榻榻米幾乎一片漆黑。三千代跪坐在黑暗中向客人打招呼。起初她好像不太清楚是誰來了，一聽到代助的聲音，「我還以為是誰來……」她立刻低聲說。代助盯著眼前矇矓的三千代的身影，覺得她比平常更美麗。

平岡不在家。代助聽到這話後，心裡有一種難以形容的奇怪感覺，好像比較方便交談，又好像難以交談。但是，三千代還是跟往常一樣平靜。她沒點燈，兩人就閉門坐在昏暗的房間內。三千代說女傭出去了。又說自己方才也外出一陣子，直到剛剛才回家吃完晚餐。不久，兩人談到平岡。

正如代助所預料，平岡還在四處奔走。不過最近一週卻不太出門，說是疲倦，經常在家裡睡覺，不然就是喝酒。縱使有人來訪，也喝個不停。動不動就發怒，常常破口大罵。

「他跟以前不一樣了，脾氣變得很暴躁，讓人很難為呀！」三千代話裡隱約帶有求取同情的樣子。代助默默不語。這時候女傭回來了，從廚房傳來喀噠喀噠的響聲。不久，女傭拿來雲紋竹燈座的油燈，在拉上紙門時，偷偷瞅了代助一眼。

代助從懷中取出支票。將這張仍是對折的支票，放在三千代的面前，說了一聲「太太」。這是代助第一次稱呼三千代是太太。

「這是妳先前拜託的錢。」

三千代什麼都沒回答，只是抬起頭望著代助。

「坦白說，我很想立刻就拿來，可是我也有些不方便的地方，所以才遲到現在，怎麼樣呢？已經解決了嗎？」代助問。

這時候，三千代的聲音忽然變得有些膽怯又帶著哀怨，低聲說：

「還沒解決。正不知該如何是好？」她話一說完，依然凝目看著代助。代助打開對折的支票，

「這數目還解決不了問題吧！」

三千代伸手接過支票。

「謝謝。平岡會很高興的。」她把支票輕輕地放在榻榻米上。

代助簡單說明借錢的始末，又說自己的生活看起來過得很悠哉，可是真的碰到需要幫助的人，根本毫無能力，實在很對不起。

「我知道。實在是走投無路，才會冒昧請求幫忙。」三千代深表愧疚地道歉。

「這些先拿去處理吧！假如還是無法解決，我再去想辦法。」代助叮嚀。

「再去想辦法？」

「去借高利貸。」

「怎能去做那種事？」三千代立刻試圖阻止，「那後果很嚴重，你知道嗎？」

三千代告訴代助，現在平岡之所以痛苦，正起因於向高利貸借錢，加上利滾利的負擔終至不可收拾。平岡剛轉調到那地方時，非常認真工作，自從三千代產後心臟病惡化後，就開始出外玩樂。起初還算節制，三千代原先以為那是不得已的交際應酬，也沒在意。沒想到平岡愈來愈脫序，三千代也開始擔憂，虛弱的身體跟著更加惡化，而平岡因此更變本加厲地放蕩。「這也不是平岡不體貼。」三千代特地把話說在前頭，說都是她自己不好。接著又露出落寞的神情，說自己也再三思考過，假如孩子還活著，也許事情不致於演變如此。

代助從她的話中，推測出他們除了經濟問題外，還隱藏著夫婦關係的問題，他不方便再多問下去，只在離去前，鼓勵三千代：

「不可以那麼沮喪。希望妳像從前一樣健康。歡迎妳來我那裡玩。」

「對啦！」三千代笑著回答。他們兩人都在彼此的臉上看見往昔的神情。平岡始終沒有回來。

隔了兩天，平岡突然來訪。那一天，天氣比平常炎熱，晴朗的天空吹著乾爽的風，放眼望去，一片藍天。早上的報紙載有介紹菖蒲的報導。代助買回來放在廊下那一大盆君子蘭終於也凋零了。不過，有如腰刀寬的大葉子正從莖中間冒出來，往上漸漸變長。老葉子已泛黑，倘佯在日光照射中。其中有一片葉子，不知為何從中間斷折，距離莖部五寸處，尖銳的葉片驟然下垂。代助覺得這樣子著實難看，於是拿起剪刀走到廊下，從那片葉子的折斷處附近剪掉。厚厚的葉片切口立刻滲出汁液，看了一會兒後，突然從廊下響起啪地一聲。原來切口處聚滿綠色的濃汁滴了下來。代助想聞一下味道，就把鼻子湊近亂糟糟的葉子之間。廊下滴下的濃汁任其掉落不管。當他起身從袖袋中挑出手帕，擦拭剪刀的利刃時，門野前來告知平岡來了。這時候代助的腦中絲毫沒有平岡，也沒有三千代。完全被那不可思議的綠色液體所吸引，整個人處在和世間不相干的情調中。一聽到平岡這名字，那種情調瞬間消逝。而且不太想跟他見面。

「請他過來這裡嗎？」門野一催促，代助才「嗯」一聲，走進客廳。看到平岡隨後被引領進屋時，他身著夏季西裝，襯領和白襯衫全是嶄新的樣子，還打上了時下流行的編織領帶，一身時髦裝扮，任誰看來他都不像一個失業者。

交談之下，得知平岡謀職一事依然毫無進展。因為奔走好一段時日仍苦無結果，最近每天都是這樣到處閒逛，或躲在家睡大頭覺。話一說完，他自己還哈哈大笑出聲。代助答說那樣也不錯，接著聊了些茶餘飯後的閒雜事來消磨時間。不過，與其說那是自然而然的閒聊，不如說是為了迴避問題的閒聊，雙方都在心底感到頗為緊張。

平岡沒提起三千代，也沒提起那筆錢。因此有關三天前代助到他家一事，什麼話都沒說。剛開始，代助故意不去觸及那件事，可是過了好一陣子，平岡態度淡然顯得毫不在意，反而讓代助感到不安。所以他就說：

「其實，二、三天前，我跑去找你，你不在家。」

「嗯，我聽說了。真是謝謝你。多虧你……原本不想麻煩你，自己去想辦法，她實在太過於擔心，真是給你添麻煩，對不起。」平岡冷淡地表達謝意，繼續又接著說：

「我是應該來向你道謝，不過真正應該來道謝的還是她本人。」他的說法彷彿三千代和自己完全不相干。

「沒有必要把事情弄得那麼麻煩吧？」代助只是如此回答。這個話題就到此結束。雙方不約而同又談到彼此都沒興趣的話題。這時候，平岡突然好像是發自內心的告白般，

「依我自己看來，也許我不會再到企業工作。因為實際的內幕知道愈多愈厭惡。加上這些日子的奔走和自己親眼所見，我實在沒勇氣了。」他說。

「是那樣嗎？」代助只回答這麼一句。平岡對於這般冷淡的回答，似乎頗為驚訝。不過，他又繼續說：

「上次，我也對你提起過我想進報社工作。」

「已經有眉目了嗎？」代助反問。

「現在有一處。可能有希望。」

代助心中暗忖，剛來的時候還說到處奔走都沒結果，現在又說報社的工作有希望，雖然他講話顛三倒四，不過追問起來也很麻煩。

「那很不錯啊！」代助表示贊同。

代助把平岡送到玄關時，站在門檻上，身子倚靠拉門旁。門野也跟在一邊送客，看著平岡的背影，脫口而出，

「平岡先生比想像中還時髦啊！那一身打扮，讓我實在感到太自慚形穢了。」

「倒也不是這樣。最近大家不都是穿成那樣嗎？」代助站著搭腔。

「一點沒錯，現在的社會光看人的衣著是無法判斷任何事的。有時候以為是哪來的紳士，卻看他走進一間不怎樣的屋子。」門野繼續說。

代助沒再回答，走進書房。剛才滴落在廊下的君子蘭葉子的綠色黏稠液體已經乾涸了。代助故意把書房和客廳之間的門闔上，獨自一人關在書房。代助有一個習慣，每回見客後就想獨自一人安靜一會。像今天這種失去常態的時候，感到格外需要安靜。

平岡終究與自己分開了。每次見面，兩人都有一種距離很遙遠的感覺。坦白說，也不只是平岡。無論碰到誰，代助都有這種感覺。現代社會不過就是孤立個人的集合體。雖然大地連綿不盡，人們在大地之上蓋房子，立刻被切割成一塊一塊。住在房子內的人也一個一個孤立起來。所謂文明，無非就要將我們孤立起來，這就是代助的詮釋。

過去代助和平岡親密交往時，平岡就是一個喜歡博取別人同情的人。也許現在還是那樣吧！不過現在他完全不動聲色，所以無從得知。不，他在竭力排斥別人的同情。然後，是表現出孤立給世人看的執拗呢？還是領悟到孤立才是現代社會的真面目呢？總之，必是兩者之一。

從前兩人往來密切時，平岡就是一個喜歡為別人流淚的人。而他漸漸不再流淚。那並不是說現代人不流淚。事實上，毋寧是相反。應該說不流淚才是現代人的表現。代助還不曾看過有哪一個人，受到西方文明壓迫的重擔，站在激烈的生存競爭的場域裡，還能夠真心為別人哭泣。

代助對現在的平岡，與其說是疏遠，毋寧說是厭惡。他相信對方一定也和自己一樣萌生相同的念頭。以前的代助，為心中時常掠過這樣的陰影而感到驚訝。其實，代助感到非常悲哀。現在，這種悲哀幾乎消失殆盡。因此他自己才會凝目審視那個黑影。他認為這才是真實的。同時他也認為這是無可奈何的。僅僅如此而已。

對於深陷這種孤獨深淵的煩悶，代助再清楚不過了。他認為這種境遇，是現代人必然要踏上的命運。因此自己和平岡的疏遠，以今日自己的眼睛看來，不過是順著一條尋常的路徑，走到某一點的結果。但是他也不能不自覺到，因為橫亙在兩人之間還有一件特別的事情，所以疏遠來得比一般人還快。那就是三千代的婚事。努力促成平岡和三千代這樁婚事的人就是自己。他並不是懊悔當時自己的不聰明。事到如今，縱使再次轉頭回顧，他依然認為自己的所作所為，在過去是具有光彩和名譽的事。不過，隨著這三年來的歲月流逝，自然而然形成一個特別的結果橫擋在他們兩人面前。他們拋棄自我的滿足和光輝，不得不在這結果前低下頭。平岡的腦海中，不時會閃出為什麼要娶三千代呢？代助也常聽見不知從何處傳來的聲音問他，為什麼要去促成三千代的婚事呢？

代助把自己關在書房裡，終日陷入漫長的沉思。晚餐時，門野獨自嘮嘮叨叨：

「先生，今天已經讀了一整天書了。怎麼樣？要不要出去散步啊？今晚有寅毘沙[37]廟會活動。演藝館有中國留學生要演戲。不知要演什麼戲碼？不去觀賞嗎？那些中國傢伙，一點都不膽怯，什麼都會演，毫不在乎……」

九

代助又被父親叫回去了。大抵上，他也知道所為何事。代助平日盡量避免和父親碰面。最近，更是連父親居住的裡屋都不太靠近。假如碰面了，儘管表面上以恭敬的言辭請安，其實心裡是看不起父親。

現在社會裡，人類不在心裡相互侮辱，就不敢相互接觸。——代助把那種現象稱作二十世紀的墮落。他將那種現象解釋為，因近來急速膨脹的生活欲下的高壓促使道德力的崩解所產生。並將這看作是新舊兩種欲望的衝突。最後，他認為這種生活欲的顯著發展，為來自歐洲激盪而來的海嘯。

這兩種因素，必須在某處取得平衡。但是，代助認為關於財力方面，在貧弱的日本還無法與歐洲的最強國家並駕齊驅之前，日本是無法取得這個平衡的。他也認為在日本，那一天不可能到來。因此，大多數的日本紳士深陷窮困，只好每天都處在以不觸犯法律的限度內，或不得不在大腦中犯罪。彼此心照不宣知道對方正在犯罪，仍然不得不談笑風生。代助認為作為一個人類，自己不願如此侮辱人，也不堪被人如此侮辱。

代助的父親和一般情況相較起來，稍有些特別又複雜。他受過明治維新前那套武士固有的道德本位教育。這種教育讓人把情意、行為標準，置於距離自己很遠的地方，眼睛卻看不見經由事實發展所證明的一些淺顯真理。儘管如此，父親囿於習

37 寅毘沙，寅為寅日，毘沙指毘沙門天王，是在寅日為毘沙門天王所舉辦的類似廟會的活動。

慣，依然執著這種教育。一方面，他又是從事容易觸發激烈生活欲的企業工作。實際上，父親年年不斷被生活欲所腐蝕直到今天。因此，昔日的自己和現在的自己之間，理應有很大的差異。父親卻不承認這一點。他公然宣稱，他是以昔日的自己，依照昔日的知識，才能成就現在的事業。但是代助認為，假如沒有限縮只適用於封建時代的教育範圍，根本無法使現代的生活欲時時刻刻得到滿足。假如這兩種力量能同時並存，當事人必須因為矛盾而受到極大的痛苦。又假如內心受到痛苦，只覺得自己痛苦卻分辨不出為什麼會痛苦，那麼就是一個頭腦魯鈍的人。代助每次面對父親時，心裡總想假如父親不是一個隱藏自己的偽君子，就是一個沒有分辨能力的笨蛋。因此他無法不討厭父親。

雖說如此，代助憑著聰明的機智，父親對他也莫可奈何。代助對此心知肚明，所以從來不曾將父親逼至極端矛盾的困境。

代助相信一切道德的出發點，都不會在社會現實之外。從一開始，頭腦就被僵硬的道德所盤據，反過來要以那種道德促使現實社會進展，根本就是本末倒置。因此，他認為日本的學校教授所傳授的倫理道德，簡直毫無意義。因為他們在學校所傳授的是往昔的舊道德。倘非如此，就是一味灌輸那些適合一般歐洲人的道德。從遭受激烈生活欲襲擊的不幸國民看來，只不過是一些迂腐的空談而已。接受這種迂腐教育的人，他日親眼看到社會時，想起以前所上的課，不是覺得好笑，就是覺得被愚弄了。至於代助，不僅只有學校，現在還要接受父親那種極為嚴格、極為不適用此刻的道德仁義教育。因此有時候整個頭腦就會引起非常矛盾的痛苦。代助非常痛恨那些事。

上一次，代助前去向梅子致謝時，梅子提醒他到裡房去問候一下。代助佯裝不知地問說，「父親在家嗎？」當他得知父親確實在家時，連忙說「今天太匆忙，就免了吧！」接著飛快地離開了。

今天特地跑回來一趟，儘管不願意也非跟父親見面不可。他仍然照例從後門繞到客廳來，真是難得，哥哥誠吾正盤腿坐著喝酒。梅子也坐在一旁。哥哥看到代助，立刻說：

「怎麼樣？來一杯吧！」哥哥拿起面前的葡萄酒瓶搖一搖，看來瓶內還有不少酒。梅子見狀，立刻擊掌要人多送個酒杯上來。

「猜猜看，這是幾年分的好酒？」梅子斟上一杯酒。

「代助不知道吧？」誠吾邊說，邊看著弟弟的唇。代助喝了一口，放下酒杯。

點心盤上擺著薄脆餅充當配酒菜。

「好酒。」代助說。

「所以猜猜看是什麼年代呀！」

「應該是年分已高的酒吧？買到好東西。送一瓶給我帶回去吧！」

「實在很對不起，就只剩這些了。這是人家送的禮物。」梅子邊說邊走出廊下，把掉落在膝蓋上的脆餅屑拂去。

「哥哥，今天怎麼了？看來非常悠哉啊！」代助問。

「今天想好好休息。因為前陣子忙得焦頭爛額。」誠吾嘴上叼著一根已熄火的雪茄。代助拿起一旁的火柴幫他點上火。

「代助，你才悠哉悠哉，不是嗎？」梅子說著，又從廊下走回屋裡。

「大嫂去過歌舞伎座了嗎？如果還沒，一定要去看看。很有趣。」

「你已經去過了？真厲害。你啊，真是太貪玩了。」

「太貪玩不好。那會影響學習。」

「你盡講些強要別人做什麼的話，都不了解人家的心情。」梅子看著誠吾說。

誠吾的眼圈紅咚咚，張著大嘴巴呼一口雪茄。

「是不是？老公。」梅子催促誠吾回答。誠吾好像有點嫌煩，把雪茄夾在指頭縫，說道：

「現在多讀些書，等到我們變窮的時候，就可以來救我們，這樣講有什麼不對？」

「代助，你能當演員嗎？」梅子問道。代助什麼話也沒說，把酒杯放在大嫂面前。梅子默默拿起葡萄酒的酒瓶。

「哥哥，你說前陣子忙得焦頭爛額，怎麼了？」代助又回到前面的話題。

「哎呀！真是傷透腦筋了。」誠吾說著說著，就這麼躺下去了。

「跟日糖事件有關嗎？」代助問。

「雖然無關，可就是忙死了。」

哥哥的回答向來不會比現在的回答方式講得更清楚。其實，他是不想講清楚，不過就代助聽來，那是哥哥根本不在乎，懶得說清楚。因此代助對他的回答總是感到很輕鬆。

「日糖也太差勁了，難道出事前都不設法解決嗎？」

「也是啦！其實，誰都不知道這世間上到底會發生什麼事情啊！——阿梅，妳去吩咐直木，今天要讓海克達稍微活動活動筋骨。那麼會吃，又光睡覺，這樣不行啦！」誠吾用手指頭揉了好幾次快睡著的眼皮。

「我也該進去讓父親罵一罵了。」代助說著，一邊將酒杯放在大嫂面前。梅子笑著把酒斟上。

「婚事嗎？」誠吾問。

「我想是吧！」

「那就娶回來吧！別讓老人家擔心。」誠吾話一說完，更直白提醒：

「小心點！最近火氣很大。」

「難道是前陣子過於奔波勞累，所以火氣變大嗎？」代助起身，馬上接著問。

「很難說。這樣看來，說不定我們也會像日糖的重要幹部一樣，不知道什麼時候會遭到拘留啊？」哥哥依舊躺著。

「不要胡說八道。」梅子斥責。

「看來是因為我整天遊手好閒，才會讓父親火氣變大吧！」代助嘻笑地走出去。

代助沿著走廊，穿過中庭，來到裡房，見到父親坐在一張中國式書桌前，正在讀漢文書。父親愛讀詩，一有空閒就喜愛翻開中國詩集來讀。不過有時讀詩，反而搞得他的心情更不好。這種時候，就算是神經最大條的哥哥，也會識相地盡可能迴避。若實在非跟父親見面不可，必會耍個小手段，就是拉著誠太郎或縫子一起到父親跟前。代助走到廊下時，雖然也閃過念頭察覺到是不是應該那樣做？不過還是認為沒必要，於是他直接經過客廳，來到父親的房間。

父親拿下眼鏡。把正在讀的書放下，轉向代助。只說了一句：

「你來了。」他的語調比平常反而更和藹。代助把手放在膝蓋上，暗忖哥哥剛才煞有其事提醒父親火氣很大，原來是在捉弄我。代助就在那裡喝著痛苦的茶，陪父親閒聊好一陣子。諸如：今年芍藥開得很早啦，聽到採茶歌就想睡覺啦，某某地方有一棵很大的紫藤，開出一串將近四尺長的花啦，就這樣東拉拉、西扯扯，想到哪裡說到哪裡。代助心想這樣倒還算輕鬆，乾脆沒完沒了一直扯下去吧！最後，父親也扯不下去，終於開口：「其實今天我叫你來是……」

接著，代助一句話也沒說。只是恭敬地聆聽父親的話。代助表現出這種態度，父親只好獨自一人好似上課般冗長地講個不停。不過，他所說的內容一半以上，全是老調重彈。但是代助仍然像初次聽到，表現出聚精會神的模樣。

代助認為父親的長篇大論中，出現了二、三處新亮點。其一，父親認真地詢問代助：「今後你到底有什麼打算？」。代助認為以往都是父親要求他做些什麼，因此他已經習慣對父親的要求含糊其事。可是聽到父親的詢問時，代助沒辦法隨口胡謅兩句作為答覆。如果胡亂回答，肯定會惹得父親大怒。不過，如果誠實地說出來，接下來的二、三年恐怕得好好教育父親並改變他的想法，否則父親怎麼也無法懂得那些道理。

為什麼呢？因為代助不願意為了回答父親這個問題，而清楚地說出自己的未來規劃。他認為那對自己而言是非常重大的事情。可是要全部傾訴給父親聽，並且讓他接受，肯定十分費時費力。也許，父親一輩子都聽不懂。代助也明白，假如要讓父親開心，應該說些自己想為國家、為世界努力奮鬥等冠冕堂皇的話，而且只要說那些偉大的志業和結婚勢必無法兩全，這樣就沒事了。但是代助覺得縱使不在意自我侮辱，也沒勇氣講出這般愚蠢的話。不得已只好對父親回答，其實已有種種計畫，只要整理出來後，打算請父親教導。回答完後，連自己也覺得相當滑稽，卻也無可奈何。

接著，父親問代助想不想要有一份自己的財產？代助答說，當然想要。那時候，父親就提出：「那麼娶佐川家小姐就好啦！」讓人搞不懂那筆財產到底是佐川家小姐帶來的呢？還是父親要給兒子的呢？這實在曖昧不清。代助雖然想稍作探聽，終究抓不到要領。繼之一想，實在也沒必要去深究。

再接著，父親問代助有沒有想過乾脆出國留學呢？代助大表贊同地說，那太好了。不過，父親的意思是終歸先把婚事辦一辦才行。

「難道非娶佐川家小姐不可嗎？」代助最後提問。那時候，父親聽了整張臉變得通紅。

代助絲毫不想惹父親生氣。最近，他的主張就是「與人吵架是屬於人格墮落的一個範疇」。同時他也領悟到惹人生氣也是吵架的一部分，比起惹人生氣這件事，看到生氣的人那張臉更是不愉快，如此一來除了重重傷害自己珍貴的性命外無他。代助對於罪惡，也有他自己的特別想法。不過，他並不相信「只要表現出自然的行為舉止，就免受處罰」的說法。代助堅定相信，殺人者受到的處罰，就是被殺的人從身體噴出來的血。因為看到鮮血四濺，沒有哪一顆清澈的心不會變得迷亂吧！代助是一個神經非常敏銳的人，所以當他看到父親的臉色勃然變色時，立刻渾身不舒服。不過他並不想為彌補這個過失，而依照父親所說的話去做。因為，另一方面，他也是一個非常尊重自己的思想的人。

這時候，父親以頗為熱絡的語氣，首先說自己年紀已大，很擔心孩子的將來，替孩子娶媳婦是為人父的義務，還說有關媳婦應該具備什麼條件，父親遠比當事人該注意的還周到，現在你可能會把人家對自己的關心當成多管閒事，以後也許要懇求別人再對你提醒和幫忙。代助以非常慎重的態度聆聽。不過，父親說完話後，代助依然沒表示願意聽從父親的安排。接著，父親故意壓低聲調，

「那麼，佐川家的婚事就不提了。你喜歡誰就去娶誰也可以。你想娶哪一個呢？」這和大嫂的問話一樣，代助也以和對待梅子一樣的態度，只是苦笑而已。

「倒沒有特別想要誰。」代助明確地答道。父親聽了突然發出好似生氣的語調，

「那你也該為我想一想，不要凡事只顧自己。」他著急地說，代助對於父親突然抽離代助，而將焦點移到自身的利害關係，感到非常驚訝。不過，這個驚訝是因為父親講話突然變得毫無邏輯性而產生。

「如果那樣對您有利，我會再考慮一下。」代助答道。

這時候，父親更不高興了。代助與人應對時，有時候說什麼都不肯悖離邏輯。因此，經常被誤解為是一個喜歡駁倒對方的人。實際上，沒有人比他更討厭去駁倒別人。

「我也不是光為自己，才叫你去娶媳婦。」父親更正剛才所講的話，「假如喜歡講道理，那麼我也講一些給你當參考。你已經三十歲了吧！一般人到了三十歲還不結婚，你應該也知道人家會怎麼想吧？現在和以前不一樣，雖然抱持獨身主義也是當事人的事，假如獨身主義會給父母親和兄弟帶來麻煩，也牽涉到自己的名譽，你會怎麼想呢？」

代助茫然看著父親。因為代助已幾乎不知道父親到底是針對哪一點來指責自己？

「因為那是我自己本身的事，至少也要有我的喜好……」過了一會兒，代助這麼說。

「事情不是那樣。」父親立刻打斷他的話。

至此，好一陣子兩人都不再開口。父親相信如此沉默，表示已經給予代助打擊的結果。不久，父親以和緩的語氣說：

「好吧！你就好好考慮一下。」代助答說好，隨即離開父親的房間。他來到起居間想找哥哥，卻不見蹤影。問女傭，大嫂在哪裡？女傭答說在客廳。他到客廳打開門，看見縫子的鋼琴老師。代助跟老師打個招呼後，把大嫂叫到門口。

「你是不是跟父親講了我什麼壞話？」

梅子哈哈大笑。然後說：

「哎呀！快進來，你來得正是時候啊！」於是，她拉著代助到鋼琴旁邊。

十

時令來到螞蟻爬進屋內之時。代助在一個大盆子裡注滿水，把雪白的鈴蘭連莖整個浸泡在盆子內。成簇的小花遮住了盆緣上的深色圖案。一動盆子，花就掉下來。代助拿了一本大字典墊在下面，在字典旁邊擺一個枕頭，整個人仰躺而下。頭部剛好落在盆子後方，盆內散發出來的花香正好飄進他的鼻子。代助嗅著花香味，一邊打起瞌睡。

代助經常會感受到自尋常外界而來過度猛烈的刺激。有時激烈起來，連大白天照射進來的光線都無法忍受。這種時候，他盡可能不與外界來往，不管是早上，也不管是中午，只是矇頭大睡。他的方法就是以極為淡雅、清甜的花香作為催眠。當他閉上眼瞼，不讓光線撒落在瞳孔，只以鼻孔輕輕呼吸時，枕邊的花香會緩緩吹走煩躁的情緒，漸漸進入夢鄉。

代助被父親叫回老家後的這二、三天來，每次瞧見庭院角落盛開的紅薔薇花，總對於那紅色的點點感到非常刺眼。這時候，他慣於把視線移到洗手盆旁那棵玉簪的葉子上。玉簪的葉面上恣意長了三、四條白色脈絡。代助每看一次，都覺得玉簪的葉子又長了些。隨著葉子變長，白色脈絡好像也更自由無拘地伸展了。石榴花比薔薇更濃艷，看了令人更鬱悶。那種在綠葉之間閃著光芒的強烈色彩，跟代助目前的心情很不相稱。

他現在的心情，如同平日常有的心情，整體上帶著一種憂鬱。因此一接觸太過明亮的事物，就很難以忍受那種矛盾。玉簪的葉子看久了，立刻也變得煩躁。

代助還感受到現代日本向他襲來一種特有的不安。那種不安起自人與人之間互不信賴的野蠻現象。他覺得這種現象讓自己的心靈受到很大的動搖。不過他是一個不喜歡把信仰寄託於神的人，因為有思想的人無法把信仰寄託於神。代助相信只要人與人之間能夠互相信賴，就沒必要依靠神。他的詮釋是因為人們為擺脫互相猜疑時的痛苦，神才開始有存在的理由。因此，信仰神的國度裡，人們說謊的情形極為普遍。然而，他發現當今的日本，是一個既不信神也不信人的國家。而且他把這種情形歸責於日本的經濟狀況。

四、五天前，他讀到一則新聞報導警察和小偷勾結一起做壞事。那並非一、兩個人的單一個案。依據新聞報導，假如嚴厲追究到底，也許整個東京會陷入幾乎沒有一個警察是清白的情況。當代助讀到這則報導時，只是苦笑而已。警察的微薄薪水為應付龐大的生活費而做壞事，實在也是可以理解。

代助與父親見面談到婚事時，感覺跟這種情況有一點相似。那不過是代助對父親的不信賴，而產生的一種不幸的暗示罷了。雖然他的心裡受到這種可憎的暗示，卻絲毫沒有不道德感。那是因為縱使事實已經擺在眼前，他還是打算肯定父親的做法是對的。

代助對平岡也抱持同樣的想法。他認為對平岡而言，那是理所當然的事，只是自己不喜歡平岡而已。雖然代助很敬愛哥哥，但也無法信賴哥哥。大嫂是一個真誠的女人，不過她不必直接面對生活上的難關，所以相處起來比哥哥更容易親近。

代助平常就是這般玩世不恭。所以，儘管他是一個非常神經質的人，也鮮少有不安的感覺。這種事連他自己都感覺得到。但是到底發生什麼事情，為什麼會突然產生動搖呢？代助察覺到自己生理上的變化。因此才會把人家送給他的那一束從北海道摘回來的鈴蘭解開，整束放進水裡浸泡，躺在花下靠花香助眠。

大約一小時後，代助睜開那雙又大又黑的眼睛。他的眼睛盯著某一處好一會兒，一動也不動。雙手雙腳完整保持睡覺時的姿勢，簡直像個死人。這時候，有一隻螞蟻沿著法蘭絨的衣領爬了一下後，掉落在代助的咽喉處。代助立刻伸出右手，往咽喉那裡壓下去。只見他額頭上的皺紋皺了一下，手指頭夾著一隻小生物，伸到鼻尖一看。小螞蟻已經死了。代助以大拇指的指甲將黏在食指上頭的黑色小東西用力一彈。然後起床。

代助看到膝蓋附近還有三、四隻螞蟻在爬，拿起薄象牙裁紙刀把牠們打死後，擊掌喚人進房。

「您醒了？」門野走進來。

「要不要喝茶呢？」門野又問。

「我在睡覺時，有誰來嗎？」代助一邊拉拉衣襟掩住袒露的胸部，一邊以平靜的語調問。

「是的，有人來過了。是平岡太太。您真清楚啊！」門野不在意地回答。

「怎麼不叫醒我呢？」

「因為您睡得正甜啊。」

「可是有客人來，就該叫醒我啊！」此時代助的語氣略帶強勢。

「因為平岡太太也說不要叫醒你比較好。」

「所以太太就回去了嗎？」

「倒也沒說要回去。說是先到神樂坂買東西，等一下還會再來。」

「所以還會來嗎？」

「對。原本她好像要在這裡等您醒過來，進來後看您睡得正香甜，也許是認為您一時半會還醒不來吧！」

「所以她又出去了嗎？」

「對。就是這樣。」

代助笑著以雙手撫摸剛睡醒的臉後，走去澡間洗臉。不久，他頭髮濕潤地走回廊下，眺望庭院，先前鬱悶的心情頓時變得開朗。他看到兩隻燕子在陰沉的天空中，看似十分愉快地飛來飛去。

自從上一次平岡來訪後，代助一直在等候三千代登門到來。但是平岡所說的話，始終沒有成為事實。到底是三千代有什麼特別緣故而不能前來呢？還是平岡從一開始就只是在講場面話而已呢？因為這個疑問，讓代助心中的某處感到莫名空虛。然而，代助不願意在還看不出這種空虛感是日常生活中的一個經驗前，就去探究原因是如何如何。因為他認為繼續深入窺探這經驗本身，似乎有個陰影在閃爍。

因此他避免主動去拜訪平岡，散步時他多半往江戶川方向走去。櫻花在晚風中凋零的時節，代助越過四之橋由此岸走到彼岸，又從彼岸走回此岸，好像在長堤上穿行。不過，現在櫻花落盡，已是綠葉成蔭的季節了。有時候代助佇立橋中央，倚著欄杆，以手撐著臉頰，眺望直直流過綠蔭中的水光景色。在閃爍著水光漸遠的地方，可以望見高聳的目白台樹林。不過，代助過橋到對岸，通常只走到小川石坂就折回了。有一次，他在大曲看到一個走下電車的身影疑似是平岡，在離五十來公尺處確認無誤後，立刻轉頭走回棧橋。

代助一直掛念著平岡是否平安無事？也認為對方一定還處於生活不安定的日子，可是也會想像說不定平岡已經為自己的生活開創出一條新道路。不過，代助也不願意為此跟在後頭追問平岡。他也料想得到當自己和平岡面對面時，就會油然產生一種不明原因的不愉快。雖說如此，代助並不只是因為三千代，才擔心平岡謀職的情況，因為他並沒那麼憎惡平岡。為了平岡，他還是衷心祝福平岡成功順利。

至今代助就是抱著這麼一顆藏有空虛一角的心過日子。剛才他叫門野把枕頭抱來，想好好睡一覺時，正是打算把已經不堪自然界過於猛烈刺激的腦袋，盡可能沉浸在染上綠色的深水中。因為他對生命是如此般極為敏銳，當他將熱烘烘的頭貼在枕頭時，不管是平岡還是三千代幾乎不復存在了。他抱著清爽的心情睡著了。不過熟睡之時，朦朧中感覺曾有人輕輕地走進來，又輕輕地出去。睜開雙眼醒來時，那種感覺依稀殘留，無法從腦中揮去。所以才會問門野，「我在睡覺時，有誰來嗎？」

代助雙手放在額頭上，從廊下仰望在高空中興趣地飛來飛去的燕子。不久，他覺得眼花撩亂，於是進入屋內。由於預計三千代即將來訪，使得他的心情平靜不下來。幾乎無法思索也無法閱讀。最後，代助從書架上抽出一本很大的畫冊，擺在膝蓋上開始翻閱。不過也只是手指頭依序翻書而已，每張作品上到底畫些什麼？有一半以上都視而不見。一會兒，他翻到布朗溫[38]的作品。代助平常就對這位裝飾畫畫家很感興趣，他如平常般看到布朗溫的作品，眼睛立刻為之一亮。那是一件畫有某地港口的作品。背景上有一大片船隻、帆桅，以及極為絢麗的天空、雲彩和藍黑色的水，前景則是四、五個裸著身子的工人。工人身上鼓起如小山丘般的強壯肌肉，從肩膀到背部全是一塊又一塊的筋肉，筋肉之間形成渦狀般的山谷。這種表現出肉體的力與美，讓代助沉浸好一會兒。不久，他依然攤開畫冊，但移開視線，豎起耳朵。這時候，聽到從廚房傳來阿婆的說話聲。然後，聽到送牛奶的人急忙離去，空瓶子碰撞的響聲。因為屋內非常寂靜，聽覺敏銳的代助，聽得更加清楚。

代助茫然地凝視牆壁。他想把門野叫來問，三千代有沒有說幾點再來？卻又顧忌這樣子未免太愚蠢。不僅如此，自己如此急切等待人妻來訪，實在也說不過去。假如那麼急切想見面，自己隨時都可以去找她。代助面對這兩種矛盾，頓時為自己的沒邏輯感到羞恥。他離開椅子，半作起身貌。代助非常清楚自己這種沒邏輯的根底有各種因素。而且，對現在的自己而言，這種沒邏輯的狀態，因為是唯一的事實，所以也無可奈何。再說，他也認為和這事實起衝突的邏輯，不過只是把跟自己不相干的命題連接起來，藐視自己本身的一種形式而已。如此一想，他再度坐回椅子上。

在三千代到來這一段時間，代助幾乎不知道自己到底怎麼度過？當他一聽見大

38 布朗溫（Sir Frank William Brangwyn，1867-1956），英國畫家、版畫家。

門出現女人的聲音時，感到心臟一陣澎湃。雖然他在運用邏輯方面的能力很強，但心臟的作用方面卻相對地十分顯弱。最近，他不動怒。完全是思考起作用，因為理智不允許他動怒，因為沒有比動怒是更看不起自己的行為。但是，在其他方面，代助還是會忍不住而異乎尋常地受到情緒的影響。當出去開門的門野的腳步聲在接近書房門口響起時，代助紅潤的臉頰上稍稍失去些許光澤。

「請客人來這邊嗎？」門野以極為簡單的問句確認代助的意向。因為門野覺得詢問「接待到客廳呢？還是在書房見呢？」太麻煩，所以乾脆簡約成這種問法。代助回了一聲「嗯」，好像要把站在門口等答覆的門野快點趕走似地，他起身站起來，往廊下探頭。看到三千代站在走廊和玄關的交接處，臉朝向這邊露出有些猶豫的表情。

三千代的臉色比起上次見面時，顯得更蒼白。三千代看到代助以眼睛和下巴示意她過去，當她走近書房門口時，代助注意到三千代氣喘吁吁。

「還好嗎？」他不禁詢問。

三千代沒回答，逕自走進屋內。她外頭穿著一件平織單層和服，裡頭則是襯衣作底，手上提著三朵白色的大百合花。突然，她將百合花往桌上一擲，往一旁的椅子坐下去，也不管剛梳好的「銀杏返」[39]，就將整個背往椅背靠過去。

「啊！真難受。」她一邊說著一邊對著代助露出笑容。代助擊掌要人送水來。三千代默默地指向桌上。桌上有一個代助飯後漱口用的玻璃杯。杯中還留有約二口水。

「是乾淨的水吧！」三千代問。

「這是我喝剩的。」代助回答，順勢拿起杯子。代助本想從自己坐的位子，把水往外倒掉，可是被拉門外的玻璃窗擋住。門野的習慣是每天早上都不把廊下的一、二扇玻璃窗打開，讓它保持原狀。於是，代助只得站起來走出廊下，往庭院把水倒掉，同時再次呼叫門野。剛才還在的門野，不知跑到哪裡去了？聽不到任何回答聲的代助，有點不知該如何是好，又走回三千代身旁。

「馬上就會端過來。」代助說著，將空杯子放在桌上，往廚房走去。穿過飯廳時，看到門野笨手笨腳從錫製茶罐內抓出一把玉露茶。一看到代助，

「先生，馬上就好。」他趕緊報告。

「等一下再端茶，現在先送上開水。」代助說著，自己走進廚房。

39 銀杏返原為江戶幕府後期的少女髮型，明治時代以來，成為三十來歲少婦喜愛的髮型。

「喔，這樣呀？現在就要嗎？」門野放下錫罐，跟著走到廚房。兩人到處找杯子，卻遍尋不著，代助問阿婆去哪裡？門野說為了客人的到來出門買點心了。

「知道沒有點心，應該早點買啊！」代助打開水龍頭，用茶杯裝滿水。

「因為我沒告訴阿婆有客人要來。」門野不好意思地抓抓頭。

「那你去買，不就好了嗎？」代助一邊走出廚房，一邊責怪門野。即使那樣，門野仍然解釋：

「說是除了點心，還有一些東西要買。她腳不好，天氣又不好，卻偏偏要去。」

代助頭也不回，直接返回書房。跨過門檻，一進去立刻先看看三千代的臉色，沒想到她雙手拿著代助剛剛放下的杯子，擺在膝蓋上。杯子內有水，跟代助剛才倒在庭院的水差不多。於是，代助拿著茶杯，茫然站在三千代面前。

「怎麼了？」代助問。

「謝謝。夠了。剛才已經喝下那個了。因為很乾淨。」三千代跟平常一樣，以平靜的語調回答，並回頭望一眼泡著鈴蘭的盆子。代助在盆子裡裝了八分滿的水，纖細如牙籤般的淡綠色莖子聚集在水中央，從細莖間的縫隙隱約可見陶盆內的圖案。

「怎麼去喝那種水呢？」代助驚訝地問。

「沒有毒吧！」三千代把手中的杯子伸到代助面前，讓代助隔著玻璃看。

「儘管沒毒，假如那是放了二、三天的水，怎麼辦呢？」

「怎麼會？我先前來的時候，曾把臉貼過去嗅了一下。書生說盆子內的水，剛剛才從桶子倒下去的。沒問題啦！氣味很香。」

代助默不吭聲坐下。他沒勇氣追究，到底是受詩情感染而喝下盆子裡的水呢？還是因為生理上的需要而喝下那水呢？假如是前者的話，他也無法認同這種炫耀詩情、模仿小說的現買現賣的舉止。因此，他只是如此問：

「身體好多了吧！」

三千代的臉頰漸漸紅潤。她從袖袋中拿出手帕，擦擦嘴角開始說：「——我平常都是從傳通院前搭電車到本鄉去買東西，可是聽人家說本鄉的價格比神樂坂貴個一成到二成，所以最近已經來過神樂坂一、二次了。上一次原本順道要過來，太晚了只好匆匆趕回家。今天早有打算，特意提早出門。這麼不巧，碰上你正在休息，於是想先上街去買東西回頭再過來。沒想到天氣突然變糟，到了藁店[40]就開始滴雨

40 藁店，位於神樂坂的地名。

了。我沒帶傘，心想可不要被淋濕才好，急忙趕路，身體立刻受不了，氣喘到不行，真是傷腦筋……」

「不過已經習慣了，沒什麼好吃驚的。」她說完，落寞地望著代助露出笑容。

「心臟還沒完全好嗎？」代助關心地問。

「完全好？這輩子是已經沒指望了。」

三千代的語調，倒不像這句話般絕望。她把纖細的手指頭翻過來，看著手指上的戒子。然後，把手帕攏起，放進袖袋。三千代兩眼俯視。代助則是盯著她的前額和頭髮相接處看。

這時候三千代突然想起什麼似，為上次代助送去的那張支票表達謝意。而她的臉上似乎泛著微微紅暈。代助眼光敏銳，立刻就看出來。他認為三千代之所以臉紅，是因為向人借貸感到不好意思。代助馬上把話題轉到別處。

三千代剛才提進來的百合花，還放在桌子上。兩人之間，飄著濃郁的花香味。代助覺得這種香氣過於刺激，很不舒服。可是又不能當著三千代的面，無端端地將花移開。

「這花怎麼回事？妳買的嗎？」代助問。三千代默默地點頭。

「好香，對不對？」三千代說著，將自己的鼻子湊到花瓣旁，使勁嗅了嗅。代助不由得把腳伸直，身子往後仰。

「不可以這麼近去嗅花香。」

「為什麼？」

「沒什麼理由，就覺得不可以。」

代助稍稍皺起眉頭。三千代把頭縮回去。

「你不喜歡這花嗎？」

代助坐在椅子，兩腳斜斜伸直，身子依然往後仰，一語不發地微微笑。

「早知道就不要買了。真沒趣，特地繞路去，還淋雨，走得上氣不接下氣。」

雨真的下了。雨滴匯集到排水管，可以聽見嘩啊嘩啊的水流聲。代助從椅子上站起來，拿起眼前的百合花束，把捆在根部的濕草繩拉開。

「送給我的嗎？那就趕快插起來吧。」代助說著，立刻拿起百合花往剛才那個盆子擲下去。由於花莖太長，花根反彈使得盆子裡的水濺出。代助從盆子裡抓起濕答答的花莖，拿起桌上的剪刀，喀嚓一聲剪得只剩一半長。如此一來，大朵的百合花便浮在成簇的鈴蘭上方。

「這樣就可以了。」代助把剪刀放在桌上。三千代看了一會兒代助把百合花亂插一通的模樣，突然問了一個奇妙的問題。

「你是什麼時候開始討厭這種花呢？」

以前三千代的哥哥還在世時，有一天代助不知為了什麼，買了一長束百合花到兄妹住的谷中家裡。那時候，他要三千代把一只怪模怪樣的花瓶弄乾淨，認認真真把買來的花插在花瓶，讓三千代和她的哥哥都能欣賞到擺在壁龕上的百合花。三千代還記得這件事情。

「那時候，你不也是貼著鼻子嗅聞花香嗎？」三千代說。代助也記得曾有過那麼一回事，只好無奈地苦笑。

其間，雨愈下愈大。可以聽到遠處的雨聲在房子四周響起。門野過來，問說有些冷，要不要把玻璃窗關上呢？門野關玻璃窗時，兩人不約而同地看著庭院。樹上的綠葉全濕了，濕氣輕輕地越過玻璃窗，吹進代助的腦袋。飄浮在世間的一切，好像全都掉落在大地之上。代助感覺自己好像昏沉好久，現在終於醒了。

「真是一場好雨。」代助說。

「一點也不好，我穿著草屐來的呀！」

三千代一臉懊惱地看著排水管流下來的雨水。

「等一下叫車送妳回去，多坐一會。」

三千代似乎沒想要多坐一會的樣子。

「你還是跟以前一樣，什麼都不在乎。」她正視著代助，帶著責備的口氣。不過眼神中卻帶著笑意。

至今好像一直躲在三千代背後隱約可見的平岡的那張臉，這時候清清楚楚地映在代助的心眼上。代助覺得自己像是突然被昏暗處飛來的東西襲擊。三千代依然還是帶著一個難分難離的黑影在走路的女人。

「平岡還好嗎？」代助故意裝作不經意的樣子。三千代的嘴角稍微一縮，

「還是老樣子。」

「還沒找到工作嗎？」

「那個已經可以放心。好像下個月就要去報社上班了。」

「那就好。我一點都不知道。如果這樣的話，狀況應該就好很多吧？」

「是呀！謝謝你。」三千代低聲地誠懇回答。代助覺得這樣子的三千代真可愛。繼續又問：

「其實，今天我是來向你道歉。」她邊說邊低下頭，才又抬起頭。

代助也感到不好意思，實在不忍心看到這女人情緒激動的樣子。同時，他也不故意去講些迎合的話，避免對方覺得更難堪。因此，他就靜靜地聆聽三千代的敘述。

先前那二百圓，從代助手中接過來後，理應立刻還給債主，可是搬新家後，有種種的開銷，在那期間，開始陸續動用這筆錢。曾經也想過一旦先挪用了，以後該怎麼辦？但是迫於每天的日常生計，雖然不願意卻也沒辦法，一碰到困難就先挪用一點，一碰到困難就先挪用一點，終於把這筆錢全挪用完了。當然，假如不是這樣的話，夫婦倆也無法生活到現在。不過如今回頭想一想，假如沒有這筆錢，也許好過歹過也能撐過去。本以為手頭上有這一筆錢，可以在緊要關頭時應急，所以至今尚未去還錢，取回那張借據，所以債務仍然還在。這件事不能怪平岡，都是她自己不好。

「我實在很對不起你，感到很後悔。但是在借錢時，絕對沒有瞞著你，故意撒謊的意思，請你原諒。」三千代好像很痛苦般，述說原委。

「這筆錢既然給妳，隨便妳怎麼使用，誰都沒什麼好說的。只要有幫上忙，不就好了嗎？」代助安慰三千代。而且把「妳」字強調得特別慢又特別響。

「那我終於可以安心了。」三千代只是這麼說而已。

雨一直沒停歇，三千代要回家時，代助依約雇車送她回去。因為很冷，代助要三千代在平織單衣上再套件男人的短上衣，三千代只是微微一笑，並沒穿上。

十一

時光飛快，不知不覺人們已穿起絲羅短褂走在街上。這二、三天來，代助在家裡，除了眺望自家庭院外，什麼事都不做。這時節，戴上冬天的帽子，一走出大門就感到很熱。代助覺得自己也該把法蘭絨衣服脫掉了，儘管如此，不過才走五、六百公尺，竟還碰到兩個穿著夾層衣服的人。代助心中正在嘟囔，怎會這樣？隨即看到一個學生在一家新開的冰品屋，手拿玻璃杯暢喝冷飲。那樣子，讓代助想起誠太郎。

最近，代助比以前更喜歡誠太郎。因為跟其他人交談，就像在跟人皮講話般令他不耐煩。不過回頭看看自己，說不定自己才是人群中最令對方不耐煩的人。代助認為這是長久以來的生存競爭所產生的惡因果，實在沒什麼好稱頌。

這陣子，誠太郎很想學踩球，起因於上次代助帶他到淺草觀音堂附近去看雜耍。代助覺得誠太郎這種死心眼的個性是遺傳自大嫂，不過他是哥哥的兒子，所以死心眼當中仍帶有一種落落大方的氣度。每次和誠太郎交談，對方的能量就會源源不斷流傳而來，總讓代助感到很愉快。其實，代助不分晝夜，一直被無法解除武裝的精神所包圍而感到痛苦。

今年春天，誠太郎就要上中學了。感覺他一下子忽然長高很多。再過一、二年，嗓音也會開始轉變。不知道今後誠太郎將會選擇怎樣的道路來成長？不過既然生而為人，為了生存，無疑還是會步上那個為人所嫌棄的命運。那時候，他會沉穩地穿上不惹人注目的衣服，如乞丐般為求得一口飯，在人世間打轉行走吧！

代助來到外護城河附近。前陣子，對面的土堤上還開滿一叢叢的杜鵑花，紅一團、白一團點綴在綠葉當中，如今已不見蹤跡。只剩芳草綿延的陡坡上，排列著幾十棵松樹，一直往前延伸。今天晴空萬里。代助想搭電車回老家，跟大嫂聊一聊，找誠太郎玩一玩，可是轉瞬間又突感厭煩，想想還是看看這些松樹，沿著護城河走，直到走不動為止吧！

當代助走到新見附[41]，看著來來去去的電車，開始苦惱起來，於是獨自穿過護城河，從招魂社[42]旁走到街上。代助在那裡轉來轉去時，忽然覺得這種毫無目的的漫步，未免太愚蠢。代助平常總認為有目的而行走的人就是賤民，可是僅限在這種場合，卻又覺得賤民真了不起。這時候，他覺悟到倦怠感再度來襲，還是回家去吧！行至神樂坂，有一家商店的電唱機正在播放音樂。那種音樂帶著金屬的尖銳聲，讓代助的腦子受到極為強烈的刺激。

代助一進家門，就聽到門野趁著主人不在家，正在高聲吟唱琵琶調。不過，他一聽到代助的腳步聲，立刻嘎然而止。

「哎呀！今天好早。」門野說著，往玄關走去。代助什麼話也沒回答，掛好帽子，從廊下走進書房。然後，特地將拉門關得死緊。隨後端著紅茶進來的門野，問道：

「要拉上嗎？不覺得熱嗎？」

---

41 新見附為電車外濠線的一個站名。

42 招魂社為靖國神社的舊稱，建於明治二年（一八六九年），最初是為了紀念在明治維新時期的日本內戰戊辰戰爭中為恢復明治天皇權力而犧牲的三千五百多名反幕武士。

代助從袖袋掏出手帕，擦一擦額頭，仍然命令：

「關上。」門野露出疑惑的神情，關上門後便退去。代助獨自待在昏暗的房間內，靜靜地發呆了十來分鐘。

代助擁有令人羨慕的細緻皮膚，還有勞動者所沒有的柔韌肌肉。自他出生以來，不曾得過什麼叫得出病名的大病，一直享有健康的幸福。代助相信人生的意義就在於此，因此健康對他而言，比別人具有加倍的價值。他的頭腦和他的身體一樣，也很健康。不過，他始終苦於邏輯思維，也是事實。而且，代助經常覺得自己的大腦中心，好像箭靶般被雙層、甚至三層的圓圈所包圍。今天從早晨起，那種感覺特別顯著。

這時候，代助也會思考自己為何來到這世上？至今他曾多次把這重大問題攤在自己的眼前。之所以產生這樣的動機，有單純來自哲學上的好奇心，也有因為他的腦中映入過於複雜的五花十色的世間現象而讓他感到焦慮不堪所致，最後就是像今天這般倦怠所引起。雖然每次所得到的結論都是相同。然而這個結論並無法解決問題，毋寧說根本等同否定這問題。依他的想法，人並非有某種目的才降生世間。相反地，人是降生到世上之後才產生目的。假如從一開始就把某個客觀的目的加諸在人的身上，無異是從出生時就剝奪這個人的自由。因此，生存的目的，非得由降生到世上的那個人自身來確定不可。不過，這個當事人卻無論如何也不能隨意確定自己的生存目的。因為自身的生存目的，等同是向世間公諸自身的生存過程。

代助從這個根本定義出發，因此把自己本來的活動，當成是自己本來的目的。假想步行就去步行，那麼步行就成為目的。想思考就思考，那麼思考就成為目的。假如懷抱其他的目的而步行或思考的話，那麼步行或思考就是墮落。所以懷抱另一種目的而活動，那麼這個活動本身就是墮落的活動。因此假如以一時方便來進行自己的整體活動，等同自己在破壞自己的存在目的。

至今為止，每當代助在腦子產生願望或渴望時，他就把順遂這些願望或渴望當作自己生存的目的。二個互不相容的願望或渴望，在心中爭鬥時，也把它當成同樣一件事。不過，他把這種情況解釋為從矛盾中產生的某一個目的之消耗戰而已。總之，他把平時所謂無目的的行為當作目的在活動。同時，就不虛偽這一點上，他認為自己的做法最道德。

當代助想盡可能遂行這個主張時，在遂行的過程中，會不知不覺被自己早已丟棄的問題所襲擊，因而思索自己現在到底為什麼去做那些事呢？譬如，當他在街上散步時，心中會起疑自己為什麼要這樣散步下去？正是這種情形。

那種時候，代助也察覺到自己的活力不足。他缺乏一鼓作氣的勇氣和興趣來遂行自己的渴望，以致在過程中不由自主會去懷疑行動的意義。他把這種現象名之為倦怠。代助相信只要一感到倦怠，就會引發邏輯上的混亂。他在行動的過程中，之所以會引發所謂為什麼要行動，這種本末倒置的疑惑，不外乎就是這種倦怠所導致。

他把自己關在門窗緊閉的房間內，按著頭搖晃一、二次。他認為不必要為古往今來的思想家，屢次反復思考的那些無意義的疑義去傷透腦筋。每當那種情景再次在自己的眼前閃爍時，他會嘀咕聲「又來了嗎」，隨即丟棄。同時，他也深切感受到自己生活力的不足。因此他也沒興趣圓滿地遂行自己主張的行為目的。他只是一個人茫然地佇立於荒野之中。

代助期待自己高尚的生活欲能夠獲得滿足。但是就某種意義上，他又是一個期望自己的道德欲也能獲得滿足的人。他預感到在某一點上，這兩種欲望會撞擊出火花，鋒刃相交。因此他降低自己生活欲的標準，忍耐過日子。他的房間只是一般的日式房間，而且沒多做什麼好看的設計裝飾。假如更進一步，甚至連書畫那種風雅的東西都沒掛上。唯一能夠引人注目的美麗色彩，只有書架上並排的那些外文書籍而已。現在他正茫然坐在這些書籍之中。好吧！為了喚醒自己這般昏沉的意識，不能不把周圍的物品稍微整理一下。——他一邊這麼想，一邊環視屋內。然後，不知不覺又開始對著牆壁發呆。最後，代助認為要將自己從這種脆弱的生活中拯救出來，只有一個方法。

「還是非去找三千代不可。」他在嘴裡喃喃自語。

代助後悔不該去那些原本不想去的地方散步。他正想出門到平岡家去的時候，寺尾從森川町來找他了。寺尾頭戴一頂新草帽，身穿清涼的薄短褂，一邊喊著「好熱、好熱」，一邊擦拭那張熱得紅通通的臉。

「這時候來找我做什麼？」代助毫不客氣地開口問。他和寺尾平常交往就是這般互動。

「現在不正是拜訪朋友的好時候嗎？你又在睡懶覺。沒有工作的人也不能這樣偷懶啊！你到底為何出生到這世上來呢？」寺尾說完話，拿起頭上的草帽猛往自己胸前搧風。其實也沒熱到那種程度，所以他的動作看起來頗為做作。

「你管我到底為何出生到這世上，真是多管閒事。你說，到底來做什麼？該不會又要說『這十天來……』。我告訴你，借錢的事免談。」代助毫不客氣，拒絕借錢在先。

「你真是一個無情無義的人。」寺尾無可奈何地答道。不過看起來並沒有影響兩人的感情。坦白說，寺尾一點都不覺得講這種話有什麼不禮貌。代助默不吭聲看著寺尾的臉。不過那張臉無法引起代助的任何感情，至少不會比單看著空牆壁更感動。

寺尾從懷中取出一本髒兮兮、臨時裝訂的書。

「我必須把這本書翻譯出來。」寺尾說。代助依然默不吭聲。

「不要自以為不愁吃不愁穿，就擺出那副懶洋洋的神情，好不好？稍微幫我確認一下。這是我的生死存亡之戰啦！」寺尾說完，拿著那本小小的書往椅子角，狠狠用力猛敲兩下。

「什麼時候要？」

寺尾一頁一頁地翻著書，然後俐落說：

「兩星期。」話一說完，又補充說明：「無論如何得在這期限交出來，否則我就要挨餓，沒辦法。」

「真是了不起的氣勢啊！」代助嘲諷。
「所以才會特地跑到本鄉來找你啊！我不跟你借錢啦！——如果要借我，更好。——至少我不明白的地方，你得幫忙一下吧！」
「太麻煩了。今天我頭很痛，沒辦法做那種事。隨便翻譯一下也沒什麼關係呀！反正稿費是以頁數來算的，不是嗎？」
「無論如何，我也不能毫無責任地亂翻譯一通啊！假如被人家指責誤譯，後面的事會很麻煩。」
「那也沒辦法呀！」代助依然是一副蠻橫不講理的態度。
「喂！」寺尾叫了一聲後，毫不退縮繼續說，「不要開玩笑。像你這種整天無所事事的人，偶爾幫忙做點這種事，不是才不會無聊嗎？假如我能夠找到其他完全讀得通這本書的人幫忙，何必跑來找你呢？那些人不像你，大家都很忙。」
代助已經覺悟，接下來不是繼續跟寺尾吵架，就是必須答應他，只能兩選一。以代助的個性，會看不起這種人，卻不會跟他生氣。
「那就盡量少麻煩一點，好嗎？」代助把話說在前頭，只檢視有記號的地方。代助連整本書的概要都不想問。光是寺尾要討論的地方，已經夠讓他一個頭二個大了。

「哎呀！謝謝。」寺尾答謝，不久後接著闔上書本。

「不懂的地方，怎麼辦？」代助問。

「總要想個辦法。——反正不管去問誰，人家不見得就懂。何況時間也來不及，真沒辦法。」寺尾說。可見寺尾比起誤譯，根本更在意生活費的問題。

討論完畢後，寺尾照例又談起文學。真是奇怪，態度跟剛才討論自己的翻譯工作完全不一樣，他只要談起文學總是熱情洋溢。代助認為當今許多文學家發表的創作當中，有很多作品和寺尾的翻譯有同樣情況，所以對於寺尾的矛盾感到很可笑。不過避免麻煩，代助並未將這些想法說出來。

被寺尾這麼一鬧，代助那天終究沒有前往平岡家。

晚餐時，丸善書店的小包送達。代助放下筷子，打開一看，是很久以前請書店代購的兩、三本外國原版新書。代助把這些書夾在腋下，回到書房。一本一本順次拿起，在昏暗中翻開二、三頁很快地過目略讀，似乎沒有特別吸引他的地方。最後一本，竟連書名都不記得了。代助心想以後再讀吧！於是先把這幾本書歸在一起。然後站起來，將書疊成一堆放在書架上。代助從廊下往外一看，美麗的天空漸漸暗下來，不遠處的一棵梧桐樹樹蔭，看起來愈來愈陰暗，朦朧的月亮已高掛頭頂之上。

這時候，門野拿著大油燈走進來。油燈上的藍色燈罩，好像縐綢般豎著鑲嵌在溝槽裡。門野把油燈放在書桌上，往廊下走出去時，

「啊！快到螢火蟲出沒的季節了。」門野說。

「還不到時候啦！」代助露出好笑的神情。

「是這樣嗎？」門野照例答了這句話後，立刻又以認真的語調說：「以前大家很愛提起螢火蟲，近來連騷人墨客也不提了。到底怎麼回事呢？什麼螢火蟲啦，烏鴉啦，最近都很少看到。」

「對啊！到底為什麼呢？」代助故意裝作不知道，正經地反問。

「牠們可能是懼怕電燈，所以漸漸不見蹤影吧！」門野話一說完，還「嘿嘿嘿」故作瀟灑狀後，欲轉回自己的房間。代助也跟著走到玄關。門野回頭一看，

「您又要出去嗎？明白了。我會注意油燈。——阿婆剛才鬧肚子痛，正在睡覺。不過，不要緊。請慢走。」

代助走出家門。來到江戶川畔，河水已經呈現暗黑色。他原來就想去平岡家，

所以不像平常沿著河畔，立刻行走過橋，爬上金剛寺坂。

其實，代助在那之後又和三千代、平岡見過二、三次面。一次是在收到平岡的一封長長書信之時。那封信裡，首先提到自己到東京之後，感謝受到代助很多幫忙。然後——由於受到多位朋友和長輩的鼎力幫忙，最近在某友人的周旋下，受邀是否願意到某報社擔任經濟組的主任記者。自己也很想去試試看。不過，到東京當時，曾經拜託你幫忙找工作，覺得擅自答應有所不周到，所以想跟你商量。——當時代助受到平岡的請託，幫忙斡旋試圖讓他到哥哥的公司上班，後來一直沒告訴平岡已被哥哥婉拒，事情一直擱在那裡。代助認為平岡這一封信是想來催促回音，一方面認為自己假如只以書信告訴他已經被婉拒，未免太過冷淡，於是翌日他立刻前往平岡家，把哥哥的情況告訴他，並且要他不必對哥哥這邊抱著希望。那時候，平岡答說「我想也是這樣」，然後以一種微妙的眼神看著三千代。

還有一次是收到平岡的明信片，上頭寫著前往報社任職一事已經確定，什麼時候過來，跟你好好地痛快喝一杯。所以代助散步時，便順道繞去平岡家，想告訴他不湊巧自己剛好有事，不方便過來喝酒。那時候，看到平岡整個人窩在客廳正中央睡覺。平岡邊揉著發紅的眼睛邊解釋前晚出席一個什麼會，喝過頭了。然後，他看著代助，突然大聲發牢騷說：「假如一個人不能像你這樣單身的話，根本什麼事都沒辦法做。我如果是一個人，滿州啦！美國啦！通通可以去，帶個妻子在身邊實在很不方便。」那時候，三千代正在隔壁房間，默不吭聲地做事。

第三次去平岡家時，平岡去報社不在家。那時候也沒什麼特別的事。代助就與三千代坐在廊下。閒聊了差不多三十來分鐘。

從那之後，代助盡量不到小石川一帶。直到今晚，代助走到竹早町，穿過馬路，往前走了二、三百公尺，來到寫有「平岡」兩字的門燈前。他在格子門外喊了幾聲，女傭提著油燈出來應門。不過，平岡夫婦倆都不在家。代助也沒問他們去哪裡？回頭就走。搭電車到本鄉，從本鄉轉車到神田，下車來到一家啤酒屋，咕嚕咕嚕地灌下不少啤酒。

翌日，代助醒來時，感覺大腦中心似乎有許多半徑大小不一的圓圈圈，把整個頭隔成兩層。他只覺得頭部的內側和外側好像是由不同材質所鑲嵌而成的工藝品。因此他不停搖晃自己的腦袋，努力使兩種材質混在一起。現在，他把頭髮貼在枕頭上，右手握拳往自己的右耳敲了二、三下。

代助從來不曾把自己頭腦的這種異狀，歸咎於喝酒。他從小就是好酒量。無論怎麼豪飲，也不大會失態。不僅如此，喝過酒只要好好睡一覺後，身體便會恢復正常狀態。曾經不知什麼緣故，他和哥哥較勁酒量，竟喝下三合[43]裝的酒壺十三壺。翌日，代助神態自如地一樣去學校上課。哥哥的頭卻一連痛了兩天，苦不堪言，還說是兩人年齡不一樣的緣故。

代助敲著頭思索，相較之下，昨晚喝的啤酒實在太不夠看了。雖然腦子好像被隔成兩層，幸好腦袋的功能倒沒受到影響。雖說有時候，他不太愛動腦筋。但是他自信只要努力，自己可以承擔任何複雜的工作。因此，縱使感到腦子有異狀，腦組織的變化是否會帶給精神不好的影響呢？代助毫不在意。起初，那種異樣的感覺，讓他大為吃驚。第二次，毋寧說那種新奇的經驗，帶給他喜悅。最近，這些經驗大多是隨著精神、體力的低落而產生。那是勉強以不充實的行為過生活時特有的一種症候群。代助對這種狀況感到很不愉快。

代助從床上起來後，又搖晃了幾下腦袋。早餐時，門野說今天的報紙報導蛇和鷹的大戰。不過代助沒答腔。門野暗忖，先生的老毛病又發作了，於是走出飯廳。

「阿婆，妳這樣一直做不停，不行啦！先生用完的碗筷，我會洗，妳趕快去休息。」從廚房傳來門野安慰阿婆的聲音。代助才想起阿婆生病的事，想去對阿婆安慰幾句，但嫌麻煩便又作罷。

代助一放下餐刀，端起紅茶回書房。一看時鐘，已經九點多了。他望著庭院，酌飲著紅茶。好一會兒，門野忽然走過來說：

「老家派人要接您回去。」代助不記得有提出要家裡派人來接他這件事。一問，門野也回答不出所以然，只說來了一個車夫。代助只得搖著頭走到玄關，只見哥哥的車夫阿勝已在那裡等候。阿勝把人力車靠在玄關一旁，那輛車的車輪裝有橡膠。阿勝一看到代助，恭敬地向他行禮致意。

「阿勝，你為什麼來接我？」代助問。

「太太要我來接您回去。」阿勝不勝惶恐地回答。

「發生什麼緊急的事嗎？」

阿勝當然什麼都不知道。

「太太說回去就知道——」阿勝簡潔答道，連話都沒講完。

代助走進屋內，想叫阿婆準備衣服，繼之一想她正鬧肚子痛，還是別喊她了。

43「合」為日本度量衡的體積單位，一合約為〇・一八〇三九公升。

於是，他自己打開衣櫃的抽屜翻一翻，急忙簡單穿戴，盡速坐上阿勝的車出門了。

那一天，風很大。阿勝彎著腰往前跑，看起來很吃力。代助坐在車上迎著風，覺得自己那兩層的腦袋瓜一直轉個不停。但是，不會嘎嘎作響的車輪飛快轉動，使得意識模糊的代助陷入半睡半醒狀態，整個人好像在半空中飛行般愉快。抵達青山老家時，代助的臉色神清氣爽，與方才早晨起床的模樣截然不同。

代助心想，恐怕是發生什麼事了吧！往書生房一看，書生直木和誠太郎兩人，正拿草莓沾白糖吃。

「哇！正在吃好東西啊。」代助一說，直木立刻端坐，向代助打招呼。誠太郎張開濕潤的嘴唇，突然問：

「叔叔，什麼時候要娶太太？」

直木聽了笑嘻嘻。代助一時不知該如何回答才好，不得已只好半開玩笑地斥責，

「今天怎麼沒去上學？一大早就在吃草莓……」

「今天不是星期天嗎？」誠太郎露出認真的表情。

「啊！星期天嗎？」代助驚訝地說。

直木看著代助，忍不住笑出聲。代助也笑了笑，走進客廳。客廳裡沒有半個

人。剛換過的榻榻米上，擺著一個紫檀鏤空的圓盤，盤中放著茶碗，茶碗印有京都淺井默語[44]的圖案畫。清晨穿過樹木的綠色陽光從庭院照進寬敞的大客廳，一切顯得非常寧靜。屋外的風好像也忽然停了。

代助穿過客廳，來到哥哥房間，果然有人。

「哎呀！我覺得這樣太過分了。」傳來大嫂的聲音。代助進去一看，哥哥、大嫂和縫子都在。哥哥的角帶[45]上結著金鏈，穿著最近流行的絲羅短褂，朝門口站立。一看到代助，就對梅子說：

「來了。來了。妳就讓他陪著一起去吧！」

代助聽了一頭霧水，不知道怎麼回事。然後，梅子也轉向代助，

「代助，今天你有空嗎？」她說。

「有啊！有空。」代助答。

「那就一起去歌舞伎座。」

44 淺井默語（1856-1907），即淺井忠，西洋畫家。台北市立美術館存有一幅淺井忠作品《湯島聖堂大成殿》。

45 角帶為一種男用和服帶子，材質較硬，寬度較窄。

代助聽大嫂這麼一說，突然感到一種滑稽感。不過，代助不像平日一樣，今天沒勇氣跟大嫂開玩笑。因為怕麻煩，所以和顏悅色地說：

「可以，走吧！」

「不過，你不是已經看過了嗎？」梅子一聽，反問。

「看過再看一次，也沒關係，走吧！」代助對著梅子露出笑容。

「你還真是一個玩樂家啊！」梅子批評。代助越發覺得太滑稽了。

接著，哥哥說有事要辦，立刻匆匆離家。聽說相約四點左右，事情一辦好，就會到劇場與大家會合。原本要梅子和縫子在哥哥去辦事的時候，自行觀賞。可是梅子不願意。哥哥就說那讓直木陪著去，但梅子認為直木穿著藏青碎花和服和褲裙，沒辦法舒適地坐著看戲。哥哥無可奈何，才會派人去把代助接回來。——這是哥哥出門前的說明。雖然代助覺得又些不合常理，卻只答說「喔～是這樣？」不過，代助認為這無非是大嫂在換幕時需要一個講話的對象，萬一有事還有個人可以幫忙跑腿，肯定是這樣才特地把自己叫回來。

梅子和縫子光是化妝就花費掉好長一段時間。代助在兩人身旁，彷彿是化妝監督人，半開玩笑地取笑她們一番。因此被縫子說了二、三次「叔叔真是刻薄啊！」

聽說父親一大早就出門，不在家。代助問說，去哪裡？大嫂說不知道。代助倒也不是真想知道，反而覺得父親不在家真慶幸。自從上次見面後，代助跟父親只碰過兩次面。那也都只有十分鐘、十五分鐘左右。代助照例在談話快要更加深入時，趕緊站起來恭敬行禮告辭。每次父親一到客廳，代助就如坐針氈。大嫂站在鏡子前，摸著自己的和服帶告訴代助，父親生氣地說代助只要看到他就想溜走。

「他太沒信用了。」代助如此說道，拿起大嫂和縫子的長柄傘，搶先一步走到玄關。那裡已有三輛車子併排等候。

代助怕風吹，所以戴著鴨舌帽。不過，風漸漸停歇，強烈的陽光從雲隙照射在人們的頭頂上。梅子和縫子撐傘走在前頭，代助不時以手背倚在額頭遮擋陽光。

在劇場觀賞時，大嫂和縫子都是非常忠實、熱情的觀眾。代助因是第二次觀賞，也因為連日來腦子狀況欠佳，根本沒辦法專心欣賞舞台上的表演。反而是精神上不斷感到煩躁，手拿團扇，不時從衣領向頭部搧風。

換幕時，縫子不時向代助提出一些很奇怪的問題。那個人為什麼用大盆子喝酒？為什麼和尚忽然會變成大將軍？大抵都是一些很難說明的問題。梅子每次一聽到那些問題就忍不住發笑。代助不禁想起二、三天前，讀到的某位文學家在報紙上的一篇劇評。那篇劇評指出，日本劇本的情節實在太離奇，所以無法輕鬆觀賞。那時候，代助站在演員的立場來思考，認為實在沒必要讓那種人來看戲吧！他曾經對門野說，原本應該對劇作家抱怨的牢騷，卻拿去對付演員，那就好像想了解近松[46]的作品，卻跑去聽越路[47]淨琉璃[48]般愚蠢。門野依然一貫回答那句「是這樣嗎？」

代助從小就經常觀賞日本的傳統戲劇，當然跟梅子一樣，同為純粹的藝術鑑賞家。他們把所謂舞台藝術，狹義地解釋為演員的手腕和演技。因此他和梅子談得非常投機。不時互相對視，發表一下如專家般的評論，大有惺惺相惜的意味。不過，他們大概對舞台上的演出已經看厭了。還沒到換幕時候，已拿起雙筒望眼鏡東瞧瞧、西看看。望眼鏡的前方有不少藝妓。其中有些藝妓也拿著望眼鏡從對面往這邊看。

代助的右邊坐著一位和他年齡差不多的男子，男子偕同梳著圓髻的美麗嬌妻一起來。代助看著那女子的側面，覺得很像坐在他附近的一個藝妓。而他的左邊坐著四個男人。而且，那些人看起來都貌似博士。代助一一記住他們的臉後，再往左邊比較寬大的位子，只有兩人專用。其中一人，西裝畢挺，年齡和哥哥差不多。那人戴著金框眼鏡，看東西時習慣把下巴往前昂，臉龐稍微仰起。代助覺得似乎在哪裡見過這名男子，卻怎麼也想不起來。他的同伴是一名年輕的女子。代助推測女子的年齡應該未滿二十歲。她沒穿短褂，梳著一頭比一般髮型還往外蓬起的包頭，大部分時候她的下巴總緊貼衣領端坐。

代助覺得坐著很不舒服，離開座位好幾次，走到後方的廊下，仰望那一長條形的天空，心想只要哥哥一來，就趕緊將大嫂和縫子交還給他，自己盡快回家。他還把縫子也帶到這裡，四處轉一轉活動一下筋骨。最後，他竟然起了一個念頭，很想弄些酒菜來這裡喝。

傍晚，哥哥終於來了。他說沒有遲到太久吧？還從衣帶間掏出金錶確認。實際上，那時已經過六點多一會兒了。哥哥照例露出若無其事的表情，稍微向四周環視。但是，到了吃飯時間，跑到廊下去的哥哥一直沒回來。不久，代助無意中轉頭一看，哥哥已走到隔座的隔座那個戴金框眼鏡男人身旁，正在談話。不時也向那年

46 近松門左衛門（1653-1724），江戶時代的淨琉璃和歌舞伎的劇作家。
47 越路指的是淨琉璃的說手竹本越路太夫（1836-1917）。
48 淨琉璃為日本傳統的一種木偶戲。

輕女子搭訕兩句，不過女子只是露出笑容，接著又轉回舞台認真看戲。代助本想向大嫂打聽那男人是誰？繼之一想，哥哥只要踏進聚會場所，無論身處何處都能這般如魚得水，簡直就把社會當成自己的家般應付自如，所以也就不當一回事地默不吭聲。

到了中場休息時，哥哥返回入口，叫代助過去，並把代助帶到戴金框眼鏡男人的座位，介紹說這是舍弟。然後又告訴代助這位是來自神戶來的高木先生，介紹彼此認識。戴金框眼鏡的紳士，看著年輕女子說，這是我的外甥女。女子彬彬有禮地行禮致意。那時候，哥哥又補充一句說，這位是佐川家的千金。代助一聽到女子的姓名，已經了然於心。不過還是裝作什麼都不知道，敷衍幾句場面話。他也發覺大嫂轉頭過來瞥了自己一眼。

五、六分鐘後，代助和哥哥都回到自己的座位。在還沒被介紹給佐川家小姐認識之前，代助原本打算哥哥一來就要溜走，現在卻不能那樣做。因為他認為貪圖一時省事，反而會惹來不好的後果，儘管痛苦也乖乖忍耐。雖然哥哥對戲劇毫無興趣，照例擺出風度翩翩的模樣，抽著雪茄，幾乎都在燻他自己那一頭黑髮。他不時還會批評一下，不過無非就是「縫子，那一幕很漂亮吧」之類的話。梅子也不像平常那麼好奇，對於高木和佐川家小姐的事，連問都沒問，也沒任何批評。大嫂故意裝作若無其事的樣子，反而讓代助覺得更滑稽。其實，至今大嫂常常弄些圈套耍弄他，代助從來不曾生氣過。假如今天這場騙局發生在平常，代助也許當作是一場遊戲來消遣，一笑置之就沒事了。不僅如此，如果自己真的想結婚，反而會利用這場騙局，親自把它導成一齣值得慶賀的喜劇，以滿足自我解嘲的趣味。然而，代助一想到大嫂竟然和父親、哥哥一起共謀，要把自己逼到窮途末路，這樣的作為就不能當作滑稽來看待。代助想到今後大嫂不知道會讓這件事如何發展，不由得有點膽怯。家人當中，就屬大嫂對這件事最感興趣。假如大嫂一直要將代助逼向那個方向，自己就不得不和家人漸漸疏遠。這一個可怕的念頭正潛伏在代助腦袋裡的某處。

散場時已經接近深夜十一點。走出劇場一看，風完全停了，是一個看不見月亮也看不見星星，只有稀疏燈光點綴的寧靜夜晚。時候已晚，也無暇再到茶屋多聊。雖然哥哥一家三口有車子來接，代助卻忘記事先叫車。他嫌麻煩，便婉拒了大嫂的好意，在茶屋前搭上電車。想要在數寄屋橋站換車的代助，站在黑漆漆的道路中候車時，看見有一個女人背著小孩，好像很費力般從對面慢慢走過來。對面已經有

二、三輛電車通過。在代助和軌道之間，有沙土和石子堆得宛如土堤般。這時候，代助才察覺自己站錯等車地點了。

「太太，如果要搭電車，不是這裡。對面才是。」代助邊告訴那女人邊走。那個太太向他道謝後，也跟著代助前行。代助好像在摸索什麼似的，小心翼翼走在黑暗中。他們以護城河為目標，向左走了二、三十公尺，終於找到車站的柱子。那個太太在這裡搭上往神田橋的電車而去。代助則獨自走進開往相反方向的赤坂電車。

代助在車上，覺得很想睡卻不敢睡。隨著車子搖搖晃晃，已知今晚將難以安眠。有時候他感到非常疲倦，儘管白天所發生的一切事情都讓人覺得倦怠，卻常有一種不知為何的興奮，讓他無法隨心所欲地度過寧靜的夜晚。代助的腦海中，不斷浮現出今天一整天所殘留痕跡的種種色彩，沒有時間的先後和形狀的差別，一下子全跑出來。不過，無法確實明白到底是什麼顏色？又是什麼活動？他閉上眼睛，覺悟今晚回到家，必得借助威士忌的力量才能入眠。

在那些留不住的絢麗色彩的映照下，他無法不想起三千代。因為好似在那裡才能找到自己的安住之地。但是那個安住之地，並未清楚地映入他的眼中。只是他自己一心一意認定而已。因此，代助發現自己只不過是把三千代的容貌、舉止、言詞、夫婦關係、疾病、身分全部涵括在一起，作為一個符合自己情趣的對象罷了。

翌日，代助收到住在但馬[49]友人的一封長信。這個友人從學校畢業後，立刻返回家鄉，至今不曾再來過東京。他本人當然不願意在山中過日子，無奈父命難違，只得被封閉在故鄉。儘管如此，這一年來友人囉囉唆唆來信說，還要再次說服父親，讓他到東京。不過，看來最近已經逐漸死心，不再有過多的抱怨。友人是世家子弟，年年砍伐祖先留下來的山林，就是最重要的工作。這封信上，友人詳述自己的日常生活。另外，以半開玩笑的認真語調吹噓自己，一個月前被選為町長，具有年俸三百圓的身分。他還把自己和其他友人相比較說，如果畢業後馬上去當中學教師，可以領取這金額的三倍。

這個友人回故鄉約一年後，就娶了京都有錢人家的女兒為妻。那當然是父親安排的。不久，夫妻就生下孩子。友人對於妻子的事，只在結婚時簡略提過就沒再說了，但是對於孩子的成長情形，時常趣味盎然地講到連代助都覺得好笑。每次代助讀到這種信，總忍不住想像友人有子萬事足的模樣。代助也會疑惑，比起剛結婚

49 但馬位於兵庫縣，所產「但馬牛」頗受大眾喜愛。

時，友人有了孩子後對於妻子的態度，到底有多少的改變呢？

友人常寄來香魚乾或柿子乾之類的物品。代助總是買些新刊的西洋文學類的書物當回禮。收到後，他的回信一定會作一番書評以證明確實饒有趣味地讀過。但是這種事並沒持續多久，最後連收到書的謝函都沒回。等到代助特地寫信去問時，才回信表示感謝已經收到書，原本想等讀完再寫謝函，才會遲遲沒回信。實際上我還沒讀。坦白說，與其說沒時間讀，不如說不想讀。說得更露骨一點的話，就算讀了也不明白。——從此以後，代助就不再寄書，改買一些小孩子的玩具寄給他。

代助把友人的信裝回信封，對於這個和自己屬於同類型的老友被和當初完全相反的思想和行動所控制，而發出這種生活的聲音和顏色，有很深刻的感觸。他也仔細比較拉動兩人的生命之弦，所發出的不同響音。

代助以理論家的立場出發，是贊同友人的婚事。因為一個住在山中，整天與樹木、山谷為伍的人，迎娶父親安排的妻子，而獲得平安無事的結果，那就是自然的規則。代助以相同的論法，斷定無論何種意義的結婚，對都會人而言，都會帶來不幸。究其原因，因為都會不過是一處人的展覽場而已。他為從這個前提得出這個結論，曾經追溯這一條路徑。

代助把美的類型，分成肉體美和精神美。並且認為有機會接觸一切的美的類型，那是都會人的特權。他斷言每次接觸到所有美的事物時，看到乙的時候，無法感覺乙比甲還美，看到丙的時候，無法感覺丙比乙有魅力，那就是缺乏感受力、不懂鑑賞的人。他以自身的經歷去驗證過，所以相信那是不爭的真理。從這個真理出發，就會得到這樣的結論，那就是在都會中生活的所有男男女女，在兩性的相互吸引上，都是隨緣、臨場受到難以估測的變化。如果再延伸其意義，已婚的一對夫婦，囿於流俗中的所謂不義之念，不得不持續苦嚐從過去所發生的不幸。代助選擇感受力強、接觸點自由的藝妓，作為都會人的代表。她們當中的某些人，一生當中不知換過多少個情夫？一般的都會人，不都是程度較輕的藝妓嗎？代助認為當今那些宣稱此情不渝的人就是最大的偽善者。

馳思至此，代助的腦海中，突然浮現三千代的身影。那時候，代助懷疑這個理論裡也許忘記把某個因素算進去吧？這麼說來，依照這個理論，自己對三千代的情愫，不過也是當下而已。他的腦子可以承認這一點，可是他的心卻沒勇氣表示「確實如此」。

十二

代助怕大嫂來逼婚，又怕三千代的吸引力。若說要去避暑，時候又太早。對所有其他玩樂也提不起興趣。縱使拿書出來讀，自己的心也無法集中在那些白紙黑字上。冷靜地思考，思緒如蓮絲般綿延不斷，全部集中一看，盡是些令人恐懼的事物。最後，連對不得不如此思考的自己也感到害怕。代助為讓自己蒼白的腦髓，能夠像奶昔般轉動，決定出外旅行一陣子。一開始，打算前往父親的別墅。但是，就受到東京家人干擾這一點來看，那裡和現在居住的牛込，並無太大差別。於是他買了《旅遊指南》回來，查一下自己應該去哪裡比較好，卻發現天下之大竟然沒有自己可去的地方。不過，代助還是決定就算勉強，也要到哪裡去走一走。他打算先做好旅行的準備，於是搭電車來到銀座。那是一個吹著爽快清風的午後街道。他先到新橋的勸工場[50]繞了一圈後，悠哉悠哉順著寬闊的道路往京橋方向走去。那時候，代助覺得對面的房子，看起來就像舞台背景般扁平。藍色的天空，好像是緊跟著屋頂塗上去的。他去了二、三家舶來品店逛一逛，準備些日用品。其中有比較貴的香水。代助原本還想買資生堂的牙膏，店員卻說年輕人不喜歡那種牙膏，還拿出自家品頻頻向代助推銷。代助皺著眉頭，走出店外。他把用紙包著的物品夾在腋下，走到銀座的盡頭，打算從那裡繞過大根河岸，經鍛冶橋到丸之內[51]。代助信步往西而行，心想或許這也算是一個小旅行吧！最後，走累了想叫輛車回去，卻到處都招不到，只好再搭電車回家。

他回家一進門，就看到誠太郎的鞋子整整齊齊擺在玄關。一問門野，對方答說：「人來了，從剛才就一直在等您。」代助立刻進書房，只見誠太郎坐在自己的大椅子，正在書桌前看《阿拉斯加探險記》，書桌上的托盤內擺著蕎麥饅頭。

「誠太郎，怎麼趁人不在家，跑來吃好東西。」代助一說，誠太郎笑著把一本《阿拉斯加探險記》塞進口袋，立刻起身。

「坐吧，沒關係。」雖然代助這麼說，誠太郎還是站起來了。

代助一逮到誠太郎，照例要逗逗他。誠太郎知道上次代助在歌舞伎座猛打哈欠一事。於是又問起和上次一樣的問題。

「叔叔，什麼時候要娶太太？」

---

50 勸工場，類似現在的超市，在百貨店出現後這種商店便逐漸沒落。
51 大根河岸、鍛冶橋、丸之內約位於東京中央區、千代田區一帶。

這一天，誠太郎是被父親叫來當傳令兵。他要代助明天早上十一點前，回家一趟。代助一被父親和哥哥這樣叫來叫去，就覺得很煩。

「怎麼又來了，這不是太過分了嗎？也不說出個緣由，隨隨便便沒事就要把人家叫回去。」他對著誠太郎，半生氣地說。誠太郎聽了，還是一臉笑嘻嘻，絲毫不受影響。代助索性把話題扯到其他方面。報紙上報導的相撲輸贏，是兩個人最主要的話題。

代助要誠太郎留下共進晚餐，但他以預習學校的功課為由準備告辭。臨走時，誠太郎問：

「那麼，叔叔，明天你不回來嗎？」代助不得已，只好說：

「嗯，不知道會如何。你回家就說，叔叔也許要去旅行。」

「什麼時候？」誠太郎反問。代助說今天或明天。誠太郎總算明白，走到玄關脫鞋處，轉身突然抬起頭看著代助問，

「去哪裡？」

「還不知道去哪裡，反正四處轉一轉。」誠太郎聽完後，笑嘻嘻走出格子門。

代助決定當晚立刻出發，他叫門野將旅行袋擦乾淨後，塞進一些隨身用品。門

野抱著極大的好奇心，望著代助的旅行袋，

「要不要我幫忙？」他站在那裡詢問。

「不用啦！」代助拒絕，同時又取出已裝進旅行袋的香水瓶，撕開封條，拔去瓶塞，放在鼻子前嗅一嗅。門野有些自討沒趣，返回自己的房間。二、三分鐘後又跑來提醒，

「先生，要不要先叫車呢？」

「嗯，等一下。」代助把旅行袋放在前方，抬起頭回答。

代助往庭院一看，懶洋洋的陽光照在石楠樹籬。他眺望外頭，決定在三十分鐘內決定好旅行地。代助打算先搭上最方便的那班火車，看火車開往哪裡就在哪裡下車，先在那裡過夜，然後在明日到來前，等待另一種全新的命運帶走自己。旅費當然不足。假如代助想住在符合自己一身裝扮的旅館，大概連一星期都撐不下去。不過，代助對這一點，毫不在乎。萬一錢快用光了，他認為叫家裡寄錢來就好。何況自己旅行的目的本來就只是想換個環境而已，所以他決定不要太過奢侈。如果興致一來，雇個腳夫幫忙扛行李，走上一整天路也行。他已有這種打算。

代助又翻開《旅遊指南》，仔細查看那些小字，但絲毫無助於自己的決定，這

時候三千代又從腦海中浮現。他忽然想在出發前，再去探視一下她的情形後，才起程離開東京。代助暗忖，只要今晚收拾好旅行袋，明天早上提了就能出門，應該沒問題。於是他踏著急促的腳步走到玄關，門野一聽到腳步聲，立刻飛快跑出來。代助穿著便服，拿起掛勾上的帽子。

「又要出門嗎？是不是要買什麼東西？如果可以的話，我去買吧！」門野驚訝地說。

「今晚不出發。」代助留下這麼一句話，隨即往外走出去。屋外，天色已暗。美麗的天空中，繁星點點，影子頻頻舞動。舒暢的風吹動衣袖。不過，由於代助闊步快走，走不到二、三百公尺，額頭已開始出汗。他脫掉頭上的鴨舌帽。夜露打在烏黑的頭髮上，他不時故意揮著帽子快步行走。

他來到平岡家附近，看到黑色人影好像蝙蝠般，靜悄悄地到處活動。油燈的光線，自粗糙的板牆縫隙映照到街上。三千代正在燈光下讀報紙。代助問她，怎麼這時候看報紙？她答，看第二次了。

「怎麼這般悠閒呀？」代助把坐墊移到門檻上，靠著紙門而坐，半個身體露出廊下。

平岡不在家。三千代說自己剛去澡堂洗澡回來，膝蓋一旁還放著團扇。平常蒼白的臉頰上，露出紅潤。她說平岡也許快回來了，請等一下吧！接著起身到飯廳去沏茶。今天，三千代梳了一個西式的髮型。

不過，平岡就像三千代前次所說，一直都沒回來。代助問說，他經常那麼晚歸嗎？三千代笑著回答，應該是吧！代助看出她的笑容中帶著一種落寞，不禁凝目望著三千代。三千代急忙拿起團扇，往衣袖搧一搧風。

代助很掛心平岡的經濟狀況。於是直接詢問，最近生活費不夠用嗎？三千代說了一句，是啊！又露出跟方才相同的笑容。而代助並沒立刻接話。

「你看出來了嗎？」對方再次問。接著，放下手中的團扇，把剛剛洗過澡的纖細手指頭，伸向代助面前給他看。代助送給她的戒子，和其他的戒子都沒戴在手指頭上。代助對於自己送給她的戒子無時不在意，因此對於三千代這個舉動，他了然於心。三千代把手伸回去的同時，臉一下子就變紅了。

「沒辦法，只好忍耐。」代助不勝憐惜地安慰。

那一晚，代助大約九點離開平岡家。臨走前，他從自己的錢包掏出錢，拿給三千代。那時候，他的心中多少也斟酌過一番。代助先若無其事把懷裡的錢包打開，算也不算地掏出紙鈔順手拿給三千代說，妳拿去用吧！三千代怕被女傭聽到，低聲說：

「哪能這樣？」她反倒把兩手緊貼著身體。但是，代助並沒把手伸回來，

「戒子都可以接受，接受這個，不也是同樣的嗎？就把它當作只戒子收下吧！」代助笑笑地如此說。三千代還是說，「這太不好意思了。」仍然猶豫不決。代助問她，「難道平岡知道，會被罵嗎？」三千代沒明白表示是會挨罵，還是被稱讚，依舊在原地畏畏縮縮。代助提醒她，如果會挨罵，瞞著平岡比較好。三千代還是不伸出手來。代助當然不可能再把錢收回去。不得已，只好探出身子，把手掌伸到三千代胸前。同時他的臉靠近三千代約只有一尺的距離。

「不要緊，妳就收下。」代助低聲而有力地告訴她。三千代往後縮，下巴好似被埋在衣領裡，默不吭聲地伸出右手。代助將紙鈔放在她的手上。那時候，三千代的長睫毛眨了二、三下，就把手掌上的紙鈔塞進腰帶裡。

「我改日再來。請代我向平岡問候。」代助說完，便走出大門外。穿過大街，轉進巷子，四周一片漆黑。代助好像在做美夢般，迎著黑夜往前行。不到三十分鐘，就來到老家門口。不過他並不想進去。他頭頂著高掛的星星，徘徊在寂靜住宅

區的街道。代助心想，就算這樣一直走到半夜，也不會覺得累吧！不知不覺間，他就這麼走回自己的家門口前。屋內靜悄悄。門野和阿婆好似正在飯廳閒聊。

「今天好晚啊！明天要搭幾點的火車出發呢？」一進玄關，門野就問了。

「明天不去了。」代助笑著回答後，直接走進自己房間。房間內，已經鋪好床。代助拿出上次那瓶拔去瓶塞的香水，往枕頭滴了幾滴。這樣還覺得不夠，索性拿起香水瓶，走到屋子的四個角落，分別滴個一、二滴。盡興之後，換上白色浴衣，然後把手腳伸進鋪棉睡衣裡，安然躺下，在飄著薔薇花香味中入眠。

一覺醒來，日頭高掛，閃閃發亮的金色陽光照射在廊下。枕頭旁整齊地擺著兩張報紙。代助完全不知道門野什麼時候進來拉開了木板套窗？什麼時候拿報紙進來？代助舒服地伸個懶腰，就起床了。當他正在澡間擦拭身體時，門野有點狼狽地跑進來，

「您的哥哥從青山來了。」

代助答說馬上就去，卻還是慢條斯理地仔細將身體擦拭乾淨。心想都不知道客廳到底打掃好沒，自己根本沒必要急著跑出去。所以一點都不著急，一如往常把頭髮分好邊、梳髮後，悠哉悠哉走到飯廳。不過在那裡，終究耐不住像平日吃早餐般

細嚼慢嚥，站著喝了一杯紅茶，用餐巾擦擦嘴角，丟下餐巾，立刻往客廳去。

「啊！哥哥。」代助招呼。哥哥的手指間，照例還夾著已熄火的雪茄，安然地看著代助的報紙。

「這屋子內真香，是你的頭嗎？」哥哥一看到代助，立刻問。

「還沒看到我的頭，就覺得很香吧！」代助答道，並把昨晚香水的事告訴他。

「哎呀！你還真是瀟灑。」哥哥平靜地說。

哥哥很難得會到代助住所。一旦到來，肯定是無事不登三寶殿，而且通常事情一結束，就會匆匆回去。代助認為今天一定有什麼事，哥哥才會前來。他暗忖，這八成是昨天把誠太郎敷衍一番後讓他回家的結果吧！代助和哥哥閒聊五、六分鐘後，哥哥終於說：

「昨天，誠太郎回家後，說明天叔叔要去旅行，所以我就跑來看看。」

「是呀！原本今天早上六點左右就要出發。」代助極為冷靜地回答，好像在說謊一樣。哥哥也一本正經地說：

「假如你是一個六點就能起床的人，我也不會在這時候特地從青山跑這一趟。」

代助又問一次是什麼事呢？果然一如所料，哥哥是來逼婚的。總之，今天邀請高木和佐川家小姐來午餐，父親命令代助也要列席。據哥哥所言，昨晚父親聽到誠太郎的回答後，大為惱怒。梅子非常著急，說要趕在代助出發前，要他延後旅行的行程。哥哥勸阻住她了。

「我跟她說，哪有這種事？妳認為那傢伙今晚會出發嗎？現在恐怕正坐在旅行袋前沉思吧！明天再看看吧！放著不要管，明天他會來的。——我這麼說，是為了讓你大嫂放心。」誠吾從容不迫地敘述。

「那你應該放著不要管才對呀！」代助說。

「不過，女人就是性子急。今早一起床就一直纏著我叨唸，說那樣做的話，對不起父親。」誠吾並未露出好笑的表情，毋寧說有些難為情地看著代助。可是代助也不敢使出對待誠太郎的方法，含糊矇混地對待哥哥。何況如果不出席午餐，跑去旅行，以後恐怕就拿不到生活費了。看來假如自己對這些反對派，包括哥哥、大嫂或父親，不使出些手段讓他們知道厲害，從此就很難自由行動了。因此，代助就以不偏不倚的立場，把高木和佐川家小姐評論一番。雖然十幾年前，只見過高木一次，很奇怪，總覺得在哪裡曾經見過，上次在歌舞伎座一看見高木時，心中就有種「咦？」的疑惑。相反地，最近才看過佐川家小姐的照片而已，可是一見到本人，卻完全無法聯想在一起。照片這種東西真是奇怪啊！如果先認識本人，再從照片中去辨識，那很容易。反過來，從照片去辨識本人，真是困難。假如以哲學的觀點來說，由死到生是不可能，由生到死就是一種自然順移的真理。

「我是這麼想的。」代助說道。哥哥只回了一句「原來如此。」倒也沒表示深有同感之類的話。哥哥隨意叼在嘴上的雪茄，愈抽愈短，幾乎快燒到鼻子下的鬍子了。

「那麼，今天你非去旅行不可嗎？」哥哥接著問。

「不是。」代助不得不回答。

「那麼，今天可以回來吃飯吧！」

「好。」代助沒理由不這麼回答。

「好吧！現在我有事，還要到別處去轉一下，千萬要回來啊！」看起來哥哥還是很忙碌。代助已經豁然於心，覺得怎樣都無所謂，所以全依對方的意思回答。這時候，哥哥突然說：

「你到底怎麼想呢？不想娶那女人嗎？娶她不是很好嗎？娶個老婆，這般挑剔，怎麼好像元祿時代[52]的好色男，未免太可笑。那個時代，不管男人還女人，對於戀情總是執著到不可自拔，難不成你也那樣嗎？——算了，怎樣都好。總之，盡量不要惹老人家生氣吧！」話一說完，哥哥隨即離去。

代助回到客廳，將哥哥的警告咀嚼一番。實際上，自己對結婚的意見跟哥哥是一樣的想法。不過卻得出一個和哥哥相反而對自己有利的結論，那就是慫恿人家結婚，也應該不動怒、放輕鬆些。

據哥哥所言，這次佐川家小姐，隨舅舅一起來到闊別已久的東京遊玩，舅舅生意談妥就要回去。父親是想利用這次機會，企圖結合彼此之間永遠的利害關係呢？還是父親上次去旅行時，主動營造這個機會的呢？那也不太有讓代助去探究的餘地。就代助的想法，自己只要跟他們同桌而坐，津津有味地吃完午餐，社交上的禮儀就算交代過去了。假如有必要更進一步發展，只能當場隨機應變。

代助叫阿婆把衣服拿出來。雖然覺得很麻煩，為表示尊重，還是穿上繡有家紋的夏用禮服。不過卻連一件正式場合的褲裙都沒有，所以他決定回家後，直接穿父親或哥哥的褲裙。儘管代助很神經質，不過從孩童時代就習慣出入在人群中，並不

52 元祿時代，狹義上指江戶前期，以元祿年間（1688-1704）為中心的時代，當時町人勢力抬頭，社會充滿活力。

覺得特別痛苦。一碰到宴會、邀約、送別的機會，大抵上都會安排出席。因此，某方面的知名人士，大部分都認得。並且和其中所謂貴公子的伯爵、子爵皆有交往。他加入那群人當中，而成為當中的一員與他們往來，自覺沒損失也沒獲利。無論到哪裡，代助言行舉止都一樣。外人看來，總認為他跟哥哥誠吾非常相像。因此，不甚了解的人，總認為兄弟倆是完全相同的類型。

代助回到青山宅邸時，差五分鐘就十一點。客人還沒到，哥哥也還沒回來。只有大嫂坐在客廳，正認真在張羅。她一看到代助，劈頭直說：

「你很亂來，一聲不響就要去旅行啊？」

梅子這個人，有時候並不是可以跟她講道理的。像這時候也是，她自己瞞著代助所做的那些事，好像忘得一乾二淨了。不過代助從這裡卻感受到梅子的可親，所以就坐在那裡，開始對梅子的服裝品頭論足起來。他聽說父親在裡屋，故意不肯進去。直到大嫂要他去請安時，代助才如此說：

「等一下客人來的時候，我到裡屋去稟告時，再順便請安就可以。」

代助還是像平常一樣，廢話連篇。不過，他絕口不提佐川家小姐的事。梅子好幾次想把話題轉到那裡，代助心知肚明卻佯裝不知，以示報復。

這時候，等待中的客人終於來了，代助依約去稟告父親。果然父親只說一聲「是嗎？」就立刻起身而已。他沒時間去嘮叨代助。代助回去穿上禮服用的褲裙，走到客廳。客人和主人已見面寒暄過了。父親和高木開始交談起來。而佐川家的小姐主要則由梅子陪著聊天。這時候，哥哥穿著早上那一身衣服，慢慢走進來。

「哎呀！真失禮。我來遲了。」哥哥向客人打過招呼，就座時回頭看著代助，低聲說：「你來得蠻早的嘛。」

今天，客廳隔壁的房間當餐廳使用。代助從拉開的門縫，看到醒目的白色桌巾角，知道中午是吃西餐。梅子站起來，到隔壁房的門口探一下頭，暗示父親餐桌已準備就緒。

「那麼，請。」父親起身。高木也點頭跟著站起來。佐川家小姐隨著舅舅站起來。這時候，代助發現這女子的下半身，還挺瘦長的。餐桌上，父親和高木面對面，坐在正中央。高木的右邊是梅子，父親的左邊是小姐。兩位女士相向對坐。誠吾和代助也相向而坐。代助從稍稍距離調味料架的斜側，望著小姐的臉龐。代助發現小姐臉頰上的膚色，顯然受到從後方窗子照射進來光線的影響，鼻翼上有過暗的黑影。可是靠近耳朵的地方，顯出淡紅色，特別是小耳朵，看起來宛如透光般細嫩。與她的肌膚相反，小姐有一雙黑褐色的大眼睛。兩相對照之下，襯托出小姐頗為富貴相的臉形，那是一張圓形的臉蛋。

雖然人數不多，餐桌顯得不夠大。與寬敞的房間相比，毋寧說餐桌顯得太小。不過，採擷而來的鮮花點綴在純白色桌巾上，當中刀叉交錯，閃耀出美麗的亮光。

餐桌上，主要還是一些平常的閒聊。剛開始時，大家聊得並不起勁。父親在這種場合，總愛談那些他自己喜歡的書畫古董。有時候，興致一來，還會從倉庫搬出自己的收藏品向客人展示。由於父親的薰陶，代助對於這些多少也有所了解。哥哥也是基於同樣的原因，記住幾位畫家的姓名。不過，也僅是站在掛軸前說說，「啊！這是仇英的作品」、「啊！這是應舉[53]的作品」。哥哥僅是這般程度而已，從來不曾看到他流露出有興趣的表情，或有興趣的模樣。至於拿著放大鏡去鑑定作品的真偽，誠吾和代助都不曾有過。他們兩人也不曾像父親般，對作品說過這種批評——「古人是不會畫這種波浪的，那不符合技法。」

父親為讓乏味的談話增加談興，不久後開始扯到自己的興趣。可是講了一、二句後，發現高木對這方面完全不懂。父親很能察言觀色，便立刻撤兵。然後雙方又回到那些不痛不癢的話題上，但彼此卻又都覺得這些話題毫無意義。父親不得已，只好問高木喜歡什麼娛樂。高木答說沒有特別喜歡什麼娛樂。父親一副「萬事休矣」的模樣，只好由誠吾和代助上陣對付高木，自己暫時退出談話圈。誠吾輕輕鬆鬆就從神戶的旅館啦！楠公神社[54]啦！隨機應變地展開話題。而且在交談當中，也不忘讓小姐一同加入談話。只是小姐都是簡單回答必要的話就閃避。代助和高木先談起同志社問題[55]後，轉至美國大學的狀況，最後聊起愛默生和霍桑。代助發現高木有這方面的知識，不過僅於知道而已，並沒有深入研究。因此有關文學的交談，只談了二、三個人名和書名便草草結束，沒繼續談下去。

梅子當然一開始就說個沒完，她盡最大努力要讓小姐在自己面前打破矜持和沉默。小姐就禮儀上，自是不能不回應梅子一連串的問題。不過，實在看不出小姐自己有積極要去打動梅子的努力模樣。她在講話時，習慣把頭微微往旁邊側。那當然不能解釋成是在向代助獻媚。

小姐是在京都受教育。在音樂造詣方面，起初先學過古琴，後轉為鋼琴。雖然

53 圓山應舉（1733-1795），江戶時代的畫家，日本圓山派開山鼻祖。
54 楠公神社，位於日本兵庫縣神戶市，是祭祀鎌倉末期武將楠木正成的神社，正式名稱為湊川神社。
55 同志社問題可能指同志社專門學校改制為同志社大學之前，所遭遇的種種問題。

學過一點小提琴，由於技法很難，所以就不學了，等於跟沒學過一樣。平常很少去看戲。

「妳覺得上次的歌舞伎如何呢？」梅子問這話時，小姐什麼都沒回答。代助認為與其說她不了解戲劇，不如說是輕蔑戲劇。梅子卻就同樣問題繼續深談，批評甲演員如何，乙演員又如何。代助覺得大嫂真是狀況外，只得從旁插嘴問：

「討厭戲劇，那麼讀小說吧？」希望大嫂不要再談戲劇這個話題。這時候，小姐才稍微往代助看一下，可是答案意外乾脆。

「不，也不看小說。」

小姐的回答，讓賓主不約而同全笑出來。高木趕緊替小姐作說明。據說小姐所受的教育，是受到外國婦人什麼密斯（Miss）的影響，因為在某些方面小姐幾乎就像清教徒。高木說明完畢後，又加上一句評語「所以很跟不上時代」。那時候，沒有人在笑。

「那樣很好啊。」對基督教不抱好感的父親如此稱讚。

「真的是跟不上時代。」儘管梅子完全不懂這種教育的價值，卻不知趣地講了一句不得體的話。誠吾為讓梅子的話，不給對方留下深刻印象，立刻轉換話題。

「那麼英語相當好吧！」

小姐答說「沒有」後，立刻就臉紅了。

用餐後，賓主回到客廳，再度開始閒聊。不過，看不出能像新的蠟燭移接在即將燃盡的蠟燭般順利，客人聊得並不起勁。於是，梅子起身，掀開鋼琴蓋。

「您彈一曲，如何？」梅子看著小姐，小姐依舊坐著不動。

「那麼，代助來開個頭吧！」梅子轉向代助提議。代助自知琴藝還不到在人前披露的前度。但是一解釋，問答又是道理一大堆，自己只會更堅持。

「好吧！先把琴蓋掀開。」代助乾脆答應，卻仍毫不在乎地繼續講些無關痛癢的話。

大約一小時後，客人已準備告辭回去。一家四口並肩站在玄關送客。父親回到屋內，說道：

「代助怎麼還不進來？」

代助走在大家後頭，伸了一個懶腰，兩手都快頂到門頂。然後走進沒人的客廳和飯廳磨蹭一陣子，才回到起居室，見到哥哥和大嫂面對面不知在談些什麼。

「喂，不能馬上回去。父親好像有事找你，快去裡屋吧！」哥哥故意以一本正經的語調說。梅子露出微笑。代助默不吭聲抓抓頭。

代助不敢一個人到父親房間。無論如何也要拉著哥哥和大嫂一起去，可是人家不願意，只好坐在那裡不肯去。不久，僕人過來催促：

「老爺請少爺過去裡屋一趟。」

「嗯，這就去。」代助回答後，對著哥哥和大嫂談了一番大道理。——自己獨自去見父親，像父親那種脾氣，碰上自己這般懶散的模樣，也許會惹得老人勃然大怒。假如那樣的話，與其哥哥和大嫂事後不得不出面調停，那就很麻煩，不如現在辛苦一點，陪我一起去，不是比較好嗎？

哥哥是一個討厭爭論的人，所以露出一副只差沒說出口「真無聊」的神情，於是站起來說：「好吧！走吧！」

梅子也笑咪咪地跟著站起來。三個人順著走廊來到父親的房間，好像不曾發生過任何事般坐下來。

由於梅子的細心，父親對於代助種種行為的斥責也就稍微斟酌。梅子還盡可能把話題引到評論剛剛回去的客人身上。梅子稱讚佐川家小姐很柔順，是一個好女孩。這一點父親和哥哥也表示同意。不過哥哥疑惑地說，假如真的接受過美國密斯的教育，應該更西化些、更活潑些啊！代助對這個疑惑表示同感。父親和大嫂默不吭聲。因此代助就說明，小姐的柔順是屬於害羞的柔順，和密斯的教育無關，應該是由日本男女社交關係產生的。父親說應該是如此。梅子推測小姐在京都受教育，所以才會這樣吧！哥哥就說，就算是東京人，也不是每個人都像妳這樣呀！這時候，父親露出嚴肅的表情，敲一敲菸灰缸。接著，梅子就說小姐的容貌相當出眾。父親和哥哥對此並沒有不同意見。代助也表示贊同。然後，四個人轉為評論高木這個人。大家一致同意那是一個溫和穩健的好人。遺憾的就是四個人都不認識小姐的父母親。父親因此向三人保證，他們是正直可靠的老實人。聽說這是父親從同縣某個繳高額稅金的議員那裡打聽來的。最後，大家談到佐川家的財產。那時候，父親就說，佐川家的根底比起一般的企業家還扎實，所以大可安心。

大致上，弄清小姐的身家背景後，父親轉向代助問：

「沒什麼很大的反對意見吧？」無論從父親的語調上來說，還是從意思上來說，完全沒有商量的餘地。

「是嗎？」代助仍是曖昧不明的態度。

父親一聽，直盯著代助看，滿是皺紋的額頭漸漸蒙上一層陰影。哥哥無可奈何，只好趕緊替代助緩頰：「那就再仔細考慮一下吧！」

十三

大約四天後，父親又命令代助前往新橋車站為高木送行。那一天，可能因為一大早就被迫起床，加上沒睡飽的頭又受風吹的緣故，代助到車站時，整個人感覺連髮根都受到風寒了。一進等候室，梅子便提醒他氣色看起來很不好。代助一言不發，只脫下帽子，不時按一按濕濕的頭。後來，早上梳得整整齊齊的頭髮，變得一團亂糟糟。

「怎麼樣？要不要一起搭火車到神戶？」高木站在月台上，突然對代助慫恿。

代助只簡單答說，謝謝。當火車快開走時，梅子特地站在窗邊，喊著小姐的名字，

「最近一定要再來玩喔。」小姐在窗內有禮貌地點頭致意，窗外卻聽不見她說的話。送走火車後，四個人走出剪票口，就要各自分開。梅子邀代助一起回青山，代助按住頭沒有答應。

代助坐上人力車，直接回牛込後，走進書房，整個人仰躺下去。門野跑來看一眼，深知代助的習性，一句話也不說，抱著掛在椅子上的衣服就出去了。

代助躺在那裡，一邊思索自己的未來會變成怎樣？照這樣下去，自己非娶妻不可。雖然自己拒絕過好幾次婚事，這次再拒絕的話，可能會惹父親不高興，也可能會惹他大發雷霆，看來兩者都有可能。假如惹得父親不高興，從此就斷了要自己娶妻的念頭，這倒是好事。不過，假如真惹得他大發雷霆，恐怕會很麻煩。話雖如此，作為一個現代人，對於不是自己喜歡的人，怎能荒唐到直接說「就娶吧！」這種話。代助徘徊在這種困境當中。

代助和父親不一樣，他不是那種從一開始就訂定計畫，再強勢使計畫「自然」完成的舊式人物。因為他相信「自然」的力量，比人為的一切計畫還強大。因此，假如父親要逆轉我代助的「自然」，強行父親自己的計畫的話，那就好比已離婚的妻子想以離婚書當擋箭牌，來證實夫婦的關係。但是他完全不想去向父親陳述這種道理。因為要以道理來說服父親，真是難如上青天。對代助而言，縱使攻破那種困難，也不會產生任何有利的結果。其後果只是徒然招惹父親不高興，也不可能讓代助不必說明任何理由而可以不結婚。

在父親、哥哥和大嫂三個人當中，代助對於父親的人格最感到懷疑。他推測這次的婚事，結婚本身並不是父親唯一的目的。但是父親真正的本意到底是什麼呢？他當然沒有得知真相的機會。只是身為人子，如此揣測父親的心意，他並不認為自己不道義。所以他一點也不覺得自己是眾多父子當中最不幸的人。只是認為正因為這種原因，導致父親和自己之間的隔閡愈來愈嚴重，而感到不愉快。

代助想像隔閡到極點，父子斷絕關係的狀態。他承認那將是一種痛苦，不過這種痛苦還不致到無法忍受的地步。毋寧說隨之而來經濟來源被斷絕一事還比較可怕。

代助一直都認為這樣不行，那就是認定馬鈴薯比鑽石還重要的人。往後如果觸怒父親，萬一金援被斷絕，縱使他自己覺得厭煩，還是得丟下鑽石去啃馬鈴薯。若是走到那種地步，只能保有「自然之愛」而已。而他愛的對象是別人的妻子。

他躺在那裡，腦子一直思考。但是始終理不出個頭緒。那感覺如同無法決定自己的壽命，他也無法決定自己的未來。同時，又好像可以大抵估算出自己的壽命，多少也能預見自己未來的影子。於是，代助企圖捕捉那個影子。

那時候，代助腦中的活動，不過就像在暮色中令人驚嚇的蝙蝠般閃爍幻影而已。當他想去追趕蝙蝠翅膀所發出的光芒時，總覺得整個頭輕飄飄地從床上浮起。然後，不知不覺進入淺夢之中。

突然，覺得不知是誰在耳際敲鐘。代助尚未意識到是火警，已先醒來。不過他沒起身，依然躺著。這種聲音出現在他的夢裡，幾乎如同家常便飯。有時候，直到他醒來，聲音都還沒消失。五、六天前，他感覺到整個屋子搖晃不已而從睡夢中驚醒。那時候，他的肩膀、腰部和一部分的背部，都明顯感受到身體下面的榻榻米在震動。代助也常在夢中，感覺心臟鼓動直到醒來。那種時候，他會像聖徒般，手放在胸前，睜開眼睛直盯著天花板。

這時候，代助也是躺著聆聽鐘聲，直到聲音在耳底消失才起床。他走到飯廳一看，自己的飯菜放在火盆旁，上面覆蓋著小竹簾。牆上的掛鐘指著十二點。阿婆煮好飯後，跑到女傭房，手支在櫃子打瞌睡。不見門野的蹤影，不知他又跑到何處。

代助走到澡間，把頭髮弄濕後，獨自在飯廳用餐。他一個人孤單地吃飽飯，又回到書房，心想好久沒讀書了，打算來看看書。

代助拿起一本已經讀一半的外文書，翻開至夾著書籤的地方一看，發覺前後文的內容已經完全忘光了。就代助的記憶而言，這種現象毋寧說是極為少見。他從學生時代就是一個愛讀書的人。畢業後，不必憂愁衣食，且能夠隨心所欲買書，對於自己這種境遇頗為得意。假如一天當中，連一頁書都沒讀，代助習慣上會有一種荒廢時光的感覺。因此，縱使有其他事干擾，他仍盡可能抽出時間親近書本。有時候，他甚至覺得讀書是自己唯一的本領。

現在，代助一邊抽菸一邊茫然地將這本看了一半的書再翻二、三頁。書上在討論什麼？該如何繼續發展？代助確實為此傷了一下腦筋。但是這種努力並不像由駁船跨上棧橋那般容易。感覺上，好像還對一知半解的甲處感到疑惑，卻不得不趕緊轉到乙處。但代助還是耐著性子，看了二小時左右的書。最後，終於按捺不住。他所讀過的地方，肯定是以具有某種意義的鉛字集合體，映入他的腦子裡，卻看不到深入他的血肉之中。代助感到猶如隔著冰袋吃冰般的不滿足。

代助闔上書，認為這時候讀書真是太過於勉強。同時也發覺自己的心根本靜不下來。他的痛苦已經不是平常那種倦怠感，也不是做什麼都覺得懶洋洋的情緒。現在他的腦子裡，處在一種非去做點什麼不可的狀態中。

他起身走到飯廳，拿起摺好的短褂穿在身上。走到玄關脫鞋處，穿上木屐後飛快步出大門。那時大約四點。他往神樂坂走下去，心中毫無目標，一見到電車駛來就上車。車掌問要去哪裡？代助隨口說出一個站名。他打開錢包一看，給三千代後剩下的旅費，還放在三摺式的錢包底層。代助買完車票後，算一算紙鈔的數目。

那一晚，代助在赤阪一家有藝妓陪宿的茶屋過夜，聽到一件有趣的事情。有個年輕美麗的女子和前男友發生關係，懷了身孕，快到生產時，淚流滿面傷心不已。一問原因，她答說想到自己還這麼年輕就要生孩子，不禁悲從中來。這個女子享受愛情的時光太過短暫，成為母子的新關係不容分說地壓在她的頭上，因而產生一種不安定感。那當然是一個不夠堅強的女性。代助對於這種只把自己獻身於肉體之美和心靈之愛，無暇顧及其他事物的女人的心理狀態，抱持非常濃厚的興趣。

翌日，代助終究還是想與三千代見面。那時他在心中已擬好探望她的藉口，他打算詢問三千代有沒有將上次留下錢一事告訴平岡？如果有，有沒有造成夫婦間什麼問題？因為他實在很掛心。代助對所謂「掛心」加以解釋，那是一種讓自己無法平靜，到處亂轉，最後終於跑去找三千代的力量。

代助出家門之前，特地把昨夜所穿的內、外衣服全部換過，心情為之一新。屋外氣溫逐日升高。走在路上，被陽光一照，反而有一種急切，盼望潮濕的梅雨季趕快來臨。由於對昨夜的反作用，看到自己的黑色身影落在這宜人的空氣中，竟然感到苦惱。他的頭上戴著一頂寬邊的夏帽，心裡希望雨季能夠早點來。其實，再過二、三天，雨季就要逼近眼前。他的腦子昏沉沉，好似正預告雨季即將到來。

代助來到平岡家門口時，覆蓋在那個昏沉沉頭腦之上的濃密頭髮連髮根都在喘氣。他在進入屋子前，先把帽子脫掉。格子門緊閉。他聽到屋內有聲音，繞到後門一看，三千代和女傭正在漿洗衣服。一塊貼板直擺在倉庫一旁，三千代伸出細細的頸子，彎著腰，將放在貼板上的皺巴巴衣服仔細拉平。當她看到代助時，手頓時停住，一時說不出話來。代助也默默站在那裡，好一會兒才說：

「我又來了。」三千代甩甩濕答答的手，趕緊跑進廚房。同時，以眼睛示意代助走到前門。三千代自己走到脫鞋處，邊拉開門邊說：

「因為怕自己粗心大意，所以才會關上門。」可能是正在做家事的緣故，她的雙頰在清澈的空氣中顯得紅潤。不過留著汗珠的額頭，逐漸轉為如往常般蒼白。代助站在格子門外凝視三千代極為薄嫩的皮膚，靜候開門。

「讓你久等了。」三千代說著，往旁邊後退一步，表示請代助進來。代助跟三千代擦身走進屋內。一進客廳，看到平岡的書桌前，整齊擺著一張紫色的坐墊，代助油然而生一股厭惡之情。庭院裡的土壤還沒有勻和，黃土表面長著雜亂的長草。

代助客套地說些「百忙之中打擾，真是抱歉」之類的話，同時望著毫無風雅可言的庭院。這時候，代助覺得讓三千代住在這種房子，真是可憐。三千代把手指頭被水泡得有些腫脹的手擺在膝蓋上，說自己覺得無聊，才會去漿衣服。三千代所謂無聊的意思，應該是指丈夫一天到晚都在外頭，自己獨守在家不易排遣時間而覺得苦悶吧！

「真是悠閒啊！」代助故意向三千代挖苦。

三千代倒沒要向代助訴說心中苦楚的樣子，而是默默走進隔壁房間。從裡頭傳來衣櫃金屬環的響聲，她拿出一個裱著紅色天鵝絨布的小盒子，坐在代助面前，打開小盒子。原來盒子內放著以前代助送給她的戒子。

「這樣可以嗎？」三千代好似向代助賠罪般地說，立刻又起身走進隔壁房間。好像害怕被人家看到，慌慌張張將紀念戒子收進衣櫃後，又坐回原處。代助對於戒子的事隻字不提，只是望著庭院，

「既然有空，怎不去把庭院的草拔一拔呢？」三千代聽了，默不吭聲。過一陣子後，代助又問：

「上次的事，告訴平岡了嗎？」

「沒有。」三千代低聲回答。

「那就是說，他還不知道嗎？」代助再問。

依據三千代的說法是自己想告訴平岡，可是最近他經常外出不在家，沒機會說所以他還不知道。代助當然不認為三千代在說謊。不過，這種只需五分鐘就可以向丈夫說清楚的事，至今沒說的原因，代助不得不認為，究竟是此事難以開口提起？還是三千代心中存有芥蒂？代助認為，是自己讓三千代面對平岡時，成了一個有愧疚的罪人。不過代助倒沒有良心不安的感覺。當然也還談不上法律上的制裁，至於「自然」的制裁，他認為顯而易見地平岡也必須為這樣的結果分擔責任。

代助向三千代詢問平岡最近的狀況。三千代跟往常一樣，不太願意多說。不過，他很明顯感受到平岡對待妻子的態度已經不同於新婚之時。從他們夫婦返回東京當時，代助就已經看出來。雖然，之後他不曾問過夫婦兩人心中到底在想什麼？但是兩人之間的關係逐日惡化，幾乎是不爭的事實。如果他們夫婦之間，是因為代助這個第三者才引發這種隔閡，代助自己在這方面也許會更加謹慎注意。可是，代助以自己的悟性觀察，他不相信會是這個情形。他將導致這結果的一部分原因歸咎於三千代的病情。他斷定是由於肉體上的關係，導致丈夫在精神上的反應。另一部分原因歸咎於孩子的夭折。其他一部分原因歸咎平岡的放蕩生活。還有一部分，歸咎身為職員的平岡卻被迫離開公司。最後一部分原因，就要歸咎平岡的放縱生活所造成經濟上的困窘。總括來說，平岡娶了一個不該娶的人，三千代嫁了一個不該嫁的人。代助感到痛心的是自己不該接受平岡的拜託，為他斡旋三千代的婚事，對這件事感到很後悔。不過，他卻沒想到是因為自己動搖了三千代的心，平岡才會和妻子疏遠。

同時，另一方面代助也不能否認，自己對三千代的愛情愈來愈深的必要條件，正是這對夫婦此刻的關係狀態。在三千代嫁給平岡之前，代助和三千代之間的關係，到底進展到什麼程度？縱使暫且擱下不說，現在他對三千代也絕無法毫不在意。他認為有病在身的三千代比以前的三千代可憐。失去孩子的三千代比以前的三千代可憐。失去丈夫關愛的三千代比以前的三千代可憐。生活窘迫的三千代比以前的三千代可憐。不過，代助還不敢大膽到從正面試圖讓這對夫婦永久分開。他的愛情還不到這般熾熱。

眼前，三千代最感到苦惱的還是經濟問題。從三千代的口氣中，可以確定平岡並沒有將自己賺來的錢妥善運用在生活費上。代助認為單就這一件事情，非得想辦

法先幫她解決不可。於是，

「我去找平岡，好好談一下吧！」代助說。三千代露出落寞的神情看著代助。代助知道如果順利固然很好，倘若處理不佳，反而會為三千代徒增麻煩，因此也不敢強勢自作主張。三千代又站起來，走到隔壁房間拿出一封信。信函裝在淡綠色的信封內。那是北海道的父親寫給三千代的信。三千代抽出一封很長的信，拿給代助看。

信上寫得盡是些不順遂的事——物價高騰，生活過不下去啦！無親無故又無依無靠啦！想回東京，不知好不好啦！代助看完後，小心翼翼把信收回原狀還給三千代。那時候，三千代的眼眶已浸滿淚水。

三千代的父親原本擁有一些土地，多少稱得上是有些財產的人。日俄戰爭時，聽信他人建議而投資股票，結果損失慘重，祖先留下來的田地全賣光了，只好跑到北海道生活。後來的下落，直至今日看到這封信之前，代助一無所知。三千代的哥哥生前也常對代助說，自己那些親戚形同虛設。看來三千代能依靠的只有父親和平岡。

「我很羨慕你。」三千代眨一眨眼睛說道。代助沒勇氣否認。過一會兒，三千代又問：
「怎麼了？為什麼還不娶太太呢？」
對於這個問題，代助也是回答不出來。
在這一陣沉默中，代助看著三千代。只見她的臉頰上的紅潤已漸漸褪去，比平日顯得更蒼白。那時候，代助才意識到自己跟三千代這樣面對面長坐是很危險的事。因為這二、三分鐘的交談，代助感到彼此真情流露，無意識中在驅使他們僭越社會規範。原本代助自認縱使談得再深入，自己仍然可以若無其事地拉回話題。每次他閱讀西方小說時，總認為小說中男女之間的情話，未免太露骨、太放肆，而且過於直接又強烈。他經常為此感到很奇怪。總之，代助覺得讀原文還好，假如讀日文翻譯，那就完全感受不出原文的趣味。因此，代助不曾有過為了讓自己和三千代的關係有所進展，而使用舶來品的台詞。至少，他認為兩人之間，只要使用日常用語就已足夠了。但是，在那當中還是潛伏著從甲立場，不知不覺就滑進乙立場的危機。代助再差一步就要滑進去之際，總算及時煞住而留在原地。代助告辭時，三千代送到玄關，靜靜地說：
「實在很孤獨，有空再來。」那時候，女傭還在後頭漿洗衣服。

代助走出大門，漫無目的走了大約一百多公尺。儘管他意識到自己在適當的地方停住了，心中卻沒有絲毫滿足。雖說如此，他也不後悔自己為何不繼續和三千代面對面坐下去，聽任「自然」吐露完心中的話再回家。代助認為無論是剛才在那裡停住，還是五分鐘後、十分鐘後再停住，終究都是一樣。他覺得現在自己和三千代的關係，比起上次見面時，已經有所進展。不，上次見面時，根本就已經有所進展。代助依序追溯過去兩人的相處，無論從哪一個斷面，看到的都是兩人正燃燒著愛的火焰。當他想到三千代嫁給平岡前，根本就好像已經嫁給自己時，有一種不堪負荷的重擔壓在他的心頭上。這個重擔讓他的雙腳發抖而站不住。回到家時，門野問道：

「您的臉色很難看，發生什麼事嗎？」

代助直接走進澡間，擦乾臉色蒼白的額頭上的汗水，然後將過長的頭髮浸泡於冷水之中。

接下來二天，代助沒邁出家門一步。第三天下午，他搭上電車，跑去報社找平岡。他決定和平岡見一面，好好談一談三千代的事。他把名片交給工友，坐在滿是塵埃的門房裡，屢次從袖袋內掏出手帕掩住鼻子。不久，代助被帶到二樓的接待室。那是一個狹窄又陰暗的房間，通風設備極差，非常悶熱。代助拿出一根菸。寫著「編輯室」的房門一直維持敞開狀態，人員進進出出。代助要找的平岡也從那個門走出來。平岡身穿上次那套夏裝，仍然戴著漂亮的襯領和袖扣。他連忙說：

「好久不見。」平岡站在代助面前。代助不由得也站起來。兩人站著，小聊了幾句。平岡說現在編輯工作正忙碌，無法好好交談。代助問平岡什麼時候比較方便？平岡從口袋掏出懷錶看一下，

「實在很失禮，麻煩你一小時後再來。」平岡說。代助戴上帽子，又從滿是塵埃的昏暗樓梯走下去。走出大門後，感到陣陣涼風吹來。

代助漫無目的，信步而走，他心中暗自琢磨，等一下跟平岡見面，該如何開頭。代助的用意，無非希望多少能夠給三千代一點慰藉。不過，這樣做反而會傷害到平岡的感情也說不定。代助也料想最壞的結果，也許會讓平岡和自己之間的友誼決裂。可是，那時候也想不出怎樣才能夠幫助三千代。代助沒有勇氣和三千代面對面好好商量，兩人之間該如何走下去的同時，又無法不為三千代盡點力。因此，今天的會面，與其說是出自理性判斷的妥當辦法，不如說是受到感情旋風所捲起的冒險行徑。今日代助的表現與他一貫的作風，有很大的差異。可是代助本身並未察

覺。一小時後，他又站在編輯室門口。然後，他和平岡一起步出報社的大門。
在後街走了三、四百公尺後，平岡帶代助走進一間屋子。那間屋子的客堂屋簷下掛著釣忍[56]，狹窄的庭院被水潑得濕透。平岡一進去就脫掉上衣，盤腿而坐。代助倒不覺得有那麼熱，只是手持團扇而已。
他們的交談就從報社的狀況開始。平岡說早知這般忙碌，不如去做生意還比較好。不過他的語氣中，聽不出有任何懊惱。代助跟他開玩笑說，那是太沒責任的緣故吧！平岡立刻很認真地辯解。還向代助說明當今的新聞事業競爭非常激烈，頭腦不夠機敏的人是做不來的。
「原來如此，只擅長寫文章也無濟於事囉！」雖說如此，卻看不出代助有特別欽佩的模樣。於是，平岡又如此說：
「我是負責經濟方面的新聞，光是這個領域就可以例舉出很多有趣的事。我把你家公司的內幕寫出來，怎麼樣？」
因為代助平常也在觀察，所以聽到這種話並不感到驚訝。
「寫出來應該很有趣吧！不過，希望公平公正。」代助說。
「我當然不會亂寫。」

「不，我的意思是說不要光寫我哥哥的公司，而是對所有的公司都加以筆誅墨伐一番。」

這時候，平岡露出不懷好意的笑容，然後語意不清地說道：

「只有日糖事件，怎麼會夠呢？」

代助默默喝酒沒接話，並心想這種交談再繼續下去，看來就要冷場了。不知道平岡是不是因為企業界的內幕觸動他的靈感，他忽然向代助吹噓起日清戰爭當時，發生在大倉財團[57]的一件軼聞。聽說當時大倉在廣島應該交給陸軍幾百頭牛以作為軍糧。沒想到，大倉每天按例交上幾頭牛，一到夜晚，就偷偷牽出上繳的牛隻。翌日，再若無其事地把同樣的牛又交上去。因此，政府官員每天都在重複買同一批牛隻。不過，最後終於發覺不太對勁，於是官員在買回來的牛身上留下烙印。大倉對此不知，再度來偷牛。不僅如此，翌日還若無其事把牛牽過去，因此他們的惡行終

56 釣忍，日本夏天的一種風情事，將蕨草等植物的根莖札成各種形狀，掛在屋簷下，用來消暑、增加清涼。

57 大倉財團為大倉喜八郎（1837-1928）所創的企業體。其多元化經營，內容遍及貿易、建設、化學、製鐵、纖維、食品等行業。

於被揭發。

代助聽了這段故事，認為就觸及現實社會這一點上，根本是典型的現代鬧劇。接著，平岡又講到政府是如何害怕幸德秋水[58]這位社會主義者的故事。那時候，幸德秋水住家前後，駐有二、三名警察不分晝夜輪班監視。有段時期，還曾經架起帳篷，從帳篷內加以監視。秋水一外出，警察立刻隨後跟蹤。萬一跟丟了，那可就成為天大的事件。然後，警察之間不斷以電話互相告知，「目前出現在本鄉」、「目前出現在神田」、「從哪裡要去哪裡……」，搞得整個東京市內熱鬧滾滾。新宿警察署為了秋水一人，每個月得花費一百圓的公帑。秋水有一個做捏糖人的朋友，在大街上捏糖時，便衣警察甚至會故意伸出鼻子湊到糖飴前，百般騷擾。

代助聽了這個故事，並沒有做出認真的回應。

「仍然是一個典型的現代鬧劇，對不對？」平岡把剛才代助的批評重複一次，故意向他挑釁。代助笑著說，是啊！是啊！他不僅對這方面沒興趣，也提不起興致如平常般閒聊，因此就擱下社會主義的事不想再深談。剛才代助堅持拒絕平岡叫藝妓，也是這個原因。

「其實，我有事情要跟你談。」代助終於開口。平岡一聽，頓時神情大變，不安的眼睛直視著代助，突然講出一段很讓代助感到意外的話。

「那個，我也是一直左思右想找辦法，可是現在實在不行。請你再寬貸些時日。當然，我不會去寫你哥哥和父親的事。」代助聽了這番話，與其認為平岡愚蠢，還不如說是有一種憎惡感。

「你真是變了好多。」代助只冷冷地說道。

「那就像你變了，我也一樣變了。講這些也沒用。所以請你再多寬貸些時日吧！」平岡回答的同時露出了不自然的笑容。

代助下定決心，無論平岡怎麼說，自己一定要把話說清楚。不過，如果自己輕率地辯解說我不是為了催債而來，平岡不相信又想來摸清我的真意，實在很討厭。所以他要誤會，就讓他誤會也無所謂，我還是要按照自己的步驟進行。不過，最難辦的莫過於，如果提到自己是從三千代那裡得知平岡的生活狀況，也許會造成三千代的困擾。雖說如此，假如不觸及這個問題，無論是忠告還是建議，根本無濟於事。代助無可奈何，只好繞著圈子說：

58 幸德秋水（1871-1911），明治時代的思想家、社會主義者、無政府主義者，因大逆事件被處死刑。

「看來最近你似乎經常出入這種場所，這裡的人都跟你很熟啊！」

「我不像你有那麼好的經濟狀況，無法盡情揮霍，有時候是交際應酬，沒辦法啦！」平岡說完話，靈巧的手端起酒杯湊在嘴上。

「雖然是交際應酬，可是那樣的話，家裡經濟的收支還能平衡嗎？」代助下定決心採取猛烈進攻。

「嗯。湊合湊合還可以啦！」平岡如此說道，忽然語氣變得很低沉，回答得很勉強。代助也無法繼續追究下去，不得已只好問：

「平常這時候應該已經回家了吧？上一次我去你家，很晚都不見你回來。」

「有時候已經回家，有時候還沒回家。那種工作作息不規律，實在沒辦法。」平岡還是在迴避問題，半為自己辯護地曖昧回答。

「三千代會很孤單吧？」

「這你可以放心。那傢伙變很多。」平岡說著，看看代助。代助感到平岡的眸子裡閃著一種奇怪的恐懼，心想莫非這對夫婦已不可能恢復從前。假如這對夫婦被自然之力的斧頭給斬斷而分離，那麼在眼前等待的就是自己無法挽回的未來命運。因為他們夫婦愈是分離，自己和三千代必得愈靠近。代助突如一時衝動般脫口而

出，

「不會有那種事啦！無論怎麼變，無非就是隨年齡增加而改變吧！盡量早點回家，多陪陪三千代吧！」

「你真的那麼想嗎？」平岡咕嚕咕嚕灌下一大口酒。

「那麼想嗎？任誰不都是那麼想嗎？」代助半帶信口開河的語氣。

「你以為三千代，還是三年前那個三千代嗎？已經改變很多囉！唉呀，已經改變很多囉！」平岡咕嚕咕嚕又灌下一大口酒。代助不禁心悸不已。

「還是一樣。我看她還是跟以前完全一樣。一點也沒變，不是嗎？」

「可是我就算回家也是毫無樂趣，真是沒辦法啊！」

「不該是那樣。」

平岡瞪大眼睛看著代助。代助感覺呼吸有些急促。不過，他完全沒有罪人受到天打雷劈的感覺。他一反常態，只是衝動地講了一些不合邏輯的話，可是他確信無疑地認為那都是為了眼前這個平岡才會如此。代助只是把平岡夫婦當成三年前那對夫婦，以此為基準，半無意識地作最後的嘗試，要將三千代永遠從自己手中放掉。代助一點都不想採取對平岡隱瞞自己和三千代之間關係的愚蠢方法。代助之所以敢

表現出自己如此不信任平岡的言行舉止，那是因為他自認很高尚，自我感覺良好。過了一會兒，代助恢復平日的語調，

「不過，如果你經常在外，自然需要花錢。家裡的經濟也會因此變得拮据，慢慢當然會感到家裡沒樂趣，是不是？」

平岡把白襯衫的袖子捲到手腕，說道：

「家嗎？家又有什麼了不起呢？只有你這種單身漢才會重視家吧！」

代助聽到這種話，頓時覺得平岡面目可憎。代助心中暗忖，乾脆爽快地把話說開吧！既然你那麼討厭家，那就去討厭吧！我可是要把你的妻子奪過來。不過兩人之間的談話，根本還不到這種程度。代助試著再一次去探知平岡內心的想法。

「你剛到東京時，還曾對我勸說一番，叫我去做點什麼事。」

「嗯。可是你的消極哲理，讓我大為吃驚。」

實際上，代助也知道平岡的吃驚。那時候，平岡好像染上什麼熱風病般，一心一意渴望有所作為。代助並不知道他想要有所作為的目的，到底是冀望財富？或是名聲？還是權勢？抑或以上皆非，只是追求有所作為這件事本身？

「像我這種精神上已經殘敗的人，講出那種消極的話，也是情非得已。——那

只是我的意見，並不是要別人以此為準則。別人也可以提出適合他自己的意見，我所講的意見只適合我自己而已。絕沒有硬要那種意見加諸在你身上的想法，我對於你當時的志氣感到很欽佩。你確實也像你當時所說那樣，完全是個有所作為的人。我希望你一定要有所作為。」

「當然啊！我就是打算好好拼一拼。」平岡只回答這麼一句。

代助聽了在心中琢磨著，接著問：

「打算在報社有所作為嗎？」

平岡停頓一下後，斬釘截鐵地說：

「至少在報社的時候，我打算在報社有所作為一番。」

「我明白你的意思。不過我並不是問你這一生中想做什麼事，所以這樣的答案就夠了。可是在報社你能夠興致勃勃地有所作為嗎？」

「當然可以。」平岡簡潔地回答。

到此為止，兩人的談話，都只是一些抽象性的內容。代助能夠了解每句話表面上的意思，卻看不透平岡真正的想法。代助總覺得自己好像在跟負有責任的某政府機關委員或律師談話。這時候，代助直截了當說了一段策略性的奉承話，舉出軍神廣瀨中佐[59]的例子給平岡聽。廣瀨中佐在日俄戰爭時，參加旅順港封鎖隊[60]而戰死，當時人把他當成偶像，最後還被尊為軍神。不過，以四、五年後的今天看來，幾乎沒有人再提起軍神廣瀨中佐的名字。英雄的流行，竟是如此短暫。因為很多時候，所謂英雄就是那時代極為重要的人，雖然一時名震天下，原本也只是現實中的人物而已。只要那個極為重要的時機一過，世間就會漸漸剝奪他的英雄資格。在日俄戰爭最激烈的時期，旅順港封鎖隊的確極為重要，可是一進入修復和平的階段，縱使有一百個廣瀨中佐也不過只是一介平凡人。猶如世間人對於鄰居講的是利害關係，對英雄講的也是利害關係。所謂偶像，也得經常面對新陳代謝和生存競爭。因此，代助從來不曾想當英雄之類的人物。假如是一個有野心、有霸氣的好男兒，比起一時以刀劍成為英雄，還不如永久以筆當劍成為英雄比較持久。新聞正是這方面的代表行業。

代助陳述至此，心中暗忖，原來只是講講恭維話而已，卻說得這麼書生味，連自己多少也感到很可笑，頓時洩氣了。

「哎呀！謝謝。」平岡卻只是如此回答而已。從這個回答很明顯能看出，雖然平岡沒有特別不高興，卻也沒有受到絲毫的感動。

代助對於自己低估平岡，感到很慚愧。原本代助是計畫先談些旁事打動他的心，等到相談甚歡時，從中途再轉回家裡的事情上。代助盤算的這個迂迴戰術，雖然從最困難的地方切進去，卻在距離目標不遠的階段宣告失敗。

那一晚，代助和平岡就這樣有一搭沒一搭地告別了。從見面的結果來看，代助自己也不知道到底為什麼跑到報社找平岡。從平岡那方面看來，當然更是這樣了。代助究竟為什麼跑到報社來呢？平岡一直到回去始終沒有問一句就結束了。

翌日，代助獨自躲在書房，腦海不斷反復出現昨晚的情景。兩人一同交談的二小時當中，自己對平岡的態度比較認真的，就只有為三千代辯護的時候。不過，所謂認真，單純只有動機比較認真，從嘴巴講出來的話也只是信口開河罷了。嚴格說來，要說是胡說八道也可以。連自己相信的所謂認真的動機，畢竟也只是為拯救自己未來的一種手段。從平岡看來，原本就不能說我代助是一個誠摯的人。何況自己一談到其他的話題，從一開始就想把平岡從現在的立場，使他陷落在自己希望的立

59 廣瀨武夫（1868-1904），日本明治時期的海軍，於日俄戰爭戰死，後被神化為「軍神」。

60 旅順港封鎖隊是日俄戰爭的旅順會戰中，由日本海軍所組成的敢死隊。故意將船擊沉在旅順港出入海口，藉此封鎖俄國艦隊。

場。由於自己滿肚的企圖與盤算，當然拿平岡沒辦法。

假如自己毫無顧慮把三千代扯進來，依照自己的想法，不客氣地直接講述自己觀點，講話就更有力量，更能動搖平岡。也更能直接攻進他的肺腑。然而，假如事與願違，處理不好，就會給三千代添麻煩。說不定還會和平岡爭吵。

代助在不知不覺中，選擇採取安全而無能的方法對付平岡，以致鎩羽而歸。假如一方面以這種態度來對付平岡，另一方面又讓三千代的命運完全任憑平岡去處置，而感到不安，不能不說那是厚著臉皮將自己置於邏輯所不容的矛盾中。

代助很羨慕以前人那種頭腦不清楚，事實上是站在利已的本位立場，自己卻能夠堅信是為別人好，又哭泣、又感嘆、又激動，結果終於如願地說動對方。假如自己的頭腦也能如那般不清楚，昨晚的談話也許就能比較感性些，或許更可以得到好的效果。他經常被人，特別是自己的父親說是熱誠不夠。而他自我剖析後，認為事實果真如此。——一般而言，人們對於應以熱誠相待，譬如，高尚的、真摯的、純粹的動機或行為通常是無法持久的。人們可以持久相對的，通常是那些非常等而下之的事物。以熱誠去對待那些等而下之的動機或行為，假如不是頭腦幼稚、是非不清的人，那就是以熱誠自任、自抬身價的騙子。因此代助認為自己的冷淡，雖不能說是個人的進步，卻是進一步剖析後所得出的結果。代助平日經常思索自己的動機和行為，明白其中的狡猾和玩世不恭，大抵都含有虛偽的成分，因此逐漸變得無法以熱誠的態度來完成任何事情。那是他所堅信的道理。

現在，他已經處在困境當中。他應該讓自己和三千代隨著「自然」之力直線發展下去？還是完全背道而馳，返回什麼都不知道的從前？代助認為，假如不抉擇其中之一，等同失去生活的意義。其餘那些不徹底的方法，不外乎是始於虛偽，終於虛偽而已。全是些對社會而言安全無慮，對自己而言則是無能的表現。

他認為三千代和自己的關係是出自天意——他只能認定是天意。——代助知道繼續發酵下去所面臨的社會危險。但是，那種順應天意，違背戒律的戀情，往往在戀人死後，社會才願意去認同。他想像，兩人之間萬一發生那種悲劇，不由得全身顫慄。

代助又從相反方向來想像自己和三千代永遠隔離的情景。那時候，自己非得當一個殉死於自己意志，以代替順從天意的人。他甚至想到以聽從父親和大嫂的勸告去結婚作為一種手段。那麼便可藉著同意婚事，使得一切的關係全盤更新。

十四

代助對於應該當一個「自然」之兒呢？還是有意志之人呢？他自己感到很困惑。他依照自己一貫的主張，對於在毫無彈性的強硬方針下，把自己這個對冷熱都有強烈反應的人，好像機器般束縛起來的愚蠢做法感到非常憎惡。同時，他深切地自覺到自己的生活已經面臨必須做出決斷的危險時刻。

父親要代助好好考慮一下婚事，他回到家至今還不曾靜靜地認真去思考這件事。回家時反而只是慶幸自己今天又順利從虎口脫逃，真是謝天謝地。雖然目前父親並沒有任何催促，可是他覺得這二、三天會再次被叫回去青山。不用說，代助根本不想在被叫回去之前先把事情想好。他打算被叫回去的時候，看父親的神情和商討的內容，當場再決定該如何應答。代助這種做法，未必是在藐視父親。因為他認為所有的回答，都應該視當下狀況，以及對方和自己的討論，臨機應變才是正確的做法。

假如代助沒有感覺到自己對三千代的態度，已經被逼到只剩最後一步，他對父親當然會採取這種方法。但是，現在無論對方的神情如何，自己也不得不把手中所握的骰子投擲出去。投擲出來的點數，也許對平岡不利、也許讓父親生氣，不過既然已經投擲出去，除了聽天由命也沒有其他的路可走。既然骰子已經握在自己手中，既然骰子非投擲出去不可，那麼決定骰子點數的人理應是自己，不會有其他人。代助在心中已經拿定主意，最後的權威者非自己莫屬。無論是父親、哥哥、大嫂，還是平岡，通通給我滾出決斷的地平線。

代助對於自己的命運感到膽怯。這四、五天來，他一直看著自己手掌中的骰子過日子。今天手中也還握著骰子。他希望命運之神早些從屋外進來，輕輕地拍拍他的手。一方面，代助也為自己意識到手中握有骰子一事感到無比歡欣。

門野不時走進書房。每回總見代助坐在書桌前發呆。

「要不要出去散步一下呢？這樣一直讀書，對身體不好吧！」這樣的話，門野說了一、二遍。代助的臉色確實不好。因為已是夏令，門野每天都會燒洗澡水。代助每次去澡間，總要對著鏡子凝視許久。他原本就長著一臉鬍鬚，只要稍長些，連自己看了都不舒服。一碰到也很扎手，更讓人不愉快。

代助的飯量一如平常。不過可能因為運動不足、睡眠不規律，又用腦過度，引起排泄機能起變化。不過代助根本不在乎那些事，他幾乎無暇顧及身體上的不適，一心一意只在那件事情上左思右想。一成習慣後，他覺得這樣無止境地左思右想，反而比飛出去界限外努力還輕鬆。

最後，代助對於自己這種優柔寡斷的個性感到厭惡。他想到不得已的情況下，就把發展三千代和自己的關係當成手段，來回絕佐川家的婚事，想到這裡連他自己都忍不住嚇一跳。不過，想以斷絕三千代和自己的關係作為手段來應諾婚事的想法，在反復思慮的過程中一次也未曾出現過。

代助不知下過多少次決心，想要單純拒絕婚事。可是他一旦拒絕，反動勢力必然會從正面將自己，連帶三千代全捲在一塊。一想到這裡，他又感到非常恐懼。

代助盼望父親來催促。但是，父親那裡毫無音信。雖然他想再去和三千代碰面，卻拿不出勇氣。

最後，代助的腦子裡漸漸形成一種想法，那就是雖然結婚一事，在道德的形式上會將自己和三千代的關係切斷，可是在道德的實質上對兩人根本沒有任何影響。對於已經嫁給平岡的三千代，假如可以維持這樣的關係，縱使自己也是一個已婚者，同樣的關係又有什麼理由不能持續呢？看起來並未持續下去，那只是表象而已，無法束縛內心的形式，無論束縛增添幾層，都只是徒增痛苦罷了。這就是代助的邏輯。因此，代助除了回絕婚事，別無選擇。

下定決心的翌日，代助前去理髮修臉，他已經很久沒上理髮廳。由於入梅61後，一連下了二、三天雨，地面上、枝葉上，無不蒙上靜靜地一層好似塵埃的濕潤。天色顯得比以前稀薄。從雲隙照射而來的陽光，看起來好像失去一半反射力般柔和。代助看著理髮廳鏡中的自己，照例用手撫摸著豐腴的臉頰，心想從今天開始要邁進積極的人生道路了。

代助來到青山，只見玄關前停了二輛人力車。等待主人的車夫，倚靠在踏板打瞌睡，並沒發覺代助走過。起居室裡，梅子把報紙放在膝蓋上，出神地望著一片青翠的庭院。她專注到好像快睡著。

「父親在家嗎？」代助突然坐在梅子面前。

大嫂在答話前，先以監考官般的眼神把代助打量一番後，

「代助好像瘦了，是不是？」她說。

「哪有這回事？」代助摸一下臉頰後否認。

61 梅雨開始的日子稱為「入梅」或「立梅」，結束那天為「出梅」或「斷梅」。

「可是，你臉色不太好喔。」梅子的眼睛湊近，察看代助的臉色。

「因為庭院啦！綠葉映照的關係。」代助望著庭院的樹叢。接著又加一句：

「所以妳的臉色，看起來也很蒼白。」

「我這二、三天身體不舒服。」

「怪不得妳的樣子看起來有點疲倦。怎麼了？感冒嗎？」

「不知道怎麼了，就是一直打哈欠。」

梅子如此回答後，拿下膝上的報紙，擊掌呼叫傭人。代助再次詢問父親在不在？梅子剛才忘記回答這個問題，當代助再度問起，才說玄關前就是父親的客人的人力車。代助心想如果不會太久的話，就等到客人回去。這時候，大嫂說自己身體不太舒服，要去澡間擦把臉再回來。她說完話，隨即起身。女傭端著深盤進來，盤子內擺著香味四溢的葛粽。代助提著粽子的尖端，頻頻聞香氣。

梅子帶著清爽的神情，從澡間回來時，代助正提著一顆粽子像鐘擺般甩來甩去，然後問大嫂：

「哥哥還好嗎？」

梅子好似沒必要回答這種老梗問題般，站在廊下的前頭，望著庭院。

「下了二、三天雨，蘚苔變得更翠綠了。」梅子不像平常的她，頗具觀察力地說完話，又走回原來的座位。

「哥哥還好嗎？」代助又重新發問。大嫂一聽，以漫不經心的語調回答：

「還好嗎？不就是老樣子嗎？」

「還是經常不在家嗎？」

「對、對。一天到晚很少在家。」

「大嫂會不會覺得孤單呢？」

「現在問這種問題，不也是無可奈何嗎？」梅子說著說著不禁笑出來。她是認為代助在戲謔她呢？還是認為代助太孩子氣呢？幾乎看不出她把這事當一回事的樣子。代助回想一下平日的自己，反而覺得今天自己一本正經問這種問題，實在太怪異了。長期以來，代助親眼看到哥哥和大嫂之間的互動，他不曾察覺到這一點。大嫂也不曾流露出讓他察覺到的不滿。

「世間的夫婦都是這般湊合湊合地過日子嗎？」代助像在自言自語般，倒沒期待梅子回答，所以也沒看著對方的臉，視線落在榻榻米上的報紙。

「你在說什麼？」此時，梅子突然追問。

代助被梅子的語調嚇一跳，猛然把視線移到自己身上時，梅子又說：

「所以你結婚後，要常常待在家裡，好好疼愛妻子。」

代助第一次感到對方是梅子，自己不是平日的代助。因此盡可能努力表現出自己平日的樣子。

然而，代助的精神全關注在回絕婚事，以及回絕後將會引發三千代和自己之間關係的變化。因此，不管如何努力想恢復常態和梅子交談，總是在交談中不知不覺流露出令梅子意料之外的奇怪言詞。

「代助，今天你怎麼了呢？」後來，梅子如此問。假如代助想把大嫂的提問，岔到別的話題當然很簡單。但是他覺得這種做法很輕浮又麻煩，今天的他不想這樣做。代助表現出認真的神情拜託大嫂，請妳告訴我哪裡奇怪？梅子覺得代助的問題傻呼呼的，不禁露出詫異的表情。由於代助一再拜託，梅子先說了一句，「好吧！說給你聽吧！」開始闡述代助今天的怪異行逕。梅子當然認為今天代助是在故作認真狀。其中有一個例子，梅子如此敘述：

「哎喲！說什麼哥哥不在家，大嫂會不會覺得孤單呢？你說得也未免太過體貼了吧？」

代助聽到這話，馬上插嘴解釋：

「不是。因為我認識的一個女人就是這種情況，實在很可憐，因為想知道其他女人的心情，才會問妳，絕不是要取笑大嫂。」

「真的嗎？是哪一位呢？」

「不好說出她的名字。」

「那你就去勸勸她的丈夫，要他多關愛自己的太太就可以啦！」

代助露出微笑。

「大嫂也這麼認為嗎？」

「當然啦！」

「假如她丈夫不聽勸告，怎麼辦？」

「那就沒辦法了。」

「只能放著不管嗎？」

「不放著不管，又能怎樣？」

「那麼，妳認為那個妻子有恪守婦道的義務嗎？」

「那太沒道理了。不都是為人丈夫行為太不像話所引起的嗎？」

「假如有人喜歡上那個妻子，怎樣辦？」

「不知道。你真無聊。假如有喜歡的人就跟他走，不就好了嗎？」

代助默不吭聲地考慮一會兒，才叫了一聲「大嫂」。梅子聽到代助深沉的聲調大為吃驚，再度看著代助。

「我想回絕這門婚事。」代助還是秉著同樣的聲調。

代助拿著香菸的手微微發抖。梅子聽到「回絕」兩個字，毋寧說是面無表情。代助毫不在意對方的神情，繼續說：

「有關於我的婚事，給妳添了不少麻煩，這次更是讓妳擔心。我都已經三十歲了，原本應該照妳所說，大致上接受大家的安排就可以。可是我稍微思考後，還是希望回絕這門婚事。雖然對父親、對哥哥感到抱歉，卻是無可奈何。我並不是對當事人有什麼意見，但是我就是想回絕這門婚事。上次，父親要我好好考慮，我認真思考後，還是認為應該回絕比較好，所以才想向你們表明回絕的態度。其實，今天我就是為這件事來見父親，現在因為有客人，如果說是順便告訴妳，那就太失禮了，我想先向妳報告這件事。」

梅子看到代助那麼嚴肅的樣子，不像平常一樣喜歡亂插嘴，只是靜靜聆聽，直到聽完後才開口說出自己的意見。她所說的話極為簡短且極為實際。

「可是，父親一定會感到很為難。」

「我會自己直接去告訴父親，沒關係。」

「可是，事情都已經進展到這種地步了。」

「不管事情進行到什麼地步，我不曾說過我願意接受。」

「可是你也不曾明白說不接受呀？」

「今天，我就是要來說清楚的。」

代助和梅子面面相視，沉默好一陣子。

代助覺得自己把該說的事都說出來了。至少在他心中就沒有要向梅子進一步說明的任何遺憾。不過，梅子該說的事，該問的事還很多。只是在那一瞬間，因為和上次的問答都有些瓜葛，以致說不出話來。

「在你不知情當中，這門婚事到底進展到什麼程度，我也不太清楚，但是，誰也想不到你竟然會斷然拒絕。」梅子終於如此開口。

「為什麼呢？」代助冷淡又鎮定地問道。梅子挑動一下眉頭說：

「你問我為什麼，我也說不出道理來。」

「沒有道理也沒關係，請妳說出來。」

「你這樣三番兩次地拒絕，結果不都是一樣嗎？」梅子說明。可是代助一時聽不懂她話中的意思。抬起頭，露出不明白的眼神看著梅子。梅子才開始講述自己話裡真正的意思。

「換句話說，你遲早都要娶太太，你再怎麼不願意，也是沒辦法呀！一直這樣任性過日子，實在太對不起父親了。因為啊！反正人家幫你找來的人，你看誰都不中意。所以啊！不管對象是誰還不都是一樣嗎？不管是誰，你都說不行。世上根本沒有你喜歡的人。所以，太太這種東西，你根本打從一開始就不可能中意，不如認命地答應這門婚事吧！只要你默默地娶了我們幫你挑選那個最好的小姐，所有的一切不都圓滿了嗎？——我想父親也許不會特別把所有的事情一件一件跟你商量，因為就父親看來，原本就是理所當然的事啊！假如你不這樣做的話，我看你這輩子都娶不到太太了。」

代助靜靜地聆聽大嫂的話。梅子停頓時，他也不輕易插嘴。因為代助知道如果反駁的話，只會讓事情糾纏不清而已，梅子絕對聽不進自己的想法。自己也完全無法同意對方的說法。他相信實際的問題只會讓雙方都感到為難。因此，他對大嫂說：

「妳所說的話也有道理，但是我有我的想法，今天就先在此打住。」代助的模樣明顯流露出對於梅子的干涉覺得很麻煩，而梅子並沒打算停下來。

「代助，你已經不是小孩了，當然會有自己的想法。我常說些多事的話，給你添了不少麻煩吧！以後我不再多話了。可是你要有同理心，替父親想一想。每個月每個月的生活費，只要你開口，無不照單全收，也就是說，你現在比學生時代更需要父親的照顧啊！照顧就照顧，本來也應該照顧。可是你長大成人後，不像以前那樣聽話，卻自以為是，這不是太過分了嗎？」

梅子少見的激動，還想繼續再講下去，卻被代助打斷。

「這樣子的話，娶老婆後，不就更需要父親的照顧嗎？」

「這不是很好嗎？因為父親也樂意啊！」

「那麼，不管是我怎麼不中意的老婆，父親也下定決心要我娶她嗎？」

「如果你也喜歡，那就更好了。可是找遍全日本，恐怕也找不出那種人吧？」

「妳怎麼知道？」

梅子瞪大眼睛，看著代助，

「你講話怎麼像個律師般強辯呢？」
代助把蒼白的額頭湊近大嫂，低聲而有力地說：
「大嫂，我有一個喜歡的女人。」
至今，代助經常拿這種事跟梅子開玩笑。剛開始，梅子總信以為真，偷偷地到處打聽，試圖找出那個女人，後來才知道是鬧劇一場。自從知道代助的毛病後，當他說有什麼喜歡的女人之類的話，梅子一概不信。縱使代助再提起，梅子也不予理會，不然就是對代助敷衍了事。代助倒也不在意。但是今天他卻變得很怪異。無論是臉色、眼神、低沉有力的聲調，或自從起始到如今的前後脈絡等各方面看來，梅子不得不猛然大悟。她感到這一句短短的話，有如一把閃著寒光的短劍。
代助掏出懷錶看一下。心想父親的客人一時之間恐怕不會告辭。天氣又轉陰了。代助認為還是先回去，改天再來跟父親見面比較好。
「我會再來。我想，還是先回去，改天再與父親見面比較好吧！」代助站起來對梅子說。這時候，梅子已經恢復平常的模樣。她是一個熱心助人，而且不是那種為德不卒的女人。她硬留住代助，問他那女人叫什麼名字？代助當然不肯吐露。無論梅子怎麼逼問，代助還是不願意回答。於是，梅子就問他，為什麼不娶她呢？代助答說，不是簡單說要娶來當妻子就可以娶，所以才沒娶。最後，梅子流下淚。她埋怨代助怎麼能如此辜負大家的好意，責罵他為什麼不從一開始就講清楚？馬上又覺得代助真可憐，非常同情他。不過，有關三千代的事，代助終究一個字也沒提起。梅子終於死心了。她在代助要離去之際，問道：

「那麼，還是由你來跟父親說，我就裝作不知道。這樣比較好吧？」

代助也不知道到底由大嫂先去講比較好？還是不要講比較好？

「是的。」代助說完後，又補上一句：「反正我就是來回絕這門婚事的……」

他看著大嫂。

「那這樣吧！如果說出來，對事情有幫助的話，我就說。如果說出來，反而不好，我就不要說，由你自己直接去說。好不好？」梅子親切地詢問。

「請妳多幫忙。」代助話一說完，就走出門外。他走到轉角，打算從四谷走路回去，故意搭上前往鹽町的電車。當電車從練兵場[62]旁邊通過時，烏雲在西邊現出一道縫隙，梅雨季中少見的夕陽從縫隙撒下一片紅光，照射在遼闊的草原上。夕陽

62 練兵場指當時的青山練兵場，大約是現在明治神宮外苑所在地。

也映照在往前方駛去的車輪上，每次車輪一轉動，就發出如鋼鐵般的亮光。電車在遠處的草原上，顯得渺小。看起來渺小的電車，顯得草原更遼闊。夕陽如熱血般強烈照射過來。代助斜看著這光景，坐在電車上迎風而去。沉重的腦袋瓜跟著搖搖晃晃。抵達終點站時，不知是精神冒犯身體？還是身體冒犯精神？他覺得心情很不好，很想趕快下車。代助把防雨用的長傘，拿來當拐杖，慢慢踱著走。

代助邊走邊在心中嘀咕著，今天等於自己親手毀掉自己一半的命運。至今以來，每次面對父親或大嫂時，自己總能拿準好時機，一滑溜閃過。這一次，卻是不露出真實本性，就閃不過去。同時，他也驚覺在這一方面，想要追求以往那種滿足的希望愈來愈渺小。不過，還是有機會回到原點。只是那又必須隱瞞父親才行。代助在心中，對著一路走來的自己發出冷笑。無論如何他都得承認今天的告白，已經將自己的命運毀去一半了。不過，今後受到打擊的反彈，就是他會毅然決然掩護三千代的強烈決心。

代助已經做好心理準備，下次和父親見面時，一步也不會退讓。因此他非常害怕自己還沒跟三千代見面前，又被父親叫去。他很後悔今天答應大嫂得以視情況將他的意思轉達父親。倘若今晚大嫂告訴父親，也許明天一早他就會被叫回老家。那麼今晚必須先和三千代見面，把話講清楚。但是現在已是夜晚，實在不太適合。

代助走下津守時，天色已黑。他直接從士官學校前筆直向外城河走去，大約走了二、三百公尺，原本應該轉進砂土原町的代助故意沿著電車軌道走。他受不了像平日一樣回家，然後整夜安靜地躲在書房內。他放眼望去，隔著護城河的高堤上的松樹黑壓壓地排列著，底下有電車頻頻通過。代助看到敏捷的車廂，不時在軌道上輕快地滑行過去、滑行過來，不禁感到一股爽快。可是自己所走的這一條道路旁的外濠線電車忙碌往返，噪音比平常還大聲，令人煩躁。當他來到牛込見附時，遠處的小石川樹林已是燈光點點。代助根本不想吃晚餐，直接走往三千代所在的方向。

大約二十分鐘後，代助爬上安藤坂，來到傳通院[63]燒毀的廢墟前。高大的樹木，覆蓋左右兩側，他從中間穿過往左走到平岡家旁，如往常般，燈光從板牆縫隙流洩出來。代助把身體靠近板牆，屏氣往內窺探。好一陣子，什麼聲音都沒有，屋內靜悄悄。代助穿過大門，想從格子門外叫門。可是一靠近廊下，卻聽到有人拍打腿部「啪」一聲。接著，有人站起來，好像走進屋內。不久，傳來說話聲。雖然

63 傳通院為一四一五年建於現在東京文京區小石川的淨土宗寺院，是德川將軍家的菩提寺，於一九〇八年遭祝融，大殿燒毀。

聽不清楚在講什麼，但可以確認就是平岡和三千代的交談聲。不久，說話聲停止。又有腳步聲走近廊下後，聽到一屁股坐下去的聲音。那聲音聽起來好像近在眼前。代助就這樣從板牆旁離去，並且朝來時的相反方向走去。

代助一時之間不知道該如何走？該往哪裡去？方才見到的情景不斷在他的腦袋裡翻騰。稍稍冷靜後，代助對於自己的行為感到有種說不出的羞恥。對於自己宛如被嚇跑般的低劣行為感到驚訝。他站在黑暗的小巷裡，對於現在世界仍然被夜晚所控制暗自感到慶幸。但是，代助走在梅雨所造成的沉悶空氣中，愈走愈感到快窒息。走到神樂坂時，突然眼冒金星。感覺身邊有無數的人，頭上有無數的光，放肆地燃燒起來。代助好似逃命般往藁店奔跑。

代助回到家，門野還是那副漫不經心的神情。

「時間很晚了。晚餐已經用過了吧！」門野詢問。

代助不想吃飯，答說不必，就像要把門野趕走般，要他離開書房。可是，不到二、三分鐘，他又擊掌喚門野過來。

「老家有沒有派人來？」

「沒有。」

「那就好。」代助只回了這麼一句話。門野好像感覺還不夠，站在門口問：

「先生，怎麼了呢？您不是回老家嗎？」

「你怎麼知道？」代助露出不高興的表情。

「您出門時那樣說的呀！」

此刻代助覺得跟門野講話很麻煩。

「我是回老家。——不過老家沒派人來就好，對不對？」

「是這樣啊？」門野似懂非懂地說完話就走了。

代助知道在所有事情當中，父親最心急的莫過於自己的婚事。他深怕，說不定自己離開老家後，父親就立刻派人把自己叫回去，所以才會想問清楚。代助看到門野回到書生房後，下定決心明天一定要跟三千代碰面。

那一夜，代助一直思索著該用什麼方法和三千代見面。假如叫車夫拿著信，把三千代載來家裡，來是會來，但是今天已經跟大嫂把事情講開了，說不定明天哥哥或大嫂會突然衝過來。假如到平岡家與三千代見面，對代助而言又是一種痛苦。代助認為不得已的情況下，只能找一個和自己、和三千代都沒關係的地方見面。

夜半，大雨如注，屋子四周充滿嘩啦嘩啦的雨聲，掛著蚊帳還能感受到一股寒意。代助就在雨聲當中，等待天亮。

翌日，雨勢未歇。代助站在濕透的廊下，望著灰暗的天空，昨晚的計畫又變了。他覺得把三千代叫到一般的茶屋之類的地方談話，令人不太愉快。本想萬不得已，就在蒼穹之下談話，可是這種天氣幾乎沒希望。另外，從一開始，自己就不想去平岡家。他決定無論如何還是把三千代帶到家裡，除此之外沒更好的方法。雖然門野有些礙手礙腳，只要談話的聲音不要傳到書生房就可以。

代助直到近午前，一直望著雨發呆。午餐一結束，立刻披著橡膠雨衣出門。他在雨中走到神樂坂，打電話回青山家。先發制人地說明天打算回去一趟。電話是大嫂接的，她說上次那件事還沒告訴父親，要不要重新考慮。代助致謝的同時，電鈴聲響起，與大嫂的電話便斷了。接著他打電話到平岡的報社，確認他是否去上班。對方答說平岡正在報社內。代助冒著雨又爬上坡，走進花店，買了很多大朵的白百合提回家。他將濕淋淋的花，分插在兩只花瓶裡。多出來的花就把花莖剪短，丟進上次那個盛著水的盆子。然後，坐在書桌前，寫信給三千代。句子極為簡短，唯有「亟欲見面，有事相談，請速來」。

代助擊掌呼叫門野。門野哼著歌現身回應，他接過信時說：

「好香喔～」

「叫車子把人接過來。」代助叮嚀。於是門野即刻在雨中前往叫車場。

代助凝視著百合花，讓自己的身心靈都浸淫在屋內的濃郁花香中。受到這嗅覺的刺激，三千代的過去歷歷浮現在眼前。他自己的往昔身影好似煙霧般纏繞著過去而不肯離去。好一陣子後，他在心中呢喃：

「今天終於回到自然的過去。」當他說出這句話時，感到全身有一種多年來不曾有過的舒暢，心想自己為什麼不早點回歸「自然」呢？為什麼從一開始就要和「自然」對抗呢？他在雨中、在百合花中、在重現的過去中，看到純真無雜質的平靜生命。那生命的裡和外，沒有欲望，沒有利害，沒有壓迫自己的道德。只有宛如浮雲般自由和宛如流水般自然。因為一切充滿幸福，所以一切都顯得很美麗。

不久，代助從夢境中醒來。那時候，片刻的幸福所產生的永久痛苦，頓時自代助的腦中襲擊而來。他的嘴唇失去血色。他默默地凝視自身和自己的手，感覺流在指甲底下的血好似在顫抖。他起身走到百合花旁。嘴唇幾乎快貼在花瓣上，用力嗅聞濃郁的花香，嗅到連眼睛也感到暈眩。代助的嘴唇從這一朵花移動到那一朵花，幾乎快被濃甜的花香嗆倒在屋內。不久，他雙手交握，在書房和廊下，來回踱步。

他始終覺得自己的心怦怦跳。他不時踱步到椅子角落或書桌前停下來後，又繼續踱來踱去。那顆動搖不已的心，讓他無法在同一處停留過久。同時，他為思考一些事物，又不得不隨意停下來。

時間緩慢流逝，代助不停地望著掛鐘上的指針，又好似在窺視什麼，看著屋外的雨。天空裡，雨水依然直直落下。天色比剛才顯得暗一些。層層厚雲聚在同一處翻捲，好像就快要掉落地面，讓人覺得不可思議。這時候，只見車子在雨中閃著亮光，由大門拉進來。當車輪的嘎嘎聲響壓過雨聲傳進代助耳際，那蒼白的臉頰綻出一抹微笑的同時，他把右手放在胸口。

門野領著三千代，從玄關沿著走廊進來。三千代身穿藏青底白碎花紋絲綢和服，繫著一條蔓草圖案的單層腰帶。她這身打扮，不同以往，讓代助有種耳目一新的感覺。三千代的臉色還是跟平常一樣不太好。當她走到客廳門口，和代助照面時，眼睛、眉毛、嘴巴猶如陷入僵硬般突然不動了。站在門檻時，雙腳也好似無法動彈。不用說，三千代從讀完信的那一刻後就猜測到必定有什麼事。在這些猜測中，有害怕、有喜悅，也有擔心。從她走下車，一直到被帶往客廳這段路，三千代始終帶著狐疑的表情。這種表情就在此時，全然留在臉上。代助的樣子，讓三千代感到非常震驚。

代助指著一把椅子。三千代依照所示坐下去。代助在她的對面坐下來。兩個人相對而坐，好一陣子都沒開口說話。

「不知有什麼事？」三千代終於開口。

「嗯。」代助只答了這麼一句。兩人又陷入沉默，靜靜地聽了一會兒雨聲。

「不知有什麼急事嗎？」三千代再度問。

「嗯。」代助還是只答了這麼一句。

雙方都無法像平常般輕鬆交談。代助為自己不借助酒力，就無法把自己想說的事說出來而感到羞愧。他已經覺悟自己向三千代告白時，必須以自己平常的真面目才行。但是代助一見到三千代，又想喝點酒助力。他很想偷偷到隔壁房間，倒杯自己常喝的威士忌。不過，他終究對自己產生這種想法感到太不堪了。因為他相信，如果無法在光天化日下以真實的自己坦然向對方表白，那就表示自己沒有誠意。他也認為築起酒醉這一道牆，作為掩護以壯膽，那是卑鄙而殘酷的做法，也是在侮辱對方。他還認為對待社會的積習，可以採取不道德的態度，但是對待三千代，不能存有絲毫不道德的動機。不。因為代助深愛著三千代，所以不能讓他自己有陷入卑鄙的餘地。可是當三千代詢問有什麼事的時候，自己卻無法立刻傾訴心事。第二次被問時，還在猶豫不決。第三次被問，代助不得已，只好說：

「哦，慢慢說吧！」他點了一根香菸。三千代的臉色看起來很不好，就像代助每次遲遲不答話時一樣。

雨依然下個不停，發出又密又長的響聲。兩人被大雨和雨聲，隔絕於世間之外，也隔絕於同一個屋簷下的門野和阿婆。兩人孤立地被封鎖在白百合的花香中。

「剛剛才出去買這些花回來。」代助環視自己的周圍。三千代的視線隨著代助環視屋內一圈。然後，代助用力嗅花香。

「我想讓妳回想起妳哥哥和妳住在清水町時的事，所以盡量多買一些回來。」代助說。

「好香啊！」三千代看著那些綻放到大花瓣像似要翻過來的花，然後視線移向代助時，臉上泛起薄薄的紅暈。

「一想起那時候的事，就……」她話到一半，頓時停住。

「還記得嗎？」

「還記得。」

「妳戴著漂亮的襯領，梳著銀杏返的髮型。」
「啊呀！那是剛到東京時的裝扮，後來就沒有了啦！」
「上一次，妳帶著百合花來送我時，不就是梳著銀杏返的髮型嗎？」
「啊！你注意到了？就只有那一次嘛！」
「那一天，妳很想梳那種髮型嗎？」
「對，一時心血來潮就想梳梳看。」
「我看到那個髮髻，就想起以前的事。」
「是嗎？」三千代不好意思地點點頭。

當三千代住在清水町，已經能和代助落落大方地相處時，代助曾經讚美她剛從故鄉到東京所梳的髮型很漂亮。那時候，雖然三千代露出笑容，但自從聽過那樣的話之後，也不曾因此再梳過銀杏返髮型。兩人至今還清楚地記得那件事。不過，雙方都不曾開口提起。

三千代的哥哥是一個心胸豁達，與朋友交往沒有隔閡的人，所以大家都很喜歡他。特別是代助，跟他來往親密。哥哥自己個性豁達，很疼愛柔順的妹妹。他從故鄉把妹妹帶出來，住在一起，不是因為自己對妹妹的教育負有任何責任或義務，單純是出自對妹妹未來的關愛，以及想把妹妹帶在身邊照顧的願望。他把三千代帶到東京之前，已先把自己的想法告訴代助。那時候，代助跟一般青年一樣，抱著很大的好奇心迎接這個計畫。

三千代搬來之後，哥哥和代助的關係越發親密。代助自己也不知道是什麼力量讓他們的友情有所進展。哥哥死後，每次代助回顧當時，都不能不承認這種親密關係包含某種涵義。哥哥直到臨死之前，都不曾明白說出來。代助也不曾說過任何事情。就這樣把相互之間的想法，當成相互之間的祕密埋葬了。代助並不知道哥哥生前，是否曾將某種涵義告訴三千代。代助只是從三千代的舉止行為和言詞交談中隱約意會到有種特別的感覺而已。

從那時候，與三千代哥哥交往的代助，就是一個頗富情趣的人。三千代的哥哥在那一方面，不過就是一般普通人的感受而已。假如深入交談，他就會坦白說自己不了解，以規避無用的討論。之後，他不知從哪裡找到這句 arbiter elegantiarum[64]，並以這個詞當成代助的代名詞濫用。三千代在隔壁房間默默聽著哥哥和代助閒聊，也暗自記下這個 arbiter elegantiarum。有一次她問哥哥那是什麼意思？聽完之後也大為驚訝。

後來，哥哥好似有意將與妹妹相關的趣味教養，全部委託代助。他盡量安排兩人接觸的機會，讓代助去啟發妹妹的腦袋瓜。代助也毫不推辭。後來代助回想起來，不能說沒有自告奮勇要去擔任這項工作的痕跡。三千代當然也很樂意接受他的指導。三個人就這樣，宛如是旋轉的巴字圖[65]，日月不斷運行。不知道是有意無意，隨著巴字之輪的旋轉逐漸接近。終於成為「三巴圖」靠攏在一起，眼看就快成為一個圓形時，突然少了其中一個，另外兩個因而失去平衡了。

代助和三千代開始敞開心胸談起五年前的往事。隨著兩人的交談，當下的自己慢慢遠去，逐漸重返當時的學生時代。兩人的距離又回到從前般的接近。

「那時候，如果哥哥沒死，現在還活著的話，不知道我會變成怎樣？」三千代無限懷念地說。

「假如哥哥還活著的話，妳會變成另一個人嗎？」

「我不會變成另一個人，你呢？」

「我也一樣。」

---

64 arbiter elegantiarum 為拉丁語，其意為趣味的裁判者。

65 巴字圖，亦稱巴紋，類似逗點符號「，」的形狀，三巴圖則是一個圓形內排列三個宛如齒輪的巴字。

這時候，三千代帶點嬌嗔的語氣，

「你騙人。」

「不管是那時候，還是現在，我一點都沒改變。」代助以深沉的眼神盯著三千代回答，話說完，眼神依然堅定凝望。三千代把視線轉走，然後半是自言自語地說：

「那時候，你根本就變了。」三千代說這話時，比平常說話的聲音還低很多。代助好像要踩住即將消失的影子般，立刻抓住尾巴。

「沒有變。那只是妳看到的而已。妳會這樣想，也是無可奈何。但是，那是誤會。」代助好像在為自己辯護般，說話的聲音比平常還熱烈、清晰。

「誤會不誤會，都是你在說。」三千代的聲音更低地回答。

代助默不吭聲地看著三千代。三千代始終雙眼低垂。代助清楚看到她長長的睫毛在顫抖。

「我需要妳。非常需要妳。我特地找妳來，就只是想告訴妳這件事。」

代助的話中，沒有一般情人之間的甜言蜜語。他的語氣跟所說的話，既簡單又樸實。毋寧說是接近嚴肅。不過，只為講這些話，十萬火急找來三千代，好似一篇玩具詩歌。不過，三千代原本就是一個可以理解這種脫俗意義的「所謂十萬火急」的女人。加上她從青春年少起，對於世間小說的那些美麗詞藻也不感興趣。代助的遣詞用字，並沒有帶給三千代感官上的任何華麗感是一個事實。但是三千代並不渴望那種感受也是事實。代助的話越過感官，立刻直達三千代的內心。從三千代顫抖的睫毛之間，眼淚滑落臉頰。

「我要妳答應我。答應我！」

三千代還在流淚。她無法回答代助，從袖袋掏出手帕掩住臉，只剩下一部分濃眉、額頭以及前額的髮際，留在代助眼中。

「已經答應了，對不對？」代助把椅子拉近三千代，在她的耳邊說。三千代還是掩著臉抽抽搭搭。

「你也太過分了。」只聽見她從手帕中傳來一句。這句話像電流般衝擊著代助的聽覺。代助深切自覺到自己的表白太晚了。如果要表白，早在三千代嫁給平岡之前就該表白。三千代這樣一字一淚，代助實在不忍聽。

「我在三、四年前就應該向妳表白。」代助說完後，慨然閉上嘴。三千代突然將手帕拿開，睜大哭紅的眼睛往上看著代助，

「不表白也就罷了，為什麼你……」三千代停了一下，猛然把話衝出口：「為什麼你要拋棄我？」她話一說完，又拿著手帕掩著臉又哭了。

「是我不好。請妳原諒我。」

代助拉起三千代的手，想拿開掩住臉的手帕。三千代並沒反抗，手帕就這樣掉在膝蓋上。三千代看著自己的膝蓋，輕輕地說：

「你好狠啊！」她小嘴上的肉還在顫抖著。

「妳說我狠，我也認了。所以我受到懲罰了。」

三千代露出不解的眼神抬頭看著他問：

「怎麼說？」

「妳都已經結婚三年了，我還單身。」

「可是，那不是你自己的選擇嗎？」

「不是選擇的問題。縱使想娶，也沒辦法娶。從那以後，家人不知勸過我多少次，要我早日完婚。可是全被我回絕了，最近又回絕一個。不知道回絕的結果，會讓我父親和我之間產生什麼問題？反正也無所謂，就是回絕了。在妳對我報復期間，我只能回絕。」

「報復？」三千代說。她好像恐懼這兩個字般，動動黑眼珠。

「自從我結婚後，一直到現在，我無時無刻不在祈願你早日完婚成家。」三千代講話方式稍稍改變。但是，代助卻聽而不聞。

「不。我真心希望妳對我報復。今天把妳找來，特地向妳表白，也只能認為是受到妳報復的一部分。我這樣做，等同犯下違反社會的罪。但是我既然生而為人，犯下這種罪，對我而言是很自然的。縱使在世間犯下罪，只要能夠在你面前懺悔，那就夠了。我想沒有比這更令人高興的事了。」

三千代帶著淚水笑了。可是一句話也說不出來。代助趁這機會再度表白——

「現在我才告訴妳這些事實，我也知道自己很殘酷。可是我承認如果妳聽了之後愈是覺得我殘酷，我愈會覺得自己很成功。因為如果我不把這些殘酷的事實告訴妳，我根本活不下去。換句話說，我很自私又很任性。所以我要向妳道歉。」

「這也不能說是殘酷。所以請不要道歉。」

這時候，三千代的語調突然變得很清晰。雖然還有些低沉，但比剛才顯得平穩多了。

「只是，如果早點說的話……」她過了一會兒緩慢地說，又含著眼淚。代助聽到她這話，接著問：

「那麼，如果我這一輩子都不說出來，對妳比較幸福嗎？」

「才不是。」三千代竭力加以否認。「假如你不告訴我，或許我也快活不下去了。」

這一次，代助露出微笑。

「那麼，一切都沒問題吧！」

「說是沒問題，還不如說是值得感謝。只是……」

「只是對不起平岡嗎？」

三千代不安地點點頭。於是代助如此問：

「三千代，妳坦白說，妳愛平岡嗎？」

三千代沒有回答。眼看她的臉色又轉為蒼白。眼睛和嘴巴都僵硬了。臉上盡是痛苦的表情。

「那麼，平岡愛妳嗎？」代助又問。

三千代還是低著頭。當代助想斷然為自己的詢問做出判斷，並且正要開口說話時，三千代突然抬起頭。剛才顯現在她臉上的不安和痛苦幾乎全消失了。眼淚差不多也乾了。臉頰上的氣色原本就蒼白，可是嘴唇緊閉，露出堅定的決心。只見三千代從嘴唇中發出低沉的聲音，一個字一個字清楚地說：

「我認了。覺悟吧！」

代助好像被人家從背部潑了水，感到不寒而慄。這兩個即將被社會放逐的魂魄，只是相對而坐，互相注視著對方。那種逆勢而來，把彼此帶到同一處的力量，也讓彼此感到恐懼而顫抖。

過一陣子後，三千代好像被什麼襲擊般，雙手掩面而泣。代助不忍看三千代哭泣的樣子，伸起自己的手，將額頭埋在五根手指當中。兩人就保持這種姿勢，宛如愛情的雕像般一動也不動。

兩人在這一動也不動當中，感覺精神上有如把五十年凝縮到眼前般緊張。在緊張當中，兩人也沒忘記相互並存的彼此。他們同時享受到愛的懲罰和愛的恩賜，也確實領悟到兩者的存在。

不久，三千代拿起手帕，擦乾眼淚，輕輕地說：

「我該回去了。」

「回去吧！」代助答道。

雖然雨勢變小了，不過代助當然不想讓三千代獨自回去。故意不雇車以便親自送她。兩人走到平岡家附近，在江戶橋上告別。代助站在橋上，目送三千代轉進小巷。然後，他才慢慢邊走邊在心中宣告：

「一切都結束了。」

直到傍晚，雨才停歇。入夜後，浮雲不斷飄移。這時候，皎潔的月亮升起。代助從廊下眺望庭院裡那些沐浴在月光下、被雨水淋濕的草木許久。最後，他穿著木屐，走進庭院。原本就不大的庭院，栽種過多的樹木，使代助幾乎沒法子走動。代助佇立在正中央，仰望太空。一會兒，從客廳拿來白天買回家的百合花，撒在自己的周圍。白色的花瓣，在月光下發出銀光。有些花瓣掉在樹蔭裡，依稀可見。代助毫無目的，蹲踞其間。

直到就寢時間，代助才又回到客廳。整個屋內，花香味仍未褪去。

十五

代助跟三千代見面，把該說的事都說清楚後，比起未見面前，心中覺得踏實多了。不過，一切全在他的預料中，談不上是什麼特別的結果。

翌日，他下定決心要擲出一直握在手中的骰子。從昨天起，他自覺對於自己和三千代的命運負有一種必得去完成的責任。而且那是自己主動願意承擔的責任。因此，他不以背負這個責任為苦。正因為有那種重責，反而使他自然而然地往前踏出去。他頭上頂著自己開拓的命運，準備和父親決戰。父親之後，還有哥哥，還有大嫂。他跟這些人決戰過後，還有平岡。等到通過這些戰鬥後，還有一個龐大的社會。那個不顧個人自由和個人實情，有如機器般的社會。現在，代助所看見的是一個全然黑暗的社會。代助覺悟到他必須和所有一切戰鬥。

代助為自己的勇氣和膽識感到震驚。直到今日，他認為自己是一個討厭熱鬧、遠離危險、不喜爭勝負、謹慎小心的太平紳士。雖然自己不曾犯過道德上的卑鄙行為，可是無論如何也無法擺脫自己認為的膽小個性。

代助有訂閱一份通俗的外國雜誌。他曾經讀到某一期內容一篇題為「山中遇險」（Mountain Accidents）的報導文章，讀得心驚膽跳。文章中講述很多攀登高山的冒險家遇難經過。譬如，有人登山途中，葬身雪崩而下落不明，竟然在四十年後，才在冰河的盡頭發現屍骨。有四個冒險家在翻越位於懸崖中間的一塊直立大岩石時，像猴子般一個接一個踩著肩膀疊上去，當最上面那個人快要抓到岩石上端時，岩石竟然崩落，腰繩斷裂，疊在上面的三個人，頭往地腳朝天，從第四個人的身旁掉落深谷。而在這些故事當中，還附有一幅插圖，畫面上是陡如磚牆的山腰，有二、三處能見登山者如蝙蝠般吸附其上。那時候，代助看著峭壁旁的一留白處，是遼闊的天空和深不見底的山谷，整個頭腦不由得因恐懼而產生暈眩。

代助知道在當今的道德上，自己的處境有如那些登山者。不過自己親臨現場一看，卻絲毫不感畏懼。對他而言，因為畏懼而猶豫不決，才讓他的痛苦變成好幾倍。

他希望早點跟父親見面，把話說清楚。因為怕出差錯，所以在三千代來過的翌日，又打電話詢問父親方便的時間。得到答覆說父親不在家。隔天又打電話，這次說是不方便而被拒絕。又過一天再打電話，說是方便時會通知，不必過來。代助只好遵命等待。其間，大嫂和哥哥也音信全無。代助起初推測，可能是家人盡可能要給自己長一點時間反省、再考慮的策略吧！所以也不以為意。三餐照吃，晚上照睡。雨天一放晴，還帶著門野出外散步一、兩次。但是家裡遲遲沒派人過來，也沒音訊。代助認為這猶如在攀爬峭壁的途中休息過久，開始令他不安。最後，自己乾脆跑回去青山老家。哥哥照例不在家。大嫂看到代助，露出同情的神情。可是對那件婚事卻隻字未提。梅子明白代助的來意後，說我先進去裡面問一下父親方不方便？就起身進去了。梅子的態度，看起來像似要保護代助，免於被父親責罵。又像似要疏遠代助。到底是兩者中的哪一個？代助只覺得很煩躁地等待。等待同時，口中重複嘀咕，反正我已經覺悟了。

梅子從進去到出來，有好一陣子。她看著代助，很同情地說，今天父親不太方便。代助莫可奈何，只好問，什麼時候方便？代助說話的聲音依舊，還是一副沒精神又沮喪的腔調。梅子見狀，充滿同情地說：「二、三天內，我一定負責把父親方便的時間告訴你，今天先回去吧！」代助走出玄關時，梅子還特意出來送他，並提醒道：

「這一次要好好考慮清楚。」代助沒回答，直接走出大門。

代助在回家途中，難忍心中的不愉快。上一次，和三千代見面後已趨平靜的心情，多少被父親和大嫂的態度給破壞了，一路上愈想心情愈糟。原本打算告訴父親自己的心思，父親也把他的意見全講出來，因此肯定會起衝突，衝突後的一切後果就由我自己來承擔。沒想到父親的做法這般沒趣，真是出乎意料之外。那種做法正反映出父親的人格，這讓代助非常不愉快。

代助在途中，轉念一想，他又何苦急匆匆要去見父親呢？自己不過就是去答覆父親的要求而已。可以權衡行事、等待答覆的人應該是父親才對呀！父親自己要避不見面，拖延見面的時日，結果除了造成他自己的問題遲遲無法解決之外，又有什麼呢？代助對於自己未來的重大事情已經有所打算。因此他決定坐等父親指定日子派人來叫他見面，其他的就任由家人去安排。

他回到家裡，只覺得腦海中還留著父親那個不愉快的灰暗影子。他認為近期內這個影子必定會漸漸加深。此外，代助認知到擺在眼前有兩條命運之路。第一條是明示出三千代和自己今後該走的方向。第二條是平岡和自己糾纏不休的悲慘下場。隨著上一次代助和三千代見面後，已經捨棄第二條道路。好吧！現在就去跟三千代見面——並不是覺得好久沒見面——想到有關兩人今後該採取怎樣的方針，目前從現狀中根本連一步都沒踏出去過。其實，代助對於這一點也沒有一個明確的計畫。至於平岡和自己將來會面臨怎樣的情況？他只是對什麼時候、會發生什麼事情，都已經做好準備而已。當然，他也有見機行事，積極採取行動的心理準備。不過，代助並沒有準備任何一個具體方案。對代助而言，所謂在任何情況下絕不讓事情失敗的誓言，就是把一切向平岡全盤托出。因此，勢必會將平岡和自己捲進黑暗恐怖的命運河流當中。他最擔心的問題，就是該如何從這個恐怖的暴風圈救出三千代。

最後，他對於自己所處的人類社會，並沒有歸納出任何對策。就事實來說，社會是具有制裁權。不過他相信一切的動機權、行為權，除了發自自己本身的天性外，沒有其他途徑。他認為就這一點，社會和自己完全毫無交集，各自進行。

代助站在他自己那個小小世界的正中央，如此觀看他自己的世界，把之間的關係和比例在自己腦海中審視過一巡後。

「好吧！」代助說了這麼一句，又走出家門。走了大約一、二百公尺，來到人力車叫車場，挑了一輛乾淨、看起來跑得快的人力車坐上去。他也沒有特別想去的地方，隨口說了個街名，四處轉了約兩小時就回家了。

翌日，代助在書房裡，又和昨日一樣，站在自己世界的正中央，放眼環視前後左右之後。

「好吧！」代助說著，就走出家門，這一次信步在一些毫無相干的地方走一走就回家了。

第三天，他又重複一次同樣的事。不過，他一踏出家門，馬上走到江戶川對岸找三千代。

「怎麼好久都沒來呢？」三千代好像不曾發生過任何事地問。代助毋寧說是被三千代這般鎮靜的態度給嚇到了。

「怎麼看來心神不定呢？」三千代故意把平岡書桌前的坐墊拉到代助面前，硬要他坐在上面。

代助和三千代談了約一小時左右，心神慢慢趨於平靜。他心中暗忖，與其坐在車上到處亂逛，就算只有三十分也好，還不如早點來這裡就好了。代助要回家臨走前，

「還會再來。沒問題，不必擔心。」他安慰三千代。三千代只是露出微笑。

當天傍晚，代助收到父親的通知。那時候，阿婆正在伺候代助用晚餐。他把飯碗往餐盤一放，從門野手中接過信，只見信上只簡單寫著「明朝幾時前來會」。

「真是一派官署風格呀！」代助邊說邊故意把明信片給門野看。

「青山老家寄來的嗎？」門野仔細看過後，發現也沒寫什麼，翻到正面一看。

「真不知該如何說呀！不愧是老一輩，寫得一筆好字。」門野恭維完後便離開。阿婆又接續剛才黃曆的話題。什麼壬日啦、辛日啦，又是八朔啦、友引啦，還

有什麼宜剪指甲啦、宜動土修造啦，嘮嘮叨叨講個沒完沒了。代助根本是這耳聽那耳出。後來，阿婆又說可不可以拜託代助幫門野找個工作，月薪只要有十五圓就夠了。代助不知道該怎麼回答才好，他對這些事根本都不在意。只是在心中暗忖，別說門野，連他都自身難保了。

代助剛用完餐，寺尾正巧從本鄉來訪。代助看著門野，正在考慮要不要接見。「不見嗎？」門野不加思索就問。因為這段期間，代助很罕見地缺席一、二次聚會。也有二次認為不必要而不見來客。

不過代助決定和寺尾見面。寺尾一如往常，一副不知道在探索什麼的模樣。代助看他這樣子，不願像平日那樣嘲諷他。代助認為寺尾又翻譯又改寫小說，好像覺悟到活著的時候，當一天和尚就要撞一天鐘，看起來他比自己更像社會的一分子。假如有一天，自己失去父親的金援，也處在跟他一樣的處境，自己到底能夠擔任什麼工作？想到這裡，代助不禁開始同情自己了。而且他認為不久後的自己一定比寺尾更淒慘，那幾乎是一件未發生卻是可以確定的事，因此他不敢以輕蔑的眼光看待寺尾。

寺尾說上次翻譯的書，好不容易才在月底搞定，可是書店方面表示因為安排不及，秋天才能出版。因此付出的勞力沒辦法立刻兌換成現金，手頭拮据才會跑來。代助問說難道沒和書店簽約就動手翻譯嗎？對方回答說不完全是這樣，不過他也沒說是書店不依照合約行事。總之，言詞曖昧不清，只是手頭拮据倒是事實。但是寺尾對於這些周折早已習慣，並不把它當成道德問題而對誰不滿。有時候他罵人家汙辱人啦，無恥下流啦，只是嘴巴說說而已，心中所擔憂的主要還是集中在吃飯問題。

代助很同情他，當場解囊相助。寺尾表達謝意後準備離去。臨走前向代助坦承，其實之前曾向書店借了一點錢，可是早就用光了。寺尾回去後，代助感觸到那也是一種人格啊！可是這樣子的話，怎麼可能舒服過日子呢？當今的所謂文壇，必須認同那樣的人格並自然地產生出那種人格，以致他們不得不在當今文壇的悲慘狀況下呻吟。他想到這裡，不禁感到茫然。

那一晚，代助非常憂慮自己的前途問題。一旦父親斷絕物質上的供應，他很懷疑自己果真有決心成為第二個寺尾。如果他連像寺尾那樣靠筆過日子都辦不到，當然只有餓死一條路。如果不靠執筆維生，他到底有什麼能力發展其他的事？

代助不時睜開眼睛，望著放在蚊帳外那一盞油燈。三更半夜，他起來擦了火柴抽菸。雖然不是熱到睡不著的夜晚，卻輾轉反側。雨嘩啦嘩啦下著。代助在雨聲中都快睡著了，不意又被雨聲驚醒。整夜就這樣在半睡半醒中，直到天明。

代助準時出門。他腳履木屐，手撐雨傘，搭上電車，車廂內門窗緊閉，加上擠滿抓著皮拉環站立的乘客。不一會兒，代助開始感到胸口發悶直想吐，頭也漸漸沉重起來。可能是睡眠不足的緣故，代助伸手打開身後的窗子。雨水毫不留情地往衣領和帽子吹來。二、三分鐘後，他看到隔壁的人露出不悅的神情，便關上玻璃窗。透過玻璃窗外的雨珠，街景看起來有些扭曲變形。代助轉頭望著外頭的景象，揉揉眼睛。無論揉多少次，也不覺得外頭的世界有一丁點變化。他透過玻璃斜斜地眺望遠方，依然是這種感覺。

代助在弁慶橋換車後，人漸漸少了，雨也變小了。他的頭也能輕鬆地想著被淋濕的世界。可是他的腦髓，卻受到父親滿臉不高興的種種表情所刺激，甚至連想像的談話聲都能清晰地傳到他的耳朵。

代助從玄關進去，進裡屋前，照例去看一下大嫂。

「這天氣感覺很悶啊！」大嫂親切地幫忙沏茶，可是代助根本沒心思品嘗。

「父親正在等我，我先去把話說一說再過來。」代助起身就要走，大嫂露出不安的表情，

「代助，盡可能不要讓父親擔心。父親一把年紀了，還能有多少日子。」大嫂說。代助還是第一次聽到從梅子口中講出這般感傷的話。一時之間，有種掉落地洞的感覺。

父親坐在菸草盒前，低著頭等待。聽到代助的腳步聲，頭也沒抬起來。代助走到父親面前，恭敬行禮致意。原本以為父親會是怒氣沖天，出乎意料之外卻是非常平靜。

「真難為你，下雨天還趕來。」父親慰勉地說。

那時候，代助才發覺父親原本多肉的雙頰，怎麼一整個消瘦了。由於這變化太醒目了，他忍不住問：

「您還好嗎？」

父親露出長輩的表情，臉上只稍微牽動一下。好像沒把代助的關心當一回事，談了一會兒話才說：

「我年紀已經很大了。」父親講話的聲調和平常完全不一樣，代助才發覺不能輕忽大嫂剛剛所說的話。

父親告訴代助，因為自己的健康大不如從前，最近很想從企業界退下來。可是先前工商業的過度膨脹，如今受到日俄戰爭後的緊縮影響，自己所經營的事業正處在非常不景氣的頂端，如果不等到度過難關後再退休，恐怕會遭人指責他不負責任，不得已除了再忍耐一段時間也別無他法。父親如此細述詳情，代助認為父親所說的話非常有道理。

父親說了些一般企業的困難、危險和繁忙，以及從當中所衍生出當事人心中的痛苦、緊張，還有恐懼等。最後，提到地方上的大地主，乍看之下很樸實而不起眼，其實遠比我們的根基還鞏固。然後以這個比較作為依據，再度力勸代助要同意這門婚事。

「如果能有這麼一門親戚，將會非常便利，而且現在真的很有必要，你說對不對？」

代助聽到父親如此露骨地提到這個政治婚姻，倒也不感到驚訝，因為從一開始他對父親就沒有過高的評價。最後的見面，能夠看到父親掀開假面具說真話，毋寧說是痛快。他認為自己本身可以接受這種意義上的婚姻。

代助對父親產生從未有過的同情。加上父親的神情、聲音，還有一心一意要說服代助的努力，都讓代助對上了年紀的父親感到非常可憐。同時，代助絕不認為父親的表現也是一種謀略。因此他實在很想說，我怎樣都可以，一切就由您決定吧！

但是，代助和三千代已有過決定性的會面，如今很難為行孝道而順從父親的心意。他原本就是一個立場不鮮明的人。既不會遵照誰的命令唯唯諾諾，也不曾明白反對誰的意見。講明白了，就是採取策士的態度，不過也有人認為那是天生優柔寡斷的一種手段。連他本身聽到這兩者中任何一種的指責時，心中也不得不去思考一番，也許真有那麼一回事吧！其實，大部分原因既不是策略，也不是優柔寡斷，毋寧說他看待事物通融，喜歡同時兼顧雙方的權宜性格。因為他具備這種特質，所以至今那種全力針對某事勇猛向前衝的勇氣就被壓抑了。他屢屢都是若即若離，畏縮地面對現狀。這種維持現狀外觀的行為，並不表示他欠缺思慮，事實上反而是經過明確判斷的結果。當他以不可侵犯的氣慨，斷然決行自己所相信的事情，他才明白這件事。三千代的事就是一個典型的例子。

代助沒想到已經向三千代當面表白的自己，卻臨要在父親面前繳白卷時，對父親感到由衷的同情。往常的代助在這種情形下，到底會採取怎樣的方法？自不待多說。他應該會同意和三千代解除關係，為滿足父親而承諾婚事。代助是具有能力如此調和雙方，不偏不倚站在正中間，雙腳踏雙船讓事情順利進行，這對他而言輕而易舉。不過現在的他，與往常的他大異其趣。他不願曖昧不清地將半個身子伸出界外和別人握手。他相信自己對三千代必須負起重大的責任。他的信念一半來自頭腦的判斷，一半來自內心的憧憬。這兩件事情如驚濤駭浪般控制他。他已經脫胎換骨地站在父親面前。

他依然像以前的代助，盡可能少開口。從父親的眼睛看來，他和以前的代助並無差別。在這方面，代助反而為父親的改變感到驚訝。其實，他推測前陣子好幾次想見面而被拒絕，可能是父親害怕自己會違背父親的主意，故意拖延時間避不見面。他已經覺悟今天見面，父親必定是一張難看的臉。說不定會被罵得狗血淋頭。代助倒希望事情是這樣發展，那就好辦了。他甚至有三分之一的決心，想在心理上利用父親對自己的反抗暴跳如雷時，直截了當回絕婚事。現在父親的樣子、父親的措辭、父親的主張，所有一切都與代助的預期相反，以致動搖他的決心，讓他覺得於心不安。但是，他還是抱著要戰勝這種於心不安的決心。

「您所說的話全部都很有道理，但是我沒有承諾婚事的勇氣，所以只能回絕。」代助終於說出來了。這時候，父親只是看著代助。過一會兒，

「需要勇氣？」父親話一說完，把手中的煙管扔到榻榻米上。代助兩眼注視自

己的膝蓋，默不吭聲。

「你不中意對方嗎？」父親又問。代助仍然不回答。至今碰到事情，他對父親頂多只說到四分之一而已。所以父子之間還能維持和平關係。唯獨對於三千代的事，從一開始就不打算隱瞞。因為代助認為卑鄙地以策略規避理應掉落在自己頭上的後果，實在沒道理。只是他認為還不到表白的時候，所以他完全沒提起三千代的名字。最後，父親露出難看的臉色說：

「一切都隨你吧！」

代助感到很不愉快。但是也無可奈何，他向父親行禮要告退時，被父親叫住。

「我也不能再照顧你了。」

代助回到客廳時，梅子好像正焦慮等待。

「怎麼樣？」她急忙詢問。代助也無法回答。

十六

翌日，代助醒來時，耳底響起父親最後那一句話。他從前後發展來看，不能不把生平最重要的事和那句話的內容連接在一起。最低程度，有必要覺悟來自父親的物質供應已經斷絕了。代助最害怕的時期已經接近。但是，代助認為就算讓父親恢復心情，縱使可以回絕這次的婚事，也沒辦法反抗以後再提的婚事。縱使要反抗所有的婚事，也得明白講述足以讓父親首肯的理由。對代助而言，兩者缺一不可。但是問題碰觸到自己的人生哲學時，更不可能去欺騙父親。代助回想昨天的談話，認為所有一切只有朝著應該前進的方向進行。然而他感到恐懼的，是自己讓自己朝向自然因果發展時，有一種身負這因果的重擔，卻從峭壁頂端被推下深淵的心情。

代助認為自己首先該做的，不管如何都得去找一個職業。可是在他的腦袋裡，只有所謂職業這兩個字，根本無法體現職業本身的具體內容。至今為止，他不曾對哪一種職業感興趣，所以無論再怎麼去想像職業，只能膚淺地看到表面而已，終究無法深入去思考。他覺得這世間看起來就像是一個扁平、複雜的調色盤。其中只有自己不帶任何色彩。

代助瀏覽過所有的職業後，他的眼睛落在流浪漢這一個職業上。他從那群不像狗，又不像人的乞丐身上明顯看到自己的影子。他最感到痛苦的一點，莫過於因生活的墮落而扼殺精神的自由。當自己的肉體沾滿一切的汙穢後，自己的心靈狀態將會是如何落魄呢？他想到這裡，不禁感到不寒而慄。

代助認為即使在這種落魄當中，也必須將三千代拉出來。就精神面來說，三千代已經不屬於平岡。代助打算至死都要對這個女人負責到底。不過如今想來，一個有身分地位之人的薄倖，和落魄潦倒之人的懇切，其結果是沒有多大的差別。所謂至死都要對三千代負責到底，那就必須達成負責的目的，否則便不能說是有負責的事實。代助好像一個罹患眼疾的人般，惘然若失。

代助又去找三千代了。三千代還是跟上回一樣，顯得平靜、安適。她露出微笑，滿面容光，春風已經吹開她的眉頭。代助知道三千代對自己相當信賴。當他從三千代的眼睛再次看到證據時，實在不忍愛憐之情與憐憫之心。於是他好像對待惡棍般暗自斥責自己。想說的話終究說不出口。告辭時，他對三千代說：

「有空到我那裡坐坐吧！」三千代微笑點頭。而代助卻有如全身被刀割般痛苦。

從那時候起，代助每次去找三千代，不得不很不愉快地專挑平岡不在家時前往。剛開始，還不覺得怎樣。最近，與其說是不愉快，不如說愈來愈覺得不方便。而且每次都挑平岡不在家時才去，也很害怕引起女傭的懷疑。不知道是不是自己多疑，上次女傭端茶招待他時，總覺得她的眼神帶著極不尋常的狐疑。可是三千代卻是一副全然無感的模樣。至少，表面上她非常平靜。

代助當然沒有機會，詳問最近三千代和平岡的關係。有時候，縱使隨口問個一、二句，三千代也是不予回應。她好像只要能看著代助，就可以備感幸福地浸淫其中。讓人感覺那莫非就是「自然」的感情。代助不知道她是否在心中暗自擔心，從前後包圍而來的烏雲已漸漸逼近，但是在代助的面前，看不到她有絲毫的陰影。三千代原本是一個神經質的女人。從她最近的態度看來，無論如何都不能說是這個女人在故作鎮靜。代助想到這裡，與其說那證明三千代周圍還並不十分險惡，還不如解釋為自己的責任更加沉重。

「我有些事要跟妳談，有空到我那裡吧！」代助露出比以前更認真的神情，向三千代告辭。

隔二天後，三千代來了，但是代助的腦子裡還沒有新的想法。他的腦海中，只烙印著「職業」兩個楷書體的大字。當他努力推開這兩個字時，物質供應已被斷絕一事卻不停地狂舞。等到那影子漸漸隱去，三千代的未來又呈現出淒慘而可怕的樣貌。整顆腦袋颳著不安的旋風。這三件事就好像巴字圖般，一瞬也不消停地持續旋轉。其結果，導致他的周圍全部都旋轉起來了。他好像是一個乘著船的人，儘管頭在旋轉，又身處旋轉的世界裡，依然得沉穩鎮靜。

青山老家沒有任何音訊。代助原本就不期待會有任何訊息。他盡可能和門野閒談些無用的話題。門野在這種暑熱當中，正百般無聊不知要做什麼才好。所以他頗為得意地順著代助的心意講個沒完沒了。等到連講話都覺得累的時候，

「先生，下一盤棋，如何？」門野會提出這類的要求。傍晚，就在庭院潑水。兩人光著腳丫，各提一桶水，邊走邊潑水，將整個庭院潑得濕透透。門野說他要把水潑到隔壁梧桐樹的頂端，要代助看著！然後拎起水桶的底部，正準備用力一潑時，腳一滑，整個屁股坐在地上。這時節，籬笆旁的胭脂草已經開花。洗手盆後方的秋海棠，葉子已經長得很大片。梅雨季也漸漸出梅了，白天，整個天空化為白雲如峰的世界。強烈的陽光彷彿熱到穿透太空，幾乎要把天空中的所有熱氣全照射在地面上。

入夜後，代助盡情眺望頭頂上的星星。早晨才走進書房。自二、三天前，從早上就可以聽到蟬鳴聲。走到澡間，一再用冷水沖頭。

「真是好熱啊！」門野邊說邊走進來。代助就這樣漫不經心過了二、三天。第三大，日正當中時，他從書房裡，凝望著耀眼眩目的天空，嗅到一股從上方吐下來

的火焰氣味，感到非常可怕，因為他覺得自己的精神正在接受來自這種猛烈氣候而產生的永久變化。

三千代冒著酷暑，前來履行前日之約。當代助聽到女人聲音時，立刻自己飛奔到玄關去。三千代收起傘，手上拎著布包[66]，站在格子門外。她身上穿著居家服就跑出來，正從樸素的白底浴衣的袖袋掏出手帕。代助一眼望見這身影時，感覺命運之神已經剪下三千代的未來，惡作劇似地端到自己面前。

「妳簡直就像要私奔。」代助忍不住笑著說。

「趁著買東西順便轉過來，因為平常不方便呀！」三千代態度沉穩，認真地回答著，並跟著代助進到屋裡。代助立刻拿出團扇遞給她。可能是日照的緣故，三千代的臉頰上閃耀著亮光。平常的疲憊神情消失得無影無蹤。眼神裡也閃爍青春的光輝。代助浸淫在這種生氣盎然的美麗當中，一時之間把所有事都忘光了。不久，他想到無意中不斷地傷害這個美麗的人正是自己，不禁感到悲傷。今天叫三千代來，肯定又會讓這個美麗蒙上部分的陰影。

66 布包，原文為「風呂敷」。是方便收納與搬運物品、近似方形的布巾。類似現在環保袋的功能。

代助好幾次欲言又止。在自己面前，看起來這般幸福的年輕女子，假如挑動起讓她皺一下眉頭的擔心，代助也會覺得非常不道德。假如不是因為對三千代所抱持的責任感在他的心中激烈翻騰，也許他寧可不告訴三千代後來發生的事，而是把上一次的表白在這屋子內重演一次，在單純之愛的歡愉中，拋開所有的一切。

最後，代助終於下定決心，

「從那以後，妳和平岡之間的關係，有什麼改變嗎？」

三千代被問到這問題時，依然陶醉在幸福中。

「就算改變也沒關係啊！」

「妳那麼信賴我嗎？」

「如果不信賴你，我也不會這樣啊！」

代助眺望著好似一面熱騰騰鏡子的遠處天空，感到一陣目眩。

「我好像沒資格讓妳那麼信賴。」代助露出苦笑，整個頭像火爐般抱著燒。不過看起來三千代好像不在意，連一聲「為什麼」的反問都沒有。她只是故作驚訝狀地叫聲：

「啊！」

代助見狀，認真地先說：

「我要坦白跟妳說，其實我是一個比平岡更不可靠的男人。因為被人家過度信賴，事情會很難辦，所以我全都講給妳聽。」他接著講述截至現在自己和父親的關係，詳盡地敘述之後，又接著說：

「我不知道今後自己的遭遇會怎樣？至少目前還不是一個能夠獨立的人，連半個獨立人都稱不上，所以……」代助講到這裡就講不下去了。

「所以，怎樣？」

「所以我擔心自己，不能夠如願對妳負責任。」

「責任？要負什麼責任？你不講清楚，我聽不懂。」

代助向來極為重視物質上的需求，所以他認為貧窮就無法讓愛人滿足。因此只知道富裕是對三千代的一種責任，除此之外，他完全沒有其他清晰的觀念。

「不是道義上的責任，而是物質上的責任。」

「我不需求那種東西。」

「說是不需求，卻是非常必要的。今後無論我和妳將變成怎樣的新關係，對於妳的物質供應，至少我是一個必須去解決問題的人。」

「解決的人也好，什麼都好，現在去煩惱那些事，有什麼用呢？」

「嘴巴是這麼說，萬一碰到問題時，可就很難處理了。」

三千代的臉色稍稍變了。

「剛才聽到你說關於父親的實情，難道不是從一開始就知道事情會演變成這樣嗎？我想你應該早就察覺這種事了吧！」

代助無話可說，只是按著自己的頭。

「腦袋瓜有點不管用了。」代助好似自言自語般。

「假如你在意這事的話，我怎樣都好，你去跟你父親和解，恢復以前的樣子，不就好了嗎？」三千代噙著眼淚。

代助突然抓住三千代的手腕，使勁晃動，說道：

「如果我要那樣做，就不必憂心忡忡。只是我感到過意不去，所以要向妳道歉……」

「道歉什麼……」三千代聲音顫抖地打斷代助的話。「都是因為我，事情才會變成那樣，我應該向你道歉才對，是不是？」

三千代放聲哭起來。

「可以忍一下嗎？」代助好似安撫地詢問。
「不要忍，當然不要忍。」
「今後還會有變化。」
「有些事我知道。不管怎麼變化都無所謂。這些日子以來……這些日子以來，我已經打算好了。假如發生什麼事，我已經有一死的覺悟了。」
代助聽了，不禁全身顫慄。
「妳對今後抱著什麼希望？」代助問。
「沒有抱什麼希望。一切都聽你的。」
「流浪……」
「流浪也可以。假如你叫我去死，我就去死。」
代助又感到悚然。
「如果維持現狀呢？」
「維持現狀也無所謂。」
「平岡完全沒察覺到嗎？」
「也許有察覺到吧！不過我的膽量夠大，所以沒關係。反正什麼時候被殺死也無所謂啊！」

「不要一直講什麼去死啦，殺死啦，這種話沒用。」

「可是，就算放著我不管，我這種身體也活不久，不是嗎？」

代助整個人僵住了，他驚悚地凝視三千代。三千代突然好似歇斯底里發作般哭起來。

經過一陣子後，三千代的情緒慢慢平息。然後，恢復到平日那種文靜、賢淑、有深度的美麗女子。眉宇之間露出開朗的神色。這時候，

「我自己去找平岡，把事情解決掉，好不好？」代助問。

「可以那樣做嗎？」三千代頗為驚訝的樣子。

「可以。」代助明確答道。

「那好，就聽你的。」三千代說。

「那就這樣做吧！我們兩人做這種欺瞞平岡的事並不好。當然，我只想跟他談些能夠讓他明白眼前事實的話。我對不起他的事，我也會好好向他道歉。也許不會達成如我所想的結果。但是說到怎麼會發生這種差錯，我只希望不要再發生那種輕率的事情。像現在這樣，事情懸在半空中，沒有一個著落，我們彼此都痛苦，對平

岡也不好。只是我斷然這樣做，怕妳覺得沒臉見平岡。那就很過意不去，可是說到沒臉見人，我才沒臉見人。不過自己所作所為，無論再怎麼沒臉見人，當然還是得負起道義上的責任。縱使對自己不會有什麼好處，也要告訴平岡我們彼此之間的所發生的事吧！何況在這種情況下，今後將如何處置也很重要，所以我認為有必要表白。」

「我很了解你的想法，反正若有什麼差錯，我打算一死了之。」

「說什麼死啊！——說要死，也還不到時候吧？還有，如果真的那麼危險，我為什麼要去告訴平岡呢？」

三千代一聽，又哭起來了。

「真是對不起。」

等到太陽西斜時，代助讓三千代回去。不過沒像上次一樣親自送她回去。他坐在書房內聽了大約一小時的蟬鳴聲。他覺得和三千代見面，表白完自己的未來後，整個人都舒暢起來了。他想寫信給平岡，詢問見面的時間，一提起筆，頓時覺得責任重大而感到棘手，寫了「敬啟」兩字後，再沒勇氣繼續寫下去。猝然之間，只見他穿一件襯衣，光著腳丫就往庭院跑去。

三千代離去時，門野正昏昏沉沉在睡午覺。這時候，看到代助跑到庭院，「不會太早嗎？」門野邊問邊用雙手按著自己那顆光頭，走到廊下一端。代助沒答腔，而是鑽進庭院的角落，將掉落的竹葉往前掃。門野不得已，只好脫掉和服跟著走下去。

雖然庭院狹小，但因天氣太熱，土壤被曬得硬邦邦，要讓土地能夠充分吸收水分，還是得費上一番功夫。不久，代助喊手酸，馬馬虎虎潑一下水，擦擦腳就走上去了。他在廊下抽著菸休息。門野看著代助的樣子，站在下面開玩笑，

「先生的心臟是不是有一點亂跳呢？」

晚上，代助帶著門野去看神樂坂的廟會，買了二、三盆秋草的盆栽，並排放在屋簷外的露天下。夜已深，高空上，繁星閃爍。

夜裡，代助睡覺前故意不拉下板窗。他的腦子裡沒有絲毫警覺性。他熄了油燈，獨自躺在蚊帳內從暗處遠望黑色的夜空。腦子裡清楚地浮現白天所發生的事。想到再二、三天，就可以解決掉最後一件事，心中不禁感到雀躍。不知不覺，整個人融入了浩瀚的太空和巨大的美夢當中。

隔天早上，代助毅然決然把信寄出去。不過，信上只簡單寫著「有事要想和

你談，請告知方便時間，我隨時可以。」他特地以封緘信寄出。當他在信封上塗著漿糊，欲貼上紅郵票時，有種終於要拋掉證券解除危機的感覺。他交待門野將這個命運使者投到郵筒。當他把信遞給門野時，手指頭微微顫抖，遞出去後，反而茫然若失。三年前，自己為三千代和平岡的婚事奔波斡旋，如今回想，宛如一場夢。

翌日，代助就這麼在等待平岡的回信中度過。第三天也抱著同樣心情，整天守在家裡。過了三、四天，仍然未收到平岡的任何音訊。這當中，碰到每個月該前往青山老家領取生活費的日子。代助的錢包已經愈來愈薄了。自從上次跟父親見面後，代助已經覺悟不能再回老家拿生活費了。現在怎麼可能若無其事、大剌剌跑回去要錢呢？他心中已打定主意，將自己的書籍、衣物賣一賣，應該還可以支撐二、三個月，等事情告一段落，再去找工作。他平日經常聽人家掛在嘴邊的一句俗諺——船到橋頭自然直。雖然自己沒親身體驗過，卻一直抱著這種想法。

第五天，代助冒著暑熱，搭電車到報社找平岡，才知道平岡已經二、三天沒去上班了。代助走出報社大門，抬頭望向二樓編輯室髒兮兮的窗子，才想到要來之前應該先打個電話確認。上次寫給平岡的信，他到底有沒有收到呢？代助不由得開始起疑。因為代助是故意把信寄到報社。回家途中，他繞到神田一家買賣二手書的舊書店，告訴對方自己有一些不用的書要賣，拜託他到家裡估價。

那一晚，代助已經提不起勁去潑水，只是茫然看著身穿白網襯衣的門野在庭院工作的身影。

「今天，先生累了嗎？」門野提著水桶問。代助心神不定，也沒明確回答。晚餐也是食不知味。只是囫圇吃吃，就停下筷子，喚門野過來拜託他，「你到平岡家走一趟，問他上次寄去的信看了嗎？如果看過的話，就請他給個回音，你問完回音就馬上回來。」代助怕門野搞不清楚狀況，又向他說明就是上次寄到報社那一封信。

門野出去後，代助走到廊下，坐在椅子上。等待門野的時候，他吹熄油燈，獨自坐在黑暗中凝思。過了一陣子，

「我回來了。」門野站在黑暗中向他報告，「平岡先生在家裡。他說信已經看過了。明天早上會來。」

「是嗎？辛苦你了。」代助答道。

「他說其實早就想來，但是家裡有個病人，才會拖到現在。要我代向您問候。」

「病人？」代助不由得反問。

「對呀！聽說太太身體不太好。」門野在黑暗中回答。只有他身穿的白底浴衣隱隱約約映入代助眼中。夜色中互相都看不清楚彼此的臉。代助兩手握住籐椅的把手，語氣加強地問：

「身體很不好嗎？」

「到底怎樣呢？我不是很清楚。看來不像輕微的毛病，可是平岡先生說明天可以來，這麼說倒也不是什麼大病吧！」

代助總算稍微安心。

「是什麼病啊？」

「我忘了問。」

兩人的對答就此結束。門野從昏暗的走廊走回自己的房間。一片寧靜中，不久，傳來油燈蓋子碰上燈罩的響聲。然後看到門野的房間點起油燈。

代助直到半夜還在凝思。雖然在凝思，胸口卻怦怦地跳。握住籐椅把手的雙手，一直冒冷汗。代助擊掌呼叫門野。門野那一身白底浴衣又忽隱忽現從走廊盡頭出現。

「你還待在黑暗中呀？要不要幫您點上燈。」代助說不必點燈。再次問起三千代的病情。他問門野，有沒有請護士？平岡的樣子怎樣？沒去報社上班，是為了照顧生病的妻子嗎？反正想得到的事都一股腦地追問。但是門野的回答終究只是把剛才的話又重複一次而已。否則就是含含糊糊、信口胡謅。縱使這樣，代助也覺得比獨自一人默不吭聲好過些。

代助就寢前，門野從夜間信箱拿來一封信。代助在黑暗中接過，也沒特別想拆開讀。

「好像是老家的來信，我去拿燈過來吧？」門野好像催促般提醒。

代助這才要門野把燈拿進書房，在燈下剪開封口。是梅子寫來的信，很長的一封信——

這陣子，想必你為了婚事而感到很煩躁吧！我們這邊從父親、你哥哥和我都非常關心這件事。結果還是徒勞無功，前次你來的時候，終究還是向父親表達了回絕之意，實在很遺憾。現在只覺得無可奈何，也已經斷念。後來聽說當時父親非常生氣，說再也不管你了。之後你沒再回來，我想應該是這個原因吧！但是到了每個月該回來拿生活費的時候，還是不見你回來，我很擔心。父親說別管他，你哥哥還是照樣一點都不著急，說只要生活過不下去就會回來。到時候，再向老爹道歉就好了。假如還是不回來的話，我再去好好勸勸。不過，我們三個人對這次的婚事都已經斷念，所以你也不必再擔心。看來父親的怒氣還未消，我想要恢復以前的情況，恐怕有困難。這麼一想，也許這時候你不回來，反而對你才好。只是我最擔心還是你每個月的生活費。我知道你的個性，怎可能突然就跑來拿錢呢？眼前浮現你苦惱的模樣，真是叫人同情。因此，我作主把生活費寄給你，你收到後先把這個月撐過去。這段期間，父親的氣大概也會消了吧！還有你哥哥也打算去幫你說說情。如果有好時機，我也會替你向父親道歉。在此之前，你還是先不要回來比較好……

除此之外，後面還落落好長一段，女人家，大抵都是同樣的話一直重複。代助拿出夾在信中的支票，把信從頭到尾又讀一遍，然後細心地折好信紙收回信封，默默向大嫂致謝。比起梅子的人品，她寫的字實在是笨拙。信上的文體是言文一致，看來代助曾勸過她的事，已經聽進去了。

代助對著油燈前的那個信封，凝看到出神。看來自己的舊生命又多延長一個月。代助一想到自己遲早得改頭換面、自力更生，雖然很感謝大嫂的好意，卻又覺得那樣好像在吃毒。只是還沒跟平岡攤牌前，自己也無心為吃飯問題到處奔波找工作。大嫂的禮物好似雪中送炭，對他來說，真是難能可貴。

那一晚，代助在躲進蚊帳前，「啵」一聲地熄掉油燈。門野進來欲拉上板窗，見有板窗故障也不講，就這樣放任不管。所以從玻璃窗看出去，可以望見天空。不過今晚的天空比昨晚更灰暗。他心想可能是天氣轉陰了吧？特意走出廊下，好像要看透什麼似地仰頭往上看，只見一道亮光，拖著長長的尾巴，斜斜地畫過天空。代助又躲進蚊帳內，因為睡不著，拿起團扇啪啦啪啦亂搧一通。

代助對於老家的事並不在意，對於工作也自認有勇氣勝任。只對三千代的病情、病因，還有結果，感到非常苦惱。對於即將和平岡見面，代助也有種種的料想。那也一直刺激他的腦髓。平岡的口訊說，明天早上九點左右比較不熱，那時候來訪。有關面對平岡時，應該從哪裡切進話題？該以怎樣的形式來談才好？代助原本就不是一個事先會去考慮那些事的人。他認為要談的事早已決定好，談話的順序就視當場的情況再決定。這絕不表示他不擔心，他只希望自己能夠鎮定地把自己所想的事全部告訴對方。因此，他不願意自己過度興奮，想要安靜度過一夜，盡可能好好睡一覺，可是閉上眼睛，腦子偏偏清楚的很，比昨夜更難入眠。不知不覺中，夏夜漸漸發白。代助實在忍不住，只好爬起來。他光著腳丫，跳下庭院，盡情踩著冷冷的露水。然後整個人窩在廊下的籐椅，等待日出。其間，他昏昏沉沉地睡著了。

門野睡眼惺忪，揉著眼睛走來要拉開板窗時，代助嚇一跳，才從睡夢中驚醒。一看半個世界已經是日頭赤焰焰。

「您起的真早呀！」門野吃驚地說。代助立刻起身往澡間沖澡，早餐只喝了杯紅茶，拿著報紙，卻幾乎不知道上面寫的是什麼。讀著讀著，讀過的地方全消失了。代助在意的，只有時鐘的指針走到哪裡了。現在距離平岡到來，還有兩個多小時。代助思索這段時間，自己要做什麼好呢？他靜不下來，什麼都做不了。最好這兩小時能夠好好睡一覺，希望眼睛睜開一看，平岡就來了。

最後，代助終於想出做什麼事了。因為他無意中看到桌上那封梅子的來信。代助心想，對啦！就這樣。他坐在書桌前，給人嫂寫封感謝函。代助盡可能寫得懇切，寫好信，裝進信封又確認收信人後，一看時鐘，才過十五分鐘而已。他依然坐著，心神不定地望著天空，腦子裡像在搜尋什麼似的。他突然起身。

「平岡來的話，請他等一下，我馬上回來。」代助對門野交代這句話後，走出大門。強烈的陽光從正面逼來，直接照射在代助的臉上。代助邊行走邊不停地皺眉眨眼。他走到牛込見附，穿過飯田町，走到九段坂下，走進昨天順道來的這家舊書店說：

「昨天我來說有些用不著的書，拜託你們來看一下，現在因為有點事情要辦，這件事就請暫緩。」

回家途中，代助覺得實在太熱，於是搭電車繞到飯田橋，再從棧橋走過斜前方的毘沙門前。

代助回到家，見門口停著一輛人力車，玄關前整齊地擺著一雙鞋子。不待門野通報，就知道平岡來了。他擦過汗後，換上一件乾淨的浴衣，走到客廳。

「你出去辦事啊！」平岡說。他還是穿著西裝，正使勁地猛搖扇子，好像很熱。

「謝謝你，這麼熱的天氣還跑一趟。」代助不得不先從客套話開始。

兩人就這樣閒聊一下天氣之類的事。代助很想劈頭直問三千代的情形，可是總覺得難以啟口。等到寒暄問候的話講完之後，代助就以主人的立場，轉進今天談話的主題。

「聽說三千代病了。」

「嗯，因為這樣，我才二、三天沒去上班。連要給你回信也忘了。」

「那倒沒關係。三千代的情況很嚴重嗎？」

平岡無法斷然以一句話回答這問題，所以簡要地敘述，意思是大概不必擔心突然會有什麼變化，但是病情卻也不輕。

上一次，三千代冒著酷暑出去神樂坂購物，順道轉到代助家的隔天早上，三千代為平岡打點上班的事，手拿著丈夫的領飾突然就暈倒了。平岡大吃一驚，只好先丟開自己的事照顧三千代。十分鐘後，三千代說已經沒事了，你去上班吧！嘴角甚至還露出微笑。平岡見她躺在床上，情況好像也還好，叮囑三千代如果不舒服就找醫生來家裡，必要時打電話到報社。然後，平岡就去上班了。那一天，他很晚才回到家。三千代說覺得不舒服，所以先去睡覺。問她哪裡不舒服？也沒明確回答。隔天起來一看，三千代的臉色十分不好。平岡嚇一跳，趕緊請醫生來看診。醫生診察三千代的心臟後，皺著眉頭說是因為貧血以致暈倒，還提醒病人患有嚴重的神經衰弱。平岡因此請假沒去上班。三千代本人說是沒事，要平岡趕快去上班。平岡並沒有聽她的話。照顧她的第二天晚上，三千代流著眼淚說，有一件事非向平岡請罪不可，請到代助那裡去打聽一下事由。平岡剛開始並沒當真。直覺會不會是她的腦子不正常，就安慰她，好呀！好呀！第三天，她又重複同樣的事情，平岡漸漸覺得三千代的話中可能含有某種意義。傍晚，沒想到門野特地跑到小石川，詢問代助來函的回音。

「你的事和三千代所說的事，有什麼關聯嗎？」平岡露出丈二金剛摸不著頭腦的模樣，看著代助。

對於剛才平岡所敘述的事情，代助深深地受到感動，可是突然被這麼一問，頓時竟講不出話來。代助心裡覺得平岡提出這種問題，實在是出人意表又沒心機。他不由得有一點臉紅，低下頭。不過，當他再度抬起頭時，已經恢復到平時冷靜、不卑不亢的態度。

「三千代要向你道歉的事，與我想告訴你的事，恐怕是有很大的關係吧！也許可能是同一件事吧！無論如何，我一定得告訴你這件事。因為我認為有義務講出來，所以要告訴你，請你念在我們以往的友情上，讓我痛痛快快地盡我的義務。」

「怎樣啦！那麼鄭重其事。」這時候，平岡才開始收斂神情，正色以對。

「不。我不能把開場白當成藉口，我會盡可能以坦率的態度敘述這件事，因為這是件重大的事情，而且是違背社會習俗，令人厭惡的事情，因此在我講話途中，如果你過於激動的話，事情就難以繼續，請你一定要聽我把話講完。」

「怎麼了？這些話是怎樣？」

平岡帶著好奇心的同時，露出更認真的表情。

「同樣地，當我把話講完後，無論你對我說怎樣的話，我也打算靜靜地聽你把話說完為止。」

平岡不發一語，只是從眼鏡後方瞪大眼睛看著代助。屋外強烈的陽光，照射在廊下，兩人幾乎將暑熱置之度外。

代助的聲音顯得低沉。於是，從平岡夫婦來到東京之後，一直到現在，自己和三千代的關係如何變化，全盤詳細道出。平岡緊閉雙唇，代助所說的話，每一句每一句毫無遺漏地聽進耳朵。代助差不多花了一小時說完所有事情。其間，平岡曾有四次簡單的提問。

「大致上的經過就是如此。」代助做出結語時，平岡只發出一聲好似呻吟般的沉痛嘆息，代替對代助的回應。代助感到非常痛苦。

「從你的立場看來，我是背叛你了。假如你認為我是一個混蛋，我也無話可說。真的非常對不起你。」

「這麼說，你是覺得自己做了壞事嗎？」

「當然。」

「你既然覺得做了壞事，為什麼還要走到今天這一步呢？」平岡又問。語氣比剛才還急切。

「是的。因此對於這件事，無論你對我做怎樣的制裁，我都會毫無怨言地接受。現在我將事實全盤托出，就是提供你如何制裁的依據。」

平岡沒有回答。一會兒後，他把臉靠近代助，

「你認為在這世間上，有沒有什麼方法可以恢復被破壞的名譽呢？」

這一次，輪到代助沒有回答。

「我認為法律和社會的制裁，毫無價值。」平岡接著說。

「你是要問有沒有什麼方法可以在當事人之間恢復名譽嗎？」

「沒錯。」

「你的意思是讓三千代改變心意，比以前更愛你，然後視我如蛇蠍，才是對你有所補償嗎？」

「你有辦法做到嗎？」

「辦不到。」代助答得很乾脆。

「雖然你覺得自己做了壞事，縱使走到今天這種地步，卻還想繼續做壞事，讓事情發展到不可收拾的情況嗎？」

「說起來也許很矛盾。但是世間的法律所認定的夫婦關係，和自然感情的事實所形成的夫婦關係是不一致的。因為有這種矛盾，所以無可奈何。我要向因世間法律所認定的三千代的丈夫道歉，也就是向你道歉。但是我對於自己的行為本身，並不認為有所矛盾與冒犯。」

「對。」平岡語調稍稍高昂。「對。我們倆人的意見一致，那就是依世間法律結合的夫婦，未必能夠同床同夢。」

代助露出充滿同情、愧疚的眼神望著平岡。平岡緊皺的眉頭稍解。

「平岡，從世間的眼光來看，這是關係男人面子的大事情。因此你為維護自己的權利——縱使你不是有意去維持，還是自然而然想去維持，那是不由自己的。希望你能回到什麼事都還沒發生的學生時代的你，再一次好好聽我把話講完。」

平岡什麼話也沒說。代助也停了一下，吸一口菸後，

「你並不愛三千代。」他冷不防平靜地說。

「這……」

「雖然這話有些多餘，但是我不能不說。我認為解決這次事件的源頭，就在這裡。」

「難道你就沒責任嗎？」

「我愛著三千代。」

「你有愛別人妻子的權利嗎？」

「那真是無可奈何。在法律上，三千代是屬於你。但是她不是一樣東西，而是一個人，誰也沒辦法把她的心占為己有。除非她本人，誰都無法命令她愛哪一個人多，愛哪一個人少，或只愛哪一個人。作丈夫的人也沒那種權利。所以讓自己的妻子不要移情別戀，反倒是身為丈夫的義務吧！」

「對。縱使我不像你所期待般愛三千代是事實……」平岡雙手握拳，好像努力在控制自己的情緒般地說。代助在等對方把話說完。

「你還記得三年前的事嗎？」平岡換了一個話題。

「是三年前你和三千代結婚的時候嗎？」

「對。那時候的記憶還留在你腦海中嗎？」

代助的思緒一下子回到三年前。當時的記憶有如在黑暗中環繞的火把般閃爍。

「是你提議要斡旋三千代嫁給我的。」

「是你向我吐露想娶三千代。」

「我沒忘記那件事，至今仍然感謝你的好意。」平岡如此說道，陷入沉思中一陣子後，又說：

「那一晚，我們兩個人穿過上野往谷中走下去的時候。雨剛停歇，谷中的路很難走。我們從博館館前一路談話，走到那座橋時，你為我掉下眼淚。」

代助默不吭聲。

「我再也不曾有過像那晚感受到友情是如此可貴的時刻。那一晚我高興到睡不著覺。那是一個有月亮的夜晚，我睜著眼睛直到望見月亮西沉。」

「那時候，我也很愉快。」代助像做夢般說。平岡開口打斷他的話——

「那時候，你為什麼要為我掉淚呢？為什麼發誓要為我去說服三千代呢？既然會有今天這種事，那時候，你為什麼不『嗯』一聲而不理我呢？我自認不曾做過什麼壞事，讓你得用如此殘酷的方法來報復我，不是嗎？」

平岡的聲音在顫抖。代助蒼白的額頭，冒出斗大的汗珠。

「平岡，我愛上三千代，是在你之前啊！」代助好似申訴般地辯解。

平岡茫然地看著代助痛苦的表情。

「那時候的我，不像現在的我。聽到你吐露心聲時，我認為犧牲自己的未來，完成朋友的願望，才是朋友應盡的本分。那是錯誤的想法。假如當時的思想像現在這麼成熟的話，我就會再多思考，遺憾的是那時實在太年輕了，太過於輕視『自然』的力量。我一想起那時候的事。就感到非常後悔。不僅只為自己，實際上也為你感到後悔。我實在對不起你，但是要說是現在這件事對不起你，毋寧說是那時候我硬要去實踐自己的俠義心，才更對不起你。請你原諒我。如你所見，我已經遭受『自然』的報復，我懇切地向你陪罪。」

代助的眼淚掉落膝上。平岡的鏡片也模糊了。

「真是命運作弄人，莫可奈何。」

平岡像似呻吟般說。兩人終於相向而視。

「我想聽聽看，你打算如何善後？」

「我是對不起你的人。沒有權利先說那種事。我應該先聽你的想法。」代助說。

「我不知道該如何是好。」平岡按著頭。

「那麼，我就說了。三千代可以讓給我嗎？」代助語氣果斷。

平岡把手從頭上放開，整條胳臂攤在桌上，

「好，給你。」不等代助回答，又重複說：

「給你。給你。但是現在不能給你。也許正如你所推測，我沒那麼愛三千代。但是我也不嫌惡她。現在三千代在生病，而且病得不輕。我不願意把一個臥病在床的人給你。所以在她還沒痊癒之前，我不會給你。目前我還是她的丈夫，身為丈夫就有照顧病妻的責任。」

「我向你賠罪。三千代也向你賠罪。不過對你而言，肯定認為我們兩個人真是混蛋——也許無論如何賠罪，也得不到你的寬恕。可是，不管怎麼說，她是一個臥病在床的人。」

「這我知道。難道你認為我會為了洩恨，趁三千代生病時虐待她嗎？我會是這種人嗎？」

代助相信平岡的話。在心中暗自感謝平岡。接著，平岡又如此說：

「我認為既然發生今天這種事，站在法定丈夫的立場，已經沒理由再與你交往。從今天起我跟你絕交，這點你要有自覺。」

「這也是沒辦法的事。」代助低下頭。

「三千代的病情就如我剛才所說，病得不輕。往後也許會有什麼變化。你可能很擔心。但是既然已經絕交了，我不得不告訴你，無論我在不在家，都不准你踏進我家一步。」

「我知道。」代助腳步踉蹌。他的臉色顯得很蒼白。平岡起身站起。

「可不可以請你再多坐五分鐘？」代助拜託。平岡又坐下去，不發一語。

「三千代的病情，有可能突然惡化嗎？」

「這……」

「連這都不能告訴我嗎？」

「你應該可以不必這麼擔心吧！」

平岡以沉重的語氣，好像對著地面嘆氣般說。代助感到非常痛苦。

「假如，假如萬一有變化，可以讓我在此之前跟她見面嗎？見一面就好。除此之外，我不會再要求任何事。只有這樣。請你一定要答應我。」

平岡緊閉嘴巴，難以回答。代助痛苦到不知所措，只是使勁地搓揉手掌。

「到時候再看情形吧！」平岡勉強回應。

「我可以不時問一下病情嗎？」

「這不行。你我二人已經沒任何關係了。假如我跟你還有瓜葛，只有把三千代交給你的時候。」

突然，代助好像被觸電般，從椅子上跳起來。

「啊！我明白了。你打算讓我看到三千代的屍體。那樣太過分。那樣太殘酷了。」

代助繞過桌邊，靠近平岡，用右手壓住平岡穿著西裝的肩膀，前後搖晃。

「你太過分，太過分了。」

平岡看到代助的眼神裡射出像似發瘋的可怕目光。他邊被代助搖晃著肩膀，邊站起來。

「事情會這樣嗎？」平岡按住代助的手。兩個人皆露出好似著魔般的表情，眼神互相對峙。

「你要冷靜。」平岡說。

「我很冷靜。」代助回答。但是他的話是從痛苦的喘息間，好不容易才擠出來的。

不久，激動過後的平靜終於來了。代助彷彿用盡全身的力量來撐住自己般，又一屁股坐在椅子上。然後雙手掩面。

十七

晚上十點過後，代助悄悄地走出家門。

「這時間還要去哪裡呢？」門野納悶地問。

「出去一下。」代助含糊回答後，他自顧自來到寺町的大街。正值盛夏，街町看起來好像天色才剛黑。好幾個穿著浴衣的行人先後從代助身旁走過。在代助看來，那些都只是會動的東西罷了。街道兩旁的商店，燈火通明。代助好像感到目眩似地彎進燈光較暗的巷子。他走到江戶川畔時，夜風輕輕吹拂。櫻花樹的葉子在昏暗中微微搖動。有兩個人正站在橋上，從欄杆往下俯看。代助在金剛寺坂沒看到半個人影。岩崎家[67]的高大石圍牆，從左右把狹窄的坡道給擋住了。

平岡家所在地區依然很寂靜。大部分的住家已熄掉燈火。這時候，從對面來了一輛沒乘載客人的人力車，輪子發出震人的響聲。代助走到平岡家的圍牆邊停下，探身往裡頭窺視，只見裡頭一片漆黑。緊閉的大門，門燈孤單地照著門牌。門燈的玻璃上，斜映出一隻壁虎的影子。

今天早上，代助已來過這裡。午後也徘徊在這附近。他希望或許可以碰到女傭出來買東西，問問三千代的病情如何？不過，一直不見女傭出門，也沒瞧見平岡的人影。他將耳朵靠近圍牆，聽不到任何聲音。代助認為，或許他可以攔住醫生，稍微打聽病情，卻看不到載有醫生的車子停在平岡家門口。這期間，代助受到強烈陽光的照射，整個頭腦有如大海般波濤洶湧。一停下腳步，整個人就好像快支持不住幾近倒下。一走動，就覺得地面彷彿在晃動。代助忍住痛苦，拖著腳步回到家。晚飯也沒吃，直接躺下，一動也不動。那時候，令人害怕的太陽慢慢西落，隨著夜色漸深，繁星更加閃耀。代助在黑暗的夜涼中醒過來。然後，他頭頂著夜露，又跑到三千代這裡來了。

代助在三千代家門口，來來回回走了二、三次。每走到門燈下就停步，豎起耳朵，凝神安靜聽個五到十分鐘。不過，根本聽不出屋子裡頭的情況。周圍只是一片寂靜。

67 岩崎家指的是三菱財團座落於東京上野公園不忍池西南方的宅邸，現在被指定為文化財。

代助每次站在門燈下，就看到那隻壁虎身體緊貼著門燈的玻璃，所斜映出來的黑影，一動也不動。

代助一看到這隻壁虎，心情就覺得不舒服。牠一動也不動的身影，令代助感到很在意。他的精神過於緊繃，以致陷入迷信的狀態。他想像三千代命在旦夕。他想像三千代正在受折磨受苦。他想像三千代已瀕臨死亡。他想像三千代在死前想見自己一面，以致苟延殘喘，不肯斷氣。代助握緊拳頭，幾乎就要撞破平岡家的門。忽然驚覺自己是一個連一根指頭都沒權去碰觸平岡家大門的人。想到這裡，代助感到十分恐懼，拔腿就跑。在寂靜的小路上，唯有自己的腳步聲響起。代助愈跑愈感到害怕。當他放慢腳步時，痛苦到快喘不過氣來。

代助看到路邊有一塊石頭，半夢半醒地坐下去，用手按著額頭，整個人僵硬起來。不久，他睜開眼睛，眼前有一個黑色的大門。一棵高大的松樹，枝葉從大門上方延伸到樹籬外。原來，代助跑進寺院休息了。

代助站起來，茫然地走出寺院外。走了一會兒，又踏上前往平岡家的小路。好像做夢般佇立在門燈前。壁虎的身影還在原處。代助深深地嘆息，終於經由小石川，往南走下去。

那一晚，代助的頭腦裡面彷彿有火焰般的熾熱旋風不停地旋轉。他竭盡全力，死命地想從旋風中脫逃，但是他的腦袋絲毫不接受自己的指令，宛如樹葉般飛快地跟著熾熱的風旋轉。

翌日，又是艷陽高照的一天。屋外猛烈的陽光，炙烤著大地。八點過後，代助才慢慢甦醒。一起床，覺得眼前一片黑。他照例去沖澡後，回到書房一直蜷縮著身子。

這時候，門野跑來通報有客人拜訪，他站在門口驚訝地看著代助。代助連答覆都懶得回應，也不問客人是誰，只轉過半邊用手撐住的臉，看著門野。這時侯，廊下傳來客人的腳步聲，哥哥誠吾等不及接待直接跑進來了。

「啊，請坐。」代助招呼哥哥入坐。誠吾一坐下，馬上掏出扇子，往上等麻布衣的領口猛搧風。看起來他那一身的脂肪被烤曬得挺難受，一邊還喘著大氣。

「真熱啊！」誠吾說。

「家裡都好嗎？」代助疲憊不堪地問。

兩人照例寒喧一番。代助的舉止態度當然有些不尋常，可是哥哥也不問他怎麼了？談話告一段落，立刻直接表明來意。

「其實，今天來……」誠吾說著，從懷中掏出一封信。

「其實，想當面問你一些事才來的。」然後，他把信反過來給代助看。

「你認識這個人嗎？」哥哥接著問。信封的反面，寫著平岡的姓名和住址，是平岡的親筆字。

「認識。」代助機械性地答道。

「他說是你以前的同學，真的嗎？」

「對。」

「你認識他的妻子？」

「認識。」

哥哥又拿起扇子，啪啦啪啦搧了兩、三下。然後，把身子稍微往前探過去，放低聲音，

「你跟他妻子有什麼糾葛嗎？」

代助從一開始就沒打算隱瞞任何事。但是被哥哥如此簡略一問，心想無論如何也沒辦法把那麼複雜的經過，單以一句話回答，一時之間竟啞口無言。哥哥從信封內，把信拿出來。那封信捲成四、五寸左右。

「其實，那個叫平岡的人，寫了這封信給父親。——你看看吧！」誠吾說著，

把信遞給代助。代助默默接過信，開始讀信。哥哥盯著代助的額頭一直看。

信上的字寫得密密麻麻。代助一行、二行往下繼續讀，讀過的部分從手中垂得長長。垂了約有二尺長，信都還沒到結束的樣子。代助眼冒金星，腦袋瓜宛如鐵塊般沉重。但是代助無論如何也得勉強讀完。他整個人感到一股說不出的壓力，腋下不斷冒汗。當他終於讀完信，代助連把拿在手中的信捲起來的力氣都沒有。整封信就這樣攤在桌子上。

「信上所寫的事，都是真的嗎？」哥哥放低聲音確認。

「真的。」代助只如此答道。哥哥好像受到很大打擊般，搖得啪啦啪啦響的扇子聲嘎然而止。好一陣子，兩人都說不出話來。

「哎呀！你到底在想什麼？怎會做出那種荒唐事？」哥哥好不容易才以驚愕的語氣開口。代助依然默不吭聲。

「你想要娶怎樣的女人，還怕娶不到嗎？」哥哥又說。

代助還是默不吭聲。哥哥第三次開口，如此說道——

「我本以為你這個人，還不致於去做那些放蕩、墮落的事。現在竟然做些這種不檢點的事，以前家裡花在你身上的錢，豈不是毫無價值嗎？」

如今代助已經沒有勇氣向哥哥說明自己的立場。直到剛才為止，他和哥哥的意見都是一致的。

「你大嫂都哭了。」哥哥說。

「是嗎？」代助像在做夢般回答。

「父親非常生氣。」

代助沒有答覆。只是以飄渺的眼神望著哥哥。

「你平常就是一個糊塗的人。我始終認為總有一天你會想明白，所以一直護著你。這一次，你做出如此荒唐的事，我對你真是失望透了。世間上，沒有比糊塗的人更危險了。你做什麼，你想什麼，都讓人不放心。雖然說你想做什麼就可以做什麼，可是你也該替父親和我的社會地位想一想啊！你到底有沒有想過整個家族的名譽啊？」

哥哥的話像耳邊風般吹過。代助只是感到整個人非常痛苦。不過，在哥哥面前，他並不因此受到良心鞭撻而有所動搖。他不設法辯解，當然更不想演一場戲博取眼前這個滿腦子世俗想法的哥哥的同情。代助相信自己所走的道路是正確的。因此他感到滿足。只有三千代能夠理解他這種滿足。所以除了三千代之外，父親、哥哥，還有社會，以及所有人，全部都是敵人。這些人想以熊熊烈火將兩人活活燒死。代助認為如果可以默默和三千代擁抱在一起，被這場猛烈的火焰燒盡，才是他真正的心願。因此他對哥哥的問話，什麼都不回答。只是撐著沉重的頭，像石頭般一動也不動。

「代助。」哥哥叫道。「今天是父親派我來的。自從上次過後，你就沒回來了。以前，如果有事，父親就會遣人叫你回去，但是現在他說不想看到你的臉，才會叫我來問問事情是真是假，所以我才來。父親還說——假如他本人要辯解，就聽他辯解。如果沒有任何辯解，平岡所說的都是事實——父親是這麼說的。我這一輩子都不想見到代助。他想去哪裡，想做什麼，都是他本人的自由。不過，從今以後我沒有他這個兒子。他也不必當我是父親。——父親確實如此說。現在我聽了你的話之後，知道平岡信上所寫的事並非虛假，所以我也無可奈何。何況我看你對於這件事既不後悔，也沒打算要道歉。那麼，我回去後，也沒辦法為你向父親求情。我只能把父親交代的話，一五一十轉告你。這樣可以嗎？父親所說的事都明白了嗎？」

「都明白了。」代助簡單應答。

「你真是荒唐。」哥哥大聲說。代助一直低著頭，始終沒抬起頭來。

「渾沌！」哥哥又說。「平常比誰都伶牙俐齒，一碰到緊要關頭，只會像個啞巴默不吭聲。背地裡盡做些丟父母面子的勾當。以前所受的教育，到底為什麼？」

哥哥拿起桌上的信，自己將信捲起來。安靜的屋子內，只聽到捲紙的沙沙聲。哥哥把信依原狀放進信封，收進自己懷中。

「回去了。」這次，哥哥以平常的語氣說。代助恭敬地答禮致意。

「我也不想再見到你。」哥哥丟下這句話後，走出玄關。

哥哥走後，代助還在原處一動也不動。門野進來收拾茶具時，他才猛然站起來。

「門野，我出去找工作。」代助話一說完，立刻戴上鴨舌帽，傘也不帶，飛快走出烈日當空的屋外。

代助在酷暑中踩著急促的腳步。太陽從代助的頭頂上，直射過來。乾燥的塵土，好似飛散的火星般沾在他的腳上。他心焦如焚。

「太焦急，太焦急。」他一邊走，嘴巴一邊念念有詞。

代助走到飯田橋搭上電車。電車筆直往前行駛。

「啊！動了。世間動了。」代助坐在車內，旁若無人地說。代助的頭隨著電車行駛的速度而晃動。隨著頭的晃動，整個人有如在火中烘烤。他心想，假如繼續搭乘半天電車，可能真的會被火燒盡吧！

不久，代助的眼中映入紅色郵筒。那紅色的色彩忽然飛進代助的腦袋瓜，開始繞圈圈旋轉。傘店的招牌上，高高掛著四把綁在一起的紅色長柄傘。傘的色彩，又飛進代助腦袋瓜，開始繞圈圈旋轉。十字路口，有人在賣鮮紅色的大氣球。電車在拐角急轉彎時，氣球追了過來，鑽進代助的腦袋瓜。載著小郵包的紅色車子與電車擦身而過時，又鑽進代助的腦袋瓜。香菸店的門簾是紅色。寫著大減價的旗子也是紅色。電線桿是紅色。塗著紅漆的招牌，一塊接一塊，連綿不斷。最後，整個世界都變成鮮紅色。於是，以代助的腦袋為中心，火焰不停地旋轉。代助下定決心，他要搭著電車往前進，直到自己的腦袋燒盡為止。

〈解說〉

經百千劫，常在纏縛——通姦文學中的《從此以後》

林皎碧

一、文學中的「通姦」課題

自來，以人性中自然的欲望、感情，來反抗維持社會秩序的道德、法律，而造成的衝突和張力，原本就是文學創作者喜愛的材料。譬如，第三者和有夫婦關係的男女所產生的感情糾葛，簡單說，就是俗稱的通姦、不倫。這是幾百年來，作家前仆後繼，不肯放棄的題材，也可說是千古艱難的一個課題。依《日本語大辭典》（講談社，一九八九年）的解釋，所謂通姦，「指男女之間的不正當肉體關係，特別是有夫之婦與其他男人的私通」。事實上，通姦隱含複雜的人性、情欲和歷史、文化的衝突，罪和罰，自我放逐和被社會放逐等諸多要素。這類文學作品，信手捻來有《包法利夫人》、《安娜・卡列尼娜》、《紅字》、《金瓶梅》、《源氏物語》、《暗夜行路》……等。此類作品，一般通稱為通姦文學（通姦小說），也稱為三角形（Triangular）文學。

日本近代文學裡，有「國民作家」之稱的夏目漱石，也留下幾部以「通姦」為主題的作品，其中受到頗高評價，經常被拿出來討論，應該就屬《從此以後》。這部小說於明治四十二年（一九〇九年）六月二十七日至同年十月四日在《東京朝日新聞》與《大阪朝日新聞》上連載。翌年，由春陽堂出版單行本。一般都把夏目漱石的作品中《三四郎》（一九〇八年）、《從此以後》（一九〇九年）、《門》（一九一〇年），稱為前期三部作。不過這三部小說並非在描述同一個人的故事，而是各有各的主人公，各有各的性格，也各有各的遭遇。只是一系列讀下來，一種不幸戀情的形成就成為其主題。

這部悖德小說《從此以後》，何以能夠在明治政府高唱「富國強兵」的權威時代下，非但未受到道德人士的譴責，反而深受讀者的喜愛，更讓人覺得不可思議，莫過於《從此以後》竟是以新聞小說的形式，每日宅配到家。大文豪夏目漱石到底有何本領，把原本該是一部限制級的感官小說，轉化為普通級而不令人覺得索然無味呢？況且還能傳頌百年，人氣依然不墜。

二、「人情義理」和「自然之愛」的雙層結構

小說從主人公長井代助收到的兩封信開始，一封來自友人平岡常次郎，一封來自父親長井得。這兩封信，一封發展為「代助和三千代」的故事，另一封則發展為「代助和老家」的故事，兩條線在代助身上交集成為一個故事。

代助是一個「平常就是這般玩世不恭。所以儘管他是一個非常神經質的人，也鮮少有不安的感覺」（十章）。自從和三千代重逢後，「代助對於應該當一個『自然』之兒呢？還是意志之人呢？他自己感到很困惑」（十四章）。他所謂的自然就是隨心所欲、依自己的真情行事，所謂的意志就是遵從社會的人情義理、道德規範。又如「父親認為代助當然是屬於以自己為中心的太陽系行星，自始至終，自己對於代助都具有支配其如何運行的權利」（三章）。換言之，「父親」所代表就是代助不可逸出軌道的社會「人情義理」。同時，代助對自己說：「走到那種地步，只能保有『自然之愛』而已。而他愛的對象是別人的妻子」（十三章），已經

很清楚指出三千代所代表的正是「自然之愛」。在代助生命之中，面臨兩次「人情義理」和「自然之愛」的衝突，兩次的抉擇讓他走向無法回頭的悲戀中。

這整個悲劇的造成，應該推溯到三年前平岡向代助吐露自己喜歡三千代開始。原本三千代的哥哥有意無意在撮合代助和三千代，當事人也是互有好感，卻由於哥哥的驟逝，無人可為三千代作主，代助又在所謂俠義心的作祟下，認為「犧牲自己的未來，完成朋友的願望，才是朋友應盡的本分」（十六章）。不但壓抑自己的感情，還幫忙說服三千代，一手包辦兩人的婚事。換句話說，代助在第一次面臨「人情義理」和「自然之愛」的衝突時，隱藏自己的真實感情而選擇人情義理。

代助經過三年的進化和省思，領悟到當時自己「並未察覺那種立即付出的犧牲，會讓一時的痛快轉瞬化為痛苦的陳腐事實」（二章）。縱使如此，別後歲月悠悠，假如不曾重逢，那就各自在不同的地方，各自過自己的生活。但是當他與三千代重逢後，與其說是壓抑不了對三千代的思慕，毋寧說當他看到三千代嫁給平岡後，孩子夭折、身罹重病、經濟拮据、丈夫不體貼等種種不幸，因而對三千代抱著一種責任感和愛情交雜的感情吧！

另一方面，儘管代助的父親、兄嫂多次為他的婚事苦心安排，卻都被他敷衍了事。可是這一次不一樣，對象是父親救命恩人的後代佐川家小姐。家人好似要霸王硬上弓般，歌舞伎場的變相相親、設宴款待女方、新橋車站的送行、父親兄嫂的軟硬兼施……一切都循序漸進，父親的計謀好似就快成功。但是代助自忖「假如以三、四年前的自己來批判現在的自己，也許會覺得自己墮落。不過，假如以現在的自己來回顧三、四年前的自己，當時確實太誇大自己的道義」（六章）。因此，當代助面臨第二次「人情義理」和「自然之愛」的衝突時，再也不願意囿於人情義理，背叛自己的真實感情，他斷然拒絕佐川家的婚事。拒絕的後果，就是父子反目、兄嫂疏離、金援斷絕。

由此衍生，代助如何去面對世間法律所認定的三千代的丈夫——平岡呢？縱使代助露出充滿同情、愧疚的眼神看著平岡，面對平岡的質疑「你有愛別人妻子的權利嗎？」（十六章），代助以發自內心最重要理念，理直氣壯說：「在法律上，三千代是屬於你。但是她不是一樣東西，而是一個人，誰也沒辦法把她的心占為己有。除非她本人，誰都沒辦法命令她愛哪一個人多，愛哪一個人少，或只愛哪一個人。作丈夫的人也沒那種權利」（十六章）。這句話可以說是擊垮平岡的最後一根稻草吧！因為代助無論如何都要貫徹自己所謂的「自然」，自己如此，三千代如此，希望平岡也如此。

三、白百合花的象徵意義

代助從睡夢中醒來，「一看枕頭邊，有一朵山茶花掉在榻榻米上。昨夜，他確實聽見這朵花掉落的聲音」（一章）。翻閱一下《從此以後》出現的花草有山茶花、櫻花、阿曼蘭斯、君子蘭、紅薔薇、石榴花、玉簪、白百合花……等。夏目漱石無論安排哪一種花草在哪一個場景出現，都有其隱喻性及暗示性。在此，我們僅把焦點集中在幾次重複出現的「白百合花」，並試論其象徵意義。

代助被父親、大嫂逼婚，為此感到煩躁不已時，三千代突然來了，她「手上提著三朵白色的大百合花。突然，她將百合花往桌上一擲，往一旁的椅子坐下去」（十章）。代助為飄蕩在兩人之間的濃郁百合花香所苦，趁機放入水盆內，三千代見狀，提起她和哥哥住在一起時，代助曾經帶著一束白百合花到谷中家裡來訪的往事。

三千代的哥哥已逝，代助贈百合花一事，已經成為兩人之間才知道的往事，提著百合花而來的三千代心中仍留有對代助的眷念，也希望代助再度想起從前對自己的愛慕，自是不言而諭。可是代助受不了濃郁花香、阻止三千代把鼻子湊過去猛嗅花香、趁機把百合花丟進水盆內，種種表現說明兩人心中有微妙的差距，對白百合花也出現不一樣的認知。不過，當代助阻止三千代靠近花瓣嗅花香前，三千代到底做了什麼事？——「『好香，對不對？』三千代說著，將自己的鼻子湊到花辦旁，使勁嗅了嗅。代助不由得把腳伸直，身子往後仰」（十章）。代助竟然怕到把身子往後仰，我們很好奇，代助！你在怕什麼？

《從此以後》是一部「通姦文學」幾乎已成定論，弔詭的是通篇小說中沒有性愛的描述，由於這是報紙上的連載小說，務必謹慎避免觸及肉體關係的場景，所以夏目漱石縱使有心要寫出「通姦文學」，也得經過縝密的計算。——代助在思考平岡夫婦感情出現破綻時，「他將導致這結果的一部分原因歸咎於三千代的病情。他斷定是由於肉體上的關係，導致丈夫在精神上的反應」（十三章），作家設定女主人公三千代體弱多病無法與丈夫行房，代助和三千代之間沒有性關係應該也是可以確定。然而，三千代邊說「好香，對不對？」邊把自己的鼻子湊到花瓣旁，使勁嗅了嗅。——其實，這畫面相當誘惑，也頗具感官性。代助意識到自己跟三千代這樣面對面是很危險的事，以致害怕到不敢直視吧！

最後，代助終於下定決心要向三千代告白，也許受到先前三千代的暗示，希望讓她回想起她和哥哥住在清水町時的事，所以買回來大把的白百合花，代助「凝視著百合花，讓自己的身心靈都浸淫在屋內的濃郁花香中。受到這嗅覺的刺激，三千代的過去歷歷浮現在眼前。（中略）他起身走到百合花旁。嘴唇幾乎快貼在花瓣上，用力嗅著濃郁的花香，嗅到連眼睛都感到暈眩。代助把嘴唇從這一朵花移到那一朵花，幾乎快被濃甜的花香嗆倒在屋內」（十四章）。如此的描述，讓人感受到充滿性欲、愛欲的纏綿，不以言語而能巧妙傳達出情色男女關係，作家的高明手法，讓人不能不停筆讚歎。

代助和三千代相互以白百合花傳情時，兩次都碰到滂沱大雨，雨下不停，發出又密又長的響聲，兩人被大雨和雨聲，隔絕於世間之外，同時兩人也孤立地被封鎖在白百合的花香中。

四、誰勾引誰？

雖然代助對三千代的愛慕一直都沒有消失，可是反復思索，他曾想過「以聽從父親和大嫂的勸告去結婚作為一種手段。那麼就可以藉著同意婚事，使得一切的關係都更新」，也想過把「平岡夫婦當成三年前那對夫婦，以此為基準，半無意識地作最後的嘗試，要將三千代永遠從自己手中放掉」（十三章）。然而，最後的最後，代助不惜拋棄所有的一切，對三千代表白「我需要妳。非常需要妳。我特地找妳來，就只是想告訴妳這件事」（十四章）。至此為止，三千代一如代助所形容「乍看之下，總覺得她有些落寞，好似古書浮世繪中的美人畫」（四章）般認命的隨風飄零嗎？她當真那麼被動而沒有任何積極作為嗎？不。

從三千代回東京後，第一次踏進代助家，三千代「在代助前面坐下來，她美麗的雙手相疊，擺在自己的膝上。兩隻手都戴著戒指。上面那隻手戴了一只很時髦的金戒指，細緻的金座上鑲著一顆大珍珠，這只戒指是三年前代助送給她的結婚賀禮」（四章）。三千代戴著代助贈送的戒指來見他，雙手相疊時，把戴著代助贈送的戒指的手擺在上面，戴著丈夫平岡送的戒指的手擺在下面。三千代這種舉動，明白顯示出對於代助的眷戀更勝於丈夫。當然啦！若要說她想藉此博取代助的歡心和同情，順利借到錢也不無可能。

第二次來到代助家，三千代「手上提著三朵白色的大百合花。突然，她將百合花往桌上一擲，往一旁的椅子坐下去。也不管剛梳好的『銀杏返』，就將整個背往椅背靠過去」（十章）。如前所述，提著白百合花來，希望促使代助想起從前的美好時光。關鍵的「銀杏返」髮型，是從前三千代住在清水町時，代助曾經讚美過的漂亮髮型，當時「雖然三千代露出笑容，但自從聽過那樣的話之後，也不曾因此再梳過銀杏返髮型」（十四章）。三千代為什麼在登門道謝代助慨然借錢時，不但提著白百合花，還梳著久未梳過的髮型呢？想必這段期間，三千代對於代助為自己費盡心力籌錢，以及種種安慰的言語中，已經確認代助對自己的感情依然存在，所以極力要表現出兩人之間的親密。白百合花、銀杏返髮型，甚至以代助用過的杯子喝水都是三千代對代助所表現的親密舉動，如此的撩撥，不知道有幾個男人受得了？

三千代因為生活拮据而典當代助和平岡贈送的戒指，接受代助的金援後，立刻去把代助贈送的戒指贖回，小心翼翼保存在衣櫃中，除了拿給代助看之外，不讓其他人知道。之所以如此做，典當兩只戒指一事，恐怕平岡也知道，但是接受代助金援、只贖回代助的戒指，就只能是三千代自己和代助之間的秘密。另外，讓代助看父親從北海道寄來的求助信。這些都是三千代向代助表示愛意的同時，傳達出想依靠代助的心情。東京重逢後，代助和平岡不斷互相指責對方變了，兩人應該都變了。事實上，三千代在歷經孩子夭折、身罹重病、經濟拮据、丈夫不體貼等種種不幸後，三年前和三年後的三千代又怎能不變呢？三年前的她默默聽從代助的話，讓自己喜歡的人把自己嫁給別人，三年後的她已經有勇氣積極表達自己的感情。

代助在向三千代表白後，一度為來自父親的物質供應已經斷絕、不知今後靠什麼養活自己和三千代，也在思考找什麼時機向平岡坦承而焦慮不堪時，想去找三千代吐露心聲，沒想到三千代「顯得平靜、安適。她露出微笑，滿面容光，春風已經吹開她的眉頭」（十六章），以致代助怕傷她的心，幾次話到嘴邊都說不出來。代助只好邀三千代到家裡來，下定決心把後來自己和父親之間所發生的一切事都說出來，並告訴三千代不知道今後自己的遭遇會怎樣？至少目前還不是一個能夠獨立的人，連半個獨立人都稱不上，所以……。三千代一聽，立刻變臉斥責代助「剛才聽到你說關於父親的實情，難道不是從一開始就知道事情會演變成這樣嗎？」三千代甚至說出「有些事我知道。不管怎麼變化都無所謂。這些日子以來……這些日子以來，我已經打算好了。假如發生什麼事，我已經有一死的覺悟了」（十六章）。如果我們以俗話來說，那就是三千代這個女人的心臟很強啊！她在過程中的諸多言行，大有一種押著代助往前走的態勢。

五、勇者的名字——長井代助

在《從此以後》裡，主人公代助經常意識到自己的改變。事實上，經過三年的歲月裡，代助、三千代和平岡三個人當中，改變最少的人也許是代助吧！他為平岡家找房子、為三千代向兄嫂借錢、為平岡的工作向哥哥求情、希望平岡夫婦能夠和諧而跑去找平岡談，跟三年前盡全力為平岡和三千代的婚事奔波的代助一樣，基本上仍然是一個純情的男子。

代助在幾經煎熬後，勇敢向三千代表白，向父親表達回絕佐川家婚事的心意，向平岡坦承自己和三千代的關係。無論講得如何冠冕堂皇，戀上人妻就是通姦，當時的日本社會，法律上仍有通姦罪，這當然是非常不名譽的罪名。代助的父親知道此事後，憤怒說出：「我這一輩子都不想見到代助。他想去哪裡，想做什麼，都是他本人的自由。不過，從今以後我沒有他這個兒子。他也不必當我是父親」（十七章）。哥哥向來最挺代助，哪怕代助剛畢業後，跟藝妓鬼混，欠下一屁股債，讓哥哥來收拾善後。代助「本以為會被哥哥罵一頓，沒想到哥哥只說真是叫人擔心，別讓父親知道，然後由大嫂替代助還清債務」（五章）。但是發生這種事後，哥哥痛罵代助「平常比誰都伶牙俐齒，一碰到緊要關頭，只會像個啞巴默不吭聲。背地裡盡做些丟父母面子的勾當。以前所受的教育，到底為什麼？」、「我也不想再見到你」（十七章）。

因此，代助被父親、哥哥斷絕父子、兄弟關係。平岡對代助說：「我認為既然發生今天這種事，站在法定丈夫的立場，已經沒理由再與你交往。從今天起我跟你絕交」（十六章），他跟平岡斷絕朋友關係自不在話下。最後，代助也想到「他對於自己所處的人類社會，並沒有歸納出任何對策。就事實來說，社會是具有制裁權」（十五章），代助對於今後自己得蜷縮在沒有人認識的社會角落過日子已經瞭然於心。

對代助而言，「父子斷絕關係的狀態。他承認那將是一種痛苦（中略）毋寧說隨之而來經濟來源被斷絕一事還比較可怕」（十三章）。代助從經常來借錢、過著有一餐沒一餐的同學寺尾身上，看到自己未來的慘狀，忍不住顧影自憐。「假如有一天，自己失去父親的金援，也處在跟他一樣的處境，自己到底能夠擔任什麼工作？（中略）而且他認為不久後的自己一定比寺尾更慘，那幾乎是一件未發生卻是可以確定的事，因此他不敢以輕蔑的眼光看待寺尾」（十五章）。代助想為今後的自己找出路，瀏覽過所有的職業後，「他的眼睛落在流浪漢這一個職業上。他從那群不像狗，又不像人的乞丐身上明顯看到自己的影子。他最感到痛苦的一點，莫過於因生活的墮落而扼殺精神的自由。當自己的肉體沾滿一切的汙穢後，自己的心靈狀態將是如何落魄呢？他想到這裡，不禁感到不寒而慄」（十六章）。

代助在審視過所有一切後果，儘管自知即將成為被社會放逐的魂魄，儘管領悟愛的懲罰和愛的恩賜同時存在，最後還是捨棄社會地位、經濟條件和家人朋友，下定決心跟自己所愛的女人一起生活。縱使說代助不道德，違背社會善良風俗，作為一個人敢面對真實的自己，自反而縮，雖千萬人吾往矣。毋寧說長井代助在日本近代文學的主人公中是最有勇氣的人。

六、從此以後

從一九〇九年《從此以後》發表至今百餘年，對於書名何以題為「從此以後」，仍然莫衷一是，尚無定論。不過夏目漱石自己在報紙上所寫的廣告詞如下：

有各種意義上的從此以後。因為《三四郎》是描寫大學生，這部小說則是描寫接下來的人生階段，所以是從此以後。《三四郎》的主人公是那麼單純，因為這個主人公就是接下來小說的主人公，就這一點上，也是從此以後。最後這個主人公陷入一種奇怪的命運。接下來他的日子是怎樣也沒寫出來。就這意義上，也是從此以後。

最後代助在失去一切，又見不到三千代，丟下一句「門野，我出去找工作」（十七章），就頭也不回，心急如焚，踏著倉促的腳步搭上電車。極目所見盡是紅色郵筒、紅色長柄傘、鮮紅色的大氣球、紅色車子、紅色門簾、紅色旗子、紅色電線桿……「塗著紅漆的招牌，一塊接一塊，連綿不斷。最後，整個世界都變成鮮紅色。於是，以代助的腦袋為中心，火焰不停地旋轉。代助下定決心，他要搭著電車往前進，直到自己的腦袋燒盡為止。」（十七章）從此以後，代助該何去何從？夏目漱石對於代助的從此以後不置一語，僅留下疑惑和不安，任憑讀者自己去想像。當我們閱讀《從此以後》，對於想貫徹自己的愛所付出的代價，百餘年後的今天，只是感受到漱石的目光是如此冷靜而透徹。